君許諾 1

風文創 255

陸戚月 著

目錄

自序

陸戚月

《君許諾》是一個關於愛與彌補的故事，一對曾相約白頭的男女，在經歷過背信及辜負後，是否可以放下過往種種傷痛，重新攜手、譜寫新的人生篇章的故事。

感情是這世間最為脆弱的東西，禁不得半點傷害，所以慕錦毅前世在辜負楚明慧後，今生若想重拾曾經的幸福，便得用盡一生去溫暖對方冷卻的心，去彌補曾經犯下的過錯。

我原設定的結局是慕錦毅白髮蒼蒼、垂垂老矣，臨終在病床前才求得楚明慧真真正正的原諒與接受，然後相約來生，含笑而終。可是後來一想，前世兩人的慘澹收場，是不是只有他單方面的原因？我覺得僅是心中有愛，不一定能走到最後，尤其在婚姻當中，更需要兩人彼此理解、彼此尊重，共同付出、一起努力。慕錦毅與楚明慧前世悲劇收場，固然有旁人的不懷好意，但更大的原因卻是他們相愛得太早，早得他們還來不及學會如何相處。

文章寫到中途，有質疑男主角懦弱、女主角聖母的聲音，最大的爭議點便來自於慕錦毅的母親與妹妹。婆媳、姑嫂好像自古以來便不太容易相處，尤其前世的楚明慧還受過這兩人的傷害。這一點對慕錦毅來說，又與那句「媽媽與老婆同時掉下河先救哪個」的經典假設重疊，稍處理不妥，便會讓人覺得他懦弱無能；而楚明慧的態度對待前世傷害過她的人，若是沒有痛快報復便又有點「聖母」。對於這些糾結，我認為關鍵點在於今生，今生的她們是否害過你？若是沒有，又憑什麼將前世人的帳算在今世人頭上？總不能因為你認定別人未來會傷害你，所以便先下手為強吧？這樣一來，又與那些人有何區別？其次，便是她們是不是真的到了「不是你死，便是我亡」的地步？終究已經是一家人，若有緩和的方式能換得彼此和平相處，那又為什麼要弄得那麼僵？傷敵一千，自損八百，報復了別人，自己便真能求得內心一生的平靜安寧嗎？

慕錦毅與楚明慧這對主角並不完美，男的沒有霸氣側漏地將「惡毒」生母與刁蠻妹妹儘早處理好；女的難得一次發狠反擊後卻又噩夢纏身，害怕終有一日自己會滿手鮮血。可我要塑造的便是這樣的一對，他們相愛，可也有恨、有無奈，會退讓、會反擊，無論是多深的怨，多濃的恨，都能保持本心。

故事的最後，楚明慧放下了，她沒有在怨恨當中迷失，而是學會了珍惜，珍惜眼前，活在當下！

五百次回眸才換得今生一次相遇，有什麼理由不珍惜呢？

第一章

「明慧，這一生就只妳我兩人，再無其他！」
「我們會再有孩兒的……」
「一個月後，寧府二姑娘將進門……」
「若不是妳，梅表姊就會是我大嫂！」
「妳個妒婦！早有一日定讓毅兒休了妳！」
「大少夫人，二老爺、二老爺被青衣衛帶走了……」

「不、不，不要、不要……」檀香木雕花大床上、層層帷幔內傳來少女滿含痛苦無助的喃喃細語。

聽到聲音的貼身婢女急急上前輕推少女。「三小姐、三小姐……」

「不是這樣的，不，不要……」深深陷入夢境的少女緊閉雙眼，香汗淋漓，不停搖著頭。

婢女見狀更急了。「三小姐，快醒醒，三小姐、三小姐……」

「啊！」少女突然尖叫一聲，猛地睜開眼。

一旁的婢女被嚇得連連退了幾步，穩穩心神，上前輕聲道：「三小姐、三小姐，您這是怎麼了？」

少女大口大口地喘著氣，半晌才轉頭望了望她，像是不敢置信一樣。「盈碧？」

婢女點點頭，掏出絹帕替少女抹去頭上的汗。「是的，奴婢是盈碧，三小姐可是做噩夢了？」

女子只是呆呆地望著她，半晌，才輕聲道：「沒事了，我歇會兒就好，妳先下去吧！」

盈碧有點不放心，可到底還是起身福了福。「那奴婢先下去了，小姐有事的話再吩咐一聲。」

少女點點頭，閉上眼睛不再說話。

直到盈碧退下後，她才睜開眼睛，輕輕推開錦被，緩緩坐起，四周打量了一下。

這是她未出嫁時的閨房。

撩起帷幔，隨意穿上繡鞋，拿過梳妝檯上的銅鏡。

鏡子裡的少女青絲垂肩，面若夾桃，明眸皓齒，分明是她十二、三歲時的模樣。

「我、我這是怎麼了？」楚明慧摸著臉頰，不敢置信地喃喃道。

她，不是死了嗎？

耳邊彷彿還響起婆婆及小姑不屑的諷刺聲，妾室不懷好意的議論聲，還有母親悲痛的哭泣聲——

憶及前世種種，眼淚慢慢從她的眼角處滑落。

曾經自己一心一意沈迷在丈夫慕錦毅「一生一世一雙人」的溫情謊言中，直到她被刁蠻小姑推倒小產，大夫診斷再難有孕，慕錦毅破誓納了寧府二小姐為貴妾，而自己憤怒反抗，反倒惹惱了一向頗為喜愛自己的太夫人，加上婆婆及小姑從中挑撥，致使自己在慕府處境艱難。自從因納妾一事與慕錦毅大吵一場後，夫妻兩人關係陷入僵化，寧二小姐進府不久懷孕後，自己對慕錦毅徹底死心，之後冷眼看著梅氏、陳氏先後進門。再不久，父親因科舉洩題一事被罷官流放，母親在每日擔憂害怕中身體每況愈下，在父親流放三月後病逝，同胞兄長不知所終。而自己亦在母親病逝不久後，被婆婆誣陷毒害庶子，一碗毒藥送了性命。

楚明慧輕輕拭去淚水，慢慢合上雙眼，再睜開時眼中已不再有悲苦之情，這一生，只願家人一世平安。

慕錦毅，此生，永不相見！

「囡囡。」陶氏對著女兒招招手，示意她過來。

楚明慧乖巧地依偎在她身邊，依戀地抱著陶氏的腰肢，把臉深深埋入娘親馨香的懷抱中。

是娘親那溫柔、寧靜的味道。楚明慧鼻子一酸，差點落下淚來。前世的自己到底有多傻，一心沈迷於虛妄的情愛當中，忽略了家人。

「都是快十四歲的大姑娘了，還跟娘親撒嬌？」陶氏撫摸著女兒的髮絲，輕聲取笑。

「再大也還是娘親的女兒。」楚明慧更深地埋入陶氏懷中，嬌嗔地道。

陶氏失笑，把女兒從懷中扶起，捏捏她的鼻子道：「難不成嫁人了還像小姑娘一樣膩在娘懷裡？」

楚明慧正欲說話，便聽到身後傳來一陣大笑聲。「慧兒又纏著妳娘了？」只見一名年過而立的儒雅男子含笑而來，正是晉安侯府二老爺——楚仲熙。

晉安侯府有三位老爺，大老爺楚伯豪繼承侯位，娶太夫人的娘家姪女小王氏為妻，育有大少爺楚晟瑞、大小姐楚明婉、七小姐楚明婧，還有庶出的二小姐楚明涵與五小姐楚明芷；二老爺楚仲熙，娶易州書香世家之女陶氏為妻，育有二少爺楚晟彥、三小姐楚明慧及庶出六小姐楚明雅。庶出三老爺楚叔健則娶藍氏為妻，育有三少爺楚晟濤、四少爺楚晟暉、五少爺楚晟易及四小姐楚明嫻。

楚明慧按下心中激動，連忙站起行禮請安。「爹爹！」

楚仲熙慈愛地道：「聽聞婢女說妳昨晚睡得不好？」

楚明慧搖搖頭，回道：「只是作了個噩夢，不礙事！」

陶氏見夫君到來，連忙迎上前笑道：「今日怎這麼早回來？」

「同幾位舉子小酌半日，恐耽擱他們備考，故早早散了歸家。」他頓了頓，又接著道：「倒讓為夫發現株好苗子，假以時日必有所成。」

「是何方人士，能讓老爺如此讚賞？」陶氏好奇道。

本來不欲打擾父母交談，正準備告退的楚明慧聽得爹爹如此一說，腳步便頓住了。

「金州人士，年已弱冠，姓崔名騰浩。」

「轟」的一下，楚明慧腦中炸開了，晃了晃身子，一股恨意湧上心來。

崔騰浩？那個偽君子、連累爹爹被罷官流放的崔騰浩！曾經多少次恨不得生啖其肉，若不是此人，自家又怎會落得個家破人亡的下場？

楚明慧越想越恨，臉上滿是肅殺的戾氣。

一旁的陶氏發現女兒神情有異，連忙上前，剛碰到楚明慧的手，發覺一片冰冷，忍不住驚呼。「囡囡，妳這是怎麼了？」

楚仲熙被妻子的驚叫嚇了一跳，亦急急道：「慧兒可是身體不適？」

楚明慧見嚇到了父母，勉強扯出一絲笑容道：「大概是昨晚受了涼，不礙事的，勞爹娘擔心了。」

陶氏怪責道：「怎如此不小心？盈碧她們是怎麼伺候的？」

「不怪她們，是女兒一時貪涼。」

陶氏打斷她的話。「都大姑娘了也不愛惜身子，日後有得妳受了。」言畢，連忙吩咐婢女請大夫。

楚明慧欲出聲勸阻，便被陶氏瞪了一眼，只好閉嘴不語。

經過大夫問診之後，楚明慧靠坐在閨房雕花大床上無奈地接過陶氏遞過的藥。「娘，女兒真的沒事。」

「妳還這麼說？憂思過重，妳一個小姑娘哪有那麼多事憂心？」

楚明慧笑了笑。「娘不是說我是大姑娘了嗎？怎麼又成小姑娘了？」

陶氏瞪了她一眼。「還敢貪嘴？快把藥喝了。」

楚明慧只好接過藥碗，捏著鼻子「咕嚕咕嚕」把藥喝了下去。

一旁的盈碧把空碗接過去後，急急遞上一粒桂花糖，楚明慧亦忙接過，一下把糖送進嘴裡去除苦味。

陶氏搖搖頭，女兒喝藥還是一如既往乾脆，亦是一如既往怕苦。她轉身吩咐盈碧等人小心伺候三小姐後，再囑咐女兒一番便起身離去了。

待母親的身影看不到後，楚明慧臉上的笑意便斂住了。

崔騰浩……

若沒有記錯，此人將在兩年後的會試中考取二甲第六十五名，隨後的殿試又往前晉了幾名。因爹爹對其極為賞識，便把庶妹楚明雅許配予他，並且幫他在吏部謀了個官職。只是沒有料到此人卻是不折不扣的偽君子，家中明明已有明媒正娶的妻子，卻欺騙爹爹說尚未娶親。再三年後的會試，時為吏部尚書的爹爹被任命為主考官，而崔騰浩被赴考的同鄉發現其拋妻另娶，那同鄉亦是個沽名釣譽的小人，要脅崔騰浩竊取試題；崔騰浩為隱藏秘密，利用爹爹職務之便盜取了考題，事後更欲對同鄉滅口，可惜那人僥倖逃過一劫，本著魚死網破的心態告發了崔騰浩，轟轟烈烈的科舉洩題案便爆發了，而爹爹最後以失職之罪被罷官流放。

這一次，定不能讓爹爹重蹈覆轍！

楚明慧死死抓緊覆在身上的錦被，眼中一片堅決。

只是自己身為內宅女子，大門不出、二門不邁，又怎能阻止爹爹與崔騰浩見面？況且看剛才爹爹神情，分明已對那人極為賞識。

想到這裡，楚明慧一陣心焦。

對，只要在爹爹欲商議親事前揭穿其真面目，一向正直的爹爹定會對其不齒，想來亦不會再勞心勞力為其奔走，只要崔騰浩與自家沒有那層姻親關係，後面的事自然牽連不到爹爹身上來。楚明慧暗暗下定決心。

「聽聞三姊姊身子不適，妹妹來看看。」

門外傳來的嬌聲打斷了她的沈思。

循聲抬頭望去，見一身穿桃紅薄紗中衣，下著瑩白紗裙，腰繫鵝黃如意絲絛的姑娘款款而來，而她身後跟著一臉無奈神情的盈碧。

「原來是七妹妹。盈碧，上茶。」

來人正是晉安侯夫人小王氏的掌中寶——七小姐楚明婧。

接過盈碧手中的茶抿了一口，楚明婧一臉嫌棄地道：「三姊姊這碧螺春是去年的吧？我那兒有今年的，待一會兒讓素梅給妳送來，反正我也不愛喝這種沒啥味道的茶。」

楚明慧笑笑。「七妹妹的東西自然是好的。」這個七妹妹雖然被大伯母寵得刁蠻了點、任性了點，但本性卻不壞，只是有時說話直了些，倒也沒有什麼壞心眼，比慕錦毅那個同樣被寵壞的黑心肝妹妹好多了。

楚明婧不以為然。「三姊姊有什麼缺的跟我說就行了，我總不會像某些上不得檯面的庶出女一樣小家子氣。」

楚明慧失笑，深知這個「上不得檯面的庶出女」指的是大房庶出的五小姐楚明芷。楚明芷生母趙姨娘，一向頗受大伯晉安侯寵愛，連帶這個庶出的五小姐也水漲船高，晉安侯夫人自是視趙姨娘為眼中釘、肉中刺，對其所出的五小姐楚明芷也甚不待見，而楚明婧自然是同仇敵愾，時時針對楚明芷。只是在大房亦頗得寵的楚明芷也不是省油的燈，是故這兩人都看對方不順眼，時不時都要互刺幾句。

只是楚明慧卻知道，楚明芷日後的日子並不好過，得罪了面善心狠的嫡母，生母也是個目光短淺的，幾年後大伯母把她許給安郡王為繼室，母女倆只為嫁過去當郡王妃而滿懷歡喜，卻不知道安郡王是個暴虐性子，元配夫人就是被他活生生打死的，只是安郡王太夫人手段了得，把一切掩蓋得極好，故外頭並不知道內情，只道前郡王妃是病逝而已。

楚明慧並不知道，其實在她死後一年，楚明芷忍受不了安郡王的虐打，趁其喝醉時一刀捅死了他，然後一把火燒了安郡王府正院，製造了繼科舉洩題案後又一轟動的大案。

而現在的楚明芷，還只不過是待字閨中，深受父親寵愛，閒來耍耍小手段和嫡妹攀比鬥氣的小姑娘罷了。

「三姊姊，一個月後的賞花宴，妳可準備好了？」

「賞花宴？」楚明慧一頭霧水。

「賞花宴啊，大長公主府上的賞花宴，難不成妳還忘了？」楚明婧恨鐵不成鋼地道。

「哦，賞花宴啊！」楚明慧恍然大悟。

「妳真忘了？」

楚明慧不好意思地笑了笑，二十歲身死，一轉眼又回到十三歲時，快七年了，哪還記得什麼賞花宴啊！

「妳，真是的！平時看妳一臉的聰明樣，怎如此忘性呢，這麼大的事妳居然還給忘了！」

楚明慧無辜地朝她眨眨眼睛，楚明婧見狀更惱了。「算了算了，懶得理妳，到時出醜有妳受的！」

跺跺腳，楚明婧氣呼呼地走了。

楚明慧看著她的背影無奈地笑了笑，這七妹妹還是這個說風就是雨的性子。

只是，賞花宴……記憶中自己就只參加過一次賞花宴，之後不久就訂了親事，然後及笄，再一年後嫁入慕國公府。

楚明慧揉揉太陽穴，總覺得自己好像忘了什麼重要的事。

賞花宴……大長公主最愛大紅色，府上鮮花多為紅色，記得賞花宴上擺放的也多是鮮豔的紅花，一眼望去全是一片紅——

一片紅色，紅色——

猛然睜大眼睛，她想起來了！

賞花宴後不久，娘親在與三嬸的爭執推擠中摔了一跤，導致小產！想來爹爹流放後，娘親的身子每況愈下與那次小產傷了本脫不了關係。

算算日子，娘親應該是這段時間懷上的。想到那未能出世的弟弟或妹妹，楚明慧一陣心痛。娘親性情柔和，又怎會輕易與人爭執，三嬸也不過嘴碎，並不是會動手動腳的粗鄙婦人，這當中到底是誰做了推手？

她輕吁一口氣，揉揉額角，努力理清思路。

現今祖父母雖健在，但已不理事，大伯繼承爵位，爹爹則憑探花出身外放數年，如今回京就任吏部侍郎，三叔憑祖蔭擔了個六品小官。大伯母表面慈和，但從她對付妾室及庶子、庶女的手段可知，並不是表裡如一之人；三嬸為人貪小便宜，酷愛說三道四，卻是個直爽的人；還有各房兄弟姊妹——

「三小姐，大小姐她們來了。」

應聲望去，只見四位年齡相差無幾的姑娘相攜而來。

姊妹幾人見過禮後，大小姐楚明婉坐在床邊的青瓷雕花鼓墩上，有些責備地道：「怎如此不小心，這大熱天的還受了涼，可是丫鬟、婆子們不盡心？」

「大姊姊快別說了，剛剛娘親才說過妹妹。」楚明慧有點羞愧地回道。

剛行過及笄禮不久的楚明婉早已和衛郡王世子訂下親事，只待年後便出嫁，現今只一心一意留在房內繡嫁妝，聽聞二房三妹妹受了涼，故約了幾位妹妹一起前來探望。

「看妳平日裡一副嫻靜的樣子，沒想到睡著了倒是個不老實的！」楚明婉伸出纖指輕點了點楚明慧的額頭。

楚明慧有點不好意思地摸摸鼻子。

「這私下樣子與平日樣子自然是有所不同的。」一旁的二小姐楚明涵開口道，話裡話外的意思就是指楚明慧表裡不一。

楚明慧掃了她一眼，才微笑道：「想來二姊姊深諳此道。」

楚明涵臉色一沈，正欲開口諷刺幾句，眼角卻掃到楚明婉探究的目光，心中一凜，立馬收斂敵意溫順地垂下頭。

楚明慧見狀心下冷笑，若說大房裡最鬧的是五妹妹楚明芷與七妹妹楚明婧，而最為陰險的就是這位二姊姊楚明涵了。想必五妹妹敢與身為嫡女的七妹妹鬥嘴，除了自身頗受大伯父寵愛，底氣足外，還與這位二姊姊的從中挑撥不無關係。

前世楚明涵嫁給慕淑穎夫君的遠房表親——原雍州巡撫林大人之子，可沒少慫恿慕淑穎找自己的麻煩。

楚明慧就不明白了，自己到底是哪裡得罪了這位二姊姊，讓她處處針對，之後還要勾結外人對自己下毒手？

「世子爺，已經打探清楚了，大長公主的賞花宴的確向晉安侯府發了帖子。」

「嗯，知道了，你退下吧！」慕國公世子慕錦毅面無表情地吩咐道。

待屬下躬身一禮，知趣退了出去後，慕錦毅難掩心中激動。「明慧……」

憶及前生往事，慕錦毅心中一片痛楚，若自己再強大一點，又怎會受人所逼，又怎會讓妻子對自己心灰意冷？若自己不逃避現實，又怎會令妻子孤身陷入後宅爭鬥，最終淒慘死在後宅黑幕當中？

想起初成婚時的甜蜜恩愛，琴瑟和鳴，慕錦毅心中更如刀割一般，那樣如花般美好的女子，最終卻間接折在自己手裡。

自發覺重生以後，慕錦毅心心念念的便是將楚明慧納入懷裡，再不讓她受一絲的不公與委屈。前生兩人初見是在半年後，至今慕錦毅還記得那日慈恩寺後山那片桃花林，女子一身鵝黃紗裙，手執一枝桃花，抿嘴含笑盈盈立於樹下，一陣微風吹過，衣帶飄飄，彷彿是從畫中走出來的一樣。

第二次見面則是他追趕逃犯時，犯人誤闖位於京郊楚二夫人的陪嫁莊園，並抓住楚明慧作為人質。十四、五歲的少女被犯人以刀架在脖子上仍臨危不懼，還能巧施妙計，協助自己一舉拿下犯人，事後更是鎮定自若地安排人手抹去一切痕跡。就在那一刻，慕錦毅知道自己對這位女子有了不一樣的感覺。

後來得知這女子正是祖母為自己訂下的未來妻子，晉安侯府三小姐楚明慧，慕錦毅不止一次感謝上蒼對自己的厚愛。

而這一世，他實在無法等到半年後的慈恩寺初見，趁著這次大長公主府上的賞花宴，他早早安排好一切，就只等心儀女子的到來。

明慧，這一生，我定再不許人傷妳半分！

第二章

「娘親，妳這是在做什麼啊？」楚明慧看著陶氏一下子皺眉，又一下子撫額的樣子，終於忍不住開口問道。

「還不是為了妳二哥哥的親事……」陶氏有點無奈地道。

「二哥的親事？」

「是啊，娘正在頭疼呢，看這個不錯，那個挺好，另一個也挺適合的。」陶氏揉揉太陽穴。

「娘都看中哪幾個啊？」楚明慧好奇問道。

「一個是徐御史家的嫡出二小姐，年方十五；一個是禮部尚書凌大人家的嫡長女，比妳二哥小五個月，今年十六歲；還有一個是安寧侯夫人所出的大小姐，比妳二哥倒是大上兩個月。」陶氏便把看中的三位姑娘的背景略作介紹。

楚明慧目瞪口呆，這三人當中除了最終成為自己二嫂的凌尚書家大小姐外，另兩個可是不久之後京城社交圈裡有名的人物。

先是這位徐小姐，再過不久便以一首詠梅詩一躍成為京城第一才女，引得不少閨閣女子、世家子弟及清流學子們的追捧，人人都以得到她的詩句為平生第一得意事；再來就是那位安寧侯家的大小姐，出閣後不久便充分展現了經商才能，她名下那家名為「四海之家」的酒樓，生意紅紅火火，都在好幾個州省開了分店，雖說不少貴夫人抨擊她滿身銅臭，可她卻是毫不在意，依然我行我素。楚明慧記得自己曾無意中聽到她教導親妹，說什麼「經濟基礎決定家庭地位」、「男人靠得住，母豬能上樹」之類的驚人話語，而那會兒自己正和慕錦毅柔情密意的，自然對這些話嗤之以鼻，如今看來，倒是字字珠璣。

卻是沒有料到，原來她們曾經是自家娘親看中的二嫂候選人。

只是想想前世的二嫂凌氏，亦是個難得的賢妻良母，與哥哥成親後相敬如賓，對爹娘孝順，對弟妹友愛，是個溫和寬厚的。而凌尚書一家也是厚道的，前世爹爹因試題洩漏一事被青衣衛帶走後，凌尚書多方奔走、到處求情，雖然結果不盡如人意，但到底也是盡心盡力。即便爹爹被流放，凌夫人也時常上門慰問娘親、嫂嫂，是故這一世，楚明慧還是希望凌小姐當自己的嫂嫂，只是前世娘親最終看中的也是凌小姐，這一世自己不用多做些什麼，順其自然地讓娘親自己選擇，想來結果也與前世一樣吧。

「哎，還是得再仔細瞧瞧，畢竟關係到彥兒的一輩子。」陶氏有點無奈地撫額。

楚明慧聽罷一笑。「娘親這是挑花了眼。」

陶氏啞言，片刻才笑道：「其實這是娘親私下確定的名單，囡囡可不能外傳，否則對這幾位小姐的名聲有礙。」

楚明慧點點頭。「女兒知道。」

陶氏笑笑，知道女兒是個懂分寸的，只是這畢竟是大事，這才特意再提醒一番罷了。

「二夫人，大夫人派人來問小姐們賞花宴的事準備得怎麼樣了，可有缺的？若有的話派人跟紅繡姊姊說一聲，回頭大夫人再讓人添上。」翠竹進來對著陶氏回道。

陶氏點點頭，正欲轉身問楚明慧，便覺眼前一花，身子一歪就要倒下，嚇得楚明慧和翠竹兩人忙上前一人扶手一人抱腰，方才牢牢穩住她。

陶氏晃晃腦袋，拍拍楚明慧抱著她腰身的手，強笑道：「娘親沒事，囡囡不要擔心。」

楚明慧含淚搖頭，高聲命人請大夫來。

陶氏張嘴正打算再安慰幾聲，便被女兒驚恐莫名的神情嚇了一跳，連忙柔聲道：「囡囡，娘親真的沒事，就是覺得有點勞累罷了。」

楚明慧睜著紅紅的雙眼，淚珠掛在眼眶裡，偏她還咬著嘴唇死死地不讓眼淚滴落。

陶氏嘆口氣，摟住她的肩膀道：「好，娘親看看大夫，娘親答應囡囡，一定要好好的。」

楚明慧點點頭，眼淚終於如決堤般掉落下來。

她實在是非常害怕，前世的娘親就是這樣倒了下去，任她再怎麼呼喚、怎麼哭喊也醒不過來，那種面對至親離世而束手無策的無助感，和恍若被這世間拋棄了的孤單感，她再也不願承受一遍。

待陶氏躺在雕花床上，從薄衾裡探出手腕讓老大夫把脈，楚明慧仍沒從驚慌中回過神來。

「夫人這脈……」老大夫收回手，皺著眉頭有點遲疑地道。

「大夫，我娘是怎麼了?可有大礙?您別怕，照實說來便可。」楚明慧見大夫遲疑的樣子，心中「咯噔」一下，急急道。

陶氏見狀心中亦是七上八下。

「夫人最近勞累過度，脈搏有點虛弱，而且……」老大夫頓了一下，接著又道：「而且老夫現在也沒十分把握，但摸著有點像是喜脈，只是日子尚淺，暫且還不能確定。」

眾人聽罷，臉上均是驚喜莫名的神情。

「你、你是說我們家夫人有、有喜了？」翠竹激動得結結巴巴地道。

「雖無十分把握，但五、六分還是有的。」老大夫笑道。

陶氏亦是十分激動，手輕輕撫著腹部，一時有點不大敢相信。自生女兒時損了身子，大夫都說了日後受孕困難，如今十幾年過去了，自己也早早死了心，沒想到這會兒倒又懷上了。

楚明慧心中也甚為歡喜，雖然早知道娘親應是懷上了，但一天沒有確切消息，心裡也是七上八下的，現今聽得老大夫如此說來，才覺得總懸著的心終於落回了實處。

「那往後可有什麼需要注意的？對了，剛您說我娘她脈搏有點虛弱，這可會影響到肚子裡的孩子？不了不了，您還是把需要注意的事項一個個慢慢說來，我用筆把它記下以防日後哪裡疏忽了。翠竹姊姊，妳去把我的筆墨紙硯拿來，順便讓盈碧磨好墨。」楚明慧興奮得圍著老大夫嘰嘰喳喳地說個不停，引得陶氏和翠竹直掩口忍不住地笑，而滿頭銀髮的老大夫也是一臉無奈。

「得知夫人有孕，三小姐都歡喜得傻了！瞧瞧她這個熟門熟路的樣子，不知道的還以為她自個兒生養過呢！」翠竹終於忍不住噗哧一下笑出聲來。

陶氏聽罷也是滿臉笑意，瞋了翠竹一眼。「什麼生養過，這也是能渾說的？」

「對對對，都是奴婢說錯話了，三小姐可千萬別見怪。」翠竹拍了一下嘴巴，歉意著道。

楚明慧聽到翠竹那句「不知道的還以為她自個兒生養過呢」，神色一黯，前世的自己可不是也曾懷過，只可惜最終孩兒卻死在親姑姑手裡。想到那未曾謀面的孩兒，心中不由對罪魁禍首慕淑穎又痛恨上幾分。

「妳也不用取笑她了，妳自個兒也好不到哪裡去，快去把張嬤嬤喊來，讓她聽聽大夫怎麼說的。」陶氏掩著嘴笑了聲，便對著翠竹吩咐道。

「哎。」翠竹應聲施禮退了出去喊張嬤嬤。

張嬤嬤是陶氏的奶娘，如今在晉安侯府二房任掌事嬤嬤，陶氏生楚晟彥和楚明慧時都是由她照料，如今大夫雖說沒十分把握，但想來十之八九應是懷上了，故讓翠竹把張嬤嬤叫來，日後這胎還是得讓張嬤嬤親自照料。

待老大夫細細向張嬤嬤等人交代了一些需要注意的事項，又給陶氏開了張補身子的方子，叮囑陶氏這段日子裡要注意休息，避免過於勞累，便拿著診金在小廝的帶領下離開了晉安侯府。

這晚楚仲熙歸來得知喜訊也是笑得合不攏嘴，他眼看就到不惑之年，而妻子當年生明慧時又傷了身子，是故如今膝下僅一嫡子，心中也不是沒遺憾的，要不便不會聽從妻子的安排納了妾室林氏，只可惜林氏生下的又是一女。而自己對妻子情深意重，也不耐煩再納什麼妾室通房，再加上這些年來不見妻子懷得上，故也死了心，只一心一意教導兒子楚晟彥。

如今聽得妻子又有孕，楚仲熙喜得摩擦著手掌在屋裡來回走了好幾圈，口中也絮絮叨叨地不知在說著些什麼。陶氏豎起耳朵仔細一聽，原來他在計劃著給還未出生的孩兒起個什麼樣的名字。

陶氏哭笑不得，對著丈夫嗔道：「人家大夫都說還沒十分確定呢，你這倒把孩子的名字都想好了，若是空歡喜一場，還不讓人笑話嗎？」

楚仲熙走過來扶著她的手笑道：「林大夫是個穩重的，他既說了有五、六分可能，那就十之八九是懷上了；只不過現今還是要暫且保密，得過了三個月再說，況且，就算這次沒懷上，日後也總還有機會。」

陶氏紅著臉瞪了丈夫一眼，半晌又幽幽嘆道：「到底是妾身沒用，這才讓二房人丁如此單薄。」

「夫人胡思亂想些什麼呢，這怎能怪妳？一切都是為夫決定的。」楚仲熙不滿地道。

陶氏張嘴欲再說些什麼，待見到夫君不悅的神情，便什麼也說不出口了，只是輕輕撫摸著還未顯懷的肚子，心中默默地道：「但願能一舉得男。」

「對了，還有一事，是關於彥兒的親事的。」

「彥兒的親事？」陶氏疑惑地望著夫君。

楚仲熙被妻子那雙明亮清澈的杏眼看得有點訕訕然，明明早些日子還說讓妻子細細考量一番的，現今自己卻私下跟別人商議妥當了。

他將手握拳，掩著嘴佯咳一聲。「我今日與凌大人小聚，席間提起了彥兒的親事，凌大人也剛好有意於彥兒，是故……」微微抬眼瞧了一下陶氏亮晶晶的雙眼，有一絲歉疚地繼續說道：「是故我們兩人決定就此訂下兒女親事，只讓人擇日上門提親即可。」

陶氏聽罷愣了一下，剛還頭疼著人選呢，如今倒是乾脆俐落地訂下來了。她稍想了想，亦痛快地回答道：「凌家大小姐亦是個極好的，夫君這樣倒了卻妾身一樁心事，那再過幾日妾身便請官媒到尚書府上提親？」

「不忙，妳好生保重身子，替為夫生個健健康康的孩兒才是最重要的；至於其他，妳弄出個章程來，讓下人們忙活便是了。」想了一會兒，他又接著道：「讓慧兒也學著管點事，總歸也要說親了，遲早也得學的，趁著如今這時候，一來可以減輕妳的負擔，二來能監督監督下面的人，三來也能學點管家事宜，總比日後當個睜眼瞎子的好。」

陶氏見夫君想得如此周到，甚至連女兒將來管家的事也考慮到了，心中不由大為感動。她抿抿嘴，才紅著臉細聲道：「妾身聽夫君安排便是。」

楚仲熙見妻子臉蛋紅粉紅粉，神情含羞帶怯，心中不由一蕩，輕輕摟著陶氏纖腰，溫柔地叫了一聲。「小師妹——」

陶氏聽他提起舊時稱呼，想起往日的柔情密意，心中亦是柔情滿滿，不由低低地應了聲。

楚仲熙這聲「小師妹」並不是沒有緣由的，昔日他求學便是拜在當代大儒陶老先生門下，而陶老先生正是陶氏的祖父。這陶老先生除了開門授徒外，閒來也教導孫女讀書寫字，是故其門下的眾弟子偶會戲稱陶氏一聲「小師妹」。

而楚仲熙自拜入陶老先生門下，偶爾得見陶氏幾面，對這位溫柔婉約、寬和大度的小師妹甚有好感，待得高中探花後，便懇求父母替其求娶陶氏為妻，婚後不久便帶著新婚妻子離京赴任，這一轉眼就是十數年，直到前年才回京升任吏部侍郎。

次日一早，楚明慧向陶氏行過請安禮後，便依在陶氏身邊愛嬌地喚了聲。「娘……」

「嗯？」陶氏側頭看著她。

「娘，後日的賞花宴我就不去了，留在家裡陪您好不好？」

陶氏細細想了想。「這可是個難得機會，多少閨閣女子想去都去不了。」

「可我擔心娘親嘛，去了也玩不安心，倒不如留在家裡。」楚明慧搖搖頭，堅持道。

陶氏再勸了一會兒，見她神情堅決，便妥協道：「如此也就隨妳吧，剛好昨晚妳爹爹還說讓妳學著管家，既然賞花宴妳不去了，不如今日便開始學？」

楚明慧想了想，管家也好，把二房正院守得死死的，一定要讓娘親把肚子裡的孩子平平安安地生下來，要是有人敢起什麼壞心思，勢必讓他嘗嘗自己的手段。

陶氏見女兒沒有異議，便吩咐張嬤嬤細細把二房的大小事向楚明慧交代了一遍，隨後又道：「還有一事，昨晚妳爹爹回來說已經為妳二哥哥訂下了凌尚書府上的大小姐，娘親打算回過妳祖母後，過些日子便請官媒上門提親，至於提親所需的物件，待一會兒便讓張嬤嬤把單子列給妳。」

楚明慧點點頭，果然還是淩家的小姐，只是沒有料到卻是由爹爹決定人選。

這日，她用過午膳後便扶著陶氏在花園裡沿著種滿荷花的湖邊散步消食，一陣風吹來，陶氏不禁打了個噴嚏。

「娘，可是覺得涼了？」楚明慧關切地問。

陶氏點點頭。「這風從湖裡吹來，倒還真的感到有點涼了。」

「那我們回去？」

陶氏搖搖頭。「整日待在房間也悶得很，這會兒出來散散步反倒覺得舒服些。」

楚明慧無奈，四處看了看，想找個人回去替陶氏取件披風過來，可四周看了一圈，一個下人也沒看到。

楚明慧猶豫了一下，試探著道：「要不女兒回去拿件披風來，您先在這裡坐著等我，千萬不要亂走。」

陶氏看著把自己當成小孩子一般的女兒，不由覺得有點好笑。「好了，小管家婆，娘聽妳的，老老實實坐著，哪裡都不去。」

楚明慧點點頭，把陶氏扶往不遠處光滑的大石上坐下，有點不放心地再次叮囑。「千萬不要亂走，一定要等我回來。」

陶氏好笑地拍拍她的手背。「去吧，我哪兒都不去。」

楚明慧這才放心地離開。

沒多久，剛返家的楚仲熙經過後花園時，遠遠便見到自家夫人一個人坐在荷花池旁邊的大石頭上。

「夫人，妳怎一個人坐在此處？」

「夫君。」陶氏站起身，朝他微微福了福。

楚仲熙連忙上前扶著她的手臂。「慧兒呢？往日裡像條小尾巴一樣黏在妳身後，今日怎麼讓妳落了單？還有翠竹她們，是怎麼伺候的？」

陶氏見夫君神情不豫，笑道：「慧兒方才還陪著妾身散步，只是妾身突然覺得有點涼，便讓她回去取披風了；而翠竹她們正忙著給彥兒提親的事呢！」

楚仲熙這才緩了神情。「要取披風讓下人去便是了，怎用得著她親自去？」

「這不是一時找不著人嘛！」

楚仲熙無奈地搖搖頭，接著柔聲問道：「今日身子可有不適，可想吃酸的？有沒有突然覺得困乏？會不會剛吃下東西又想吐出來？」

陶氏噗哧一下便笑出聲來。「夫君，這才多久啊？連大夫都說日子尚淺呢！」

楚仲熙緩過神來，亦覺得有點好笑，自己的確是稍微興奮過頭了，低頭又看見妻子笑靨如花，嘴角兩邊的小梨渦若隱若現，心中一陣柔情密意，扭頭朝四周看了看，見並無外人，便快速在陶氏臉上「啵」的一下親了一口。

陶氏捂著被親得有點微濕的臉，一下子有點懵了，待反應過來後，臉便「唰」的一下全紅了。

楚仲熙此舉本是情之所至，待回神後亦有點後悔自己一時的孟浪，只是見妻子一下子變得紅通通的臉蛋，又忍不住逗她。「都快是三個孩子的娘了，怎還像個小姑娘一般，動不動就臉紅。」

陶氏狠狠地瞪了罪魁禍首一眼。

楚仲熙見她眉目流轉間似嗔似怒，加上臉龐還透著絲絲紅暈，看起來更是嬌豔無比，恨不得立馬擁入懷裡狠狠親上幾口，只不過他也知道地點不對，剛才那一下已是輕浮過頭了，若讓人看見還不知怎麼說呢，是故只好遺憾地輕嘆一聲。「可惜了！」

陶氏作為他十幾年的枕邊人，當然清楚他是在可惜什麼，又狠狠地瞪了他一眼，嗔道：「瞎說些什麼呢！」

楚仲熙搖頭笑了笑，扶著她一隻手道：「還是回去吧，小心累著了，大夫不也說讓妳多歇息嗎？」

陶氏點點頭，夫妻兩人相攜而去。

另一側的假山後，大夫人小王氏盯著楚仲熙夫妻的背影，死死握著拳頭，眼中充滿妒恨、不甘、後悔——

直到大夫人離去後，楚明慧才從她身旁不遠的大樹後走出來，眼裡是滿滿的不敢置信。

大伯母這是……她對爹爹？

不、不會的！

可是，正常人遇到小叔與弟妹恩愛不是應該回避的嗎？又怎會死死躲在一旁偷看？而且，她那表情，自己沒有看錯的話，分明像是女子見到心上人密會情人的表情，充滿了濃濃的嫉妒與不甘！

爹爹與大伯母？這之間到底有什麼關係？

第三章

自那日發現了大夫人的異狀後，楚明慧整個人都處於恍恍惚惚當中，連陶氏叫了她好幾遍都沒有聽到。

「囡囡可是累著了？近日事情是多了些，加上又要忙妳二哥的親事，只是再累也得注意身子。」陶氏勸道。

楚明慧勉強扯出一絲笑容道：「事情雖多，可張嬤嬤和翠竹姊姊是得力助手，女兒倒也沒做什麼，更別說累著了，只是想著未來二嫂是怎麼樣的人而已。」

陶氏明知就裡，笑道：「這個囡囡倒不用擔心，娘親見過凌大小姐，是個溫和寬厚的性子。」

「那女兒就放心了。」

陶氏愛憐地摸摸她的臉，溫柔地道：「明日便是賞花宴了，妳真的不打算去？」

「嗯，不去了，也跟大伯母報備過了，就讓六妹妹跟著大伯母她們去吧！」

陶氏點點頭。「那妳先回去歇息吧，明日還有事情得忙呢，娘還要就賞花宴的事囑咐六丫頭一番。」

楚明慧起身福了福便離去。

這晚，她靠坐在床上，雙手抱著腿，默默地陷入沈思中。

爹爹與大伯母之間到底發生過什麼事？難道……想想又拚命安慰自己，不會的、不會的，爹爹為人正直，又怎麼會與自家大嫂有齷齪之事呢？一會兒又想，若是情深意重的爹爹都背叛了娘親，這世間還有什麼男子是能相信的？一下子她又陷入深深的絕望中。

這會兒她的腦子裡彷彿有兩個小人在掐架，一個說「看大伯母的神情就知道了，這兩人之間肯定有些不能道人的私事」；另一個說「爹爹與娘親感情深厚，為人又正直忠厚，是絕對不可能背叛娘親的」；那個又反駁「當初慕錦毅對妳不也是情意綿綿，還許下什麼『一生一世一雙人』的誓言呢，還不是說破誓就破誓？果然還是安寧侯大小姐說得對，『男人靠得住，母豬能上樹』」，對方小人一下就說不出話來了。

第二日，陶氏驚見女兒滿臉的憔悴。

「這、這是怎麼了，昨晚可是休息得不好？」

楚明慧搖搖頭，伏在娘親懷裡合上眼瞼，心中暗暗下定決心：不管怎樣，絕對不能讓人傷害到娘親及肚子裡的孩子！

「若是實在太辛苦了，便先把事情放一邊吧，到底妳也還小，一時半刻接手家裡的事感覺不適應也是有的。」陶氏撫著女兒的長髮，柔聲道。

「不辛苦，我能的。」楚明慧在陶氏懷裡輕搖了搖頭，片刻抬起頭試探地說：「大伯母管理整個侯府都是井井有條，女兒又怎敢喊辛苦呢？據聞大伯母從小便是祖母認定的兒媳婦，想來祖母也沒少花心思教導她吧？」

「妳大伯母自然是個有能力的，只是從小便被妳祖母認定這種說法，娘親倒不大清楚。不過大夫人及笄前曾在侯府住了一段時間倒是真的，想來妳祖母也是有這個意思的，畢竟是她親姪女呢，親上加親的做法倒也平常。」

「那大伯母便是在侯府住的那段日子看中大伯父的？」

「小丫頭片子胡說什麼呢？妳大伯母是個守規矩的人，妳大伯父也是知禮的，又怎會做出這樣的事來，休得再胡說，讓人知道了還不怪罪？」陶氏瞪了女兒一眼，教訓道。

「我就只在娘親面前說說而已。祖母把她接來未必沒有相看的意思吧，說不定祖母心疼姪女，特定讓她從兩個親兒子裡選一個當夫君呢！」楚明慧不服氣。

「越說越沒規矩了，天底下哪有母親這樣作踐自個兒兒子的，這些話再不許說，否則告訴妳爹爹，讓他好好教訓妳一頓。」陶氏惱道。

楚明慧見娘親生氣了，只好閉嘴不敢再說，只是心裡卻有一番思量，小王氏最終嫁了大伯父到底是兩家父母的意思，還是她自己也樂見其成？若是樂見其成，就不應該窺覷爹爹才是啊？難道另有一番隱情？不知不覺中，楚明慧已經認定了大夫人對自家爹爹是起了齷齪心思的。

難道她是不願意嫁大伯父的？可是只要她自己露出一丁點不願意的意思，以太夫人對她的寵愛及對娘家嫂嫂的敬重來看，也應該不會逼她才對啊！畢竟小王氏可是太夫人娘家兄嫂唯一的女兒，在及笄前接姪女到府上小住，說沒有相看的意思誰相信，就不知是小王氏挑夫君，還是大伯和爹爹相妻子了！

現今爹爹畢竟成了她的小叔子，雖說有那麼一層親戚關係，但到底一個是外男，一個是內宅婦人，平日裡也鮮少有碰面的機會，怕只怕大夫人會因妒恨而對娘親出手，畢竟以那日她的神情來看，因妒生恨什麼的也是很有可能的。

莫非前世娘親會小產也是大夫人的手筆？

想到這裡，楚明慧心中一凜，這其中的可能性的確非常大。前世自己並沒像現在這般時時關注著娘親的身子，更沒有留意二房正院裡的事，事先也並不知道娘親已經懷有身孕，直到她被推倒小產。

若此事是大夫人所為，想必前世她也是像昨日一樣偶爾得知娘親懷孕一事，加上心中妒恨不平，設計讓三嬸與娘親起了爭執，慌亂中導致娘親小產。

「二老爺，三小姐來了！」

楚仲熙從書案上抬頭，便見楚明慧端著一只紅梅圖案的青瓷碗，邁著小碎步朝自己走來。

「爹爹。」

楚明慧福了福，把手中瓷碗放在書案上，輕輕喚了一聲。

「慧兒怎地來了？」楚仲熙笑問。

「女兒見爹爹連日裡忙著公事，擔心爹爹身子吃不消，故命人給爹爹燉了些雞湯。」楚明慧道。

「沒想到為父也能享受到與妳娘一樣的待遇啊！」楚仲熙摸摸下巴，戲謔道。

「爹爹。」楚明慧不依地跺跺腳。「說得女兒好像從不關心爹爹一樣，只是因為娘親懷了孩子，女兒才特別上心了些，倒不是成心忽略爹爹的，爹爹再那樣說，女兒就無地自容了！」

楚仲熙哈哈一笑，接過瓷碗小口小口地喝起雞湯來。

楚明慧見他喝得差不多了，便試探地道：「女兒連日來幫著娘親管理家裡大小事，深感管家不是件容易事，又想到大伯母平日裡要打理府中上下大大小小的事，更覺得她實在很有能力，女兒真是自愧不如。」

楚仲熙放下瓷碗，接過楚明慧遞來的白絲絹帕擦了擦嘴。「妳剛開始接觸，自然是覺得十分吃力，慢慢上手便好了。至於妳大伯母，倒真是個能幹的。」

楚明慧瞄到他臉上對大夫人毫不掩飾的讚嘆表情，心中一窒，像是被人死死捏住整顆心一樣，一下子感覺連呼吸都要不順暢了。

難道爹爹也對大伯母……

楚仲熙看到女兒灰暗的神情，以為她被打擊到了，便安慰道：「妳大伯母管家都十幾年了，自然比妳這個初出茅廬的小丫頭要強得多，妳只要認真學，日後說不定比她要更厲害些。」

楚明慧斂斂神情，若無其事地笑道：「是呢，倒是女兒一時想到死胡同裡去了，俗話說『心急吃不了熱豆腐』，女兒這樣子倒成心急吃熱豆腐之人了。」

「妳也不過是想為妳娘分擔罷了，是一片孝心。」
頓了一下，楚明慧又裝作不經意地問：「大伯母年輕時想必也是很能幹吧？聽聞她還是姑娘家時曾在咱們家裡住過一段日子。」
楚仲熙點點頭。「是有這麼一回事，那會兒妳大伯母也不過十三、四歲的樣子，還曾幫妳祖母管過一陣子家，的確是能幹的。」
楚明慧聽罷心又往下沈了沈。
片刻，楚仲熙反應過來，覺得跟自家女兒討論大嫂實在是件不像樣的事，便朝楚明慧揮揮手。「反正妳不用理別人，只要認真做好妳自己便成了，假以時日，我家慧兒也定是管家的一把好手。好了，天色不早了，早些回去歇息吧！」
楚明慧點了點頭。「那爹爹也早些回去歇息，不要累著自己了。」言畢，微施一禮便告退了。
這到底是怎麼回事？爹爹是不是也對大夫人懷有那樣的心思？從言談中可知他對大夫人頗有些賞識，就不知是僅僅對她能力的賞識，還是整個人的賞識？是單純的欣賞還是別有心意？
慕錦毅為了在賞花宴見佳人籌備了好一段日子，結果卻不能如願，心中自是沮喪萬分。他翻來覆去地思量了好幾日，才一拍大腿道：「我怎麼就忘了大舅子楚晟彥了！」
楚明慧同胞兄長楚晟彥，向來是個寵妹如命的，前世慕錦毅納妾時，若不是他外出求學，肯定不會輕易饒過慕錦毅；而到了他返家時，楚明慧已經對慕錦毅沒了情意，也不在意他納不納妾，楚晟彥才沒有鬧上門來，只是也不再給慕錦毅好臉色看了。

慕錦毅暗自思量，若是搭上大舅子這條線，日後說不定有機會見上一見楚明慧。只是大舅子一個文人學子，自己卻是個不折不扣的武官，若要結交他還得找個中間人牽線，然後再投其所好，說不定能稱兄道弟一番，和大舅子打好了關係，日後提親亦多幾分助力。只是大舅子平生有什麼喜好呢？

慕錦毅冥思苦想，差點把腦袋想破了也想不出楚晟彥有何喜好，一時又深悔前世對楚明慧的家人瞭解不夠，以至今時今日想打入晉安侯府二房內部也束手無策。

記憶當中，楚晟彥與禮部尚書凌大人家的大少爺關係要好，要想主動交好楚晟彥，還得從凌家大少爺處入手。

慕錦毅深思之後，便命人速將凌家大少爺的作息時間、交友狀況等細細查來，想了想，凌家大少爺只不過是一個中間人，主目標還是楚晟彥，又命人查探一下晉安侯府二少爺平日裡有何喜好，又與何人交往比較密切。

待屬下領命而去，他才輕吁口氣跌坐在紅木靠椅上。

「世子爺，太子殿下有密信到！」

「速速拿來。」慕錦毅一凜，立刻正色挺直腰身。

把手中密信打開一看，他的眼神一黯。

果然沒有料錯，五皇子這個時候私下的確有不少動作，幸虧自己隱晦提醒了太子，否則等到太子察覺，五皇子也早已羽翼豐滿。前世若不是太子一向對這位外表看來與世無爭，實則包藏禍心的五弟疏於防範，又怎會導致後來被五皇子黨打個措手不及，而身為太子一派的自己又怎會處處受制於人。

現年二十歲的太子殿下是當今皇上嫡長子，乃先皇后所出，八歲時便因聰敏異於常人被冊封為太子，可惜皇后早逝，太子雖在宮中頗得皇帝看顧，但到底沒有生母在宮中替其打點。五皇子生母德妃，本是先皇后遠房表妹，自入宮後先皇后對其處處照拂，及至皇后薨逝，皇上感念其對皇后一片姊妹情深，便晉升為德妃，掌六宮事宜。

只是慕錦毅知道這個德妃娘娘是個不簡單的，五皇子其實算不上有多聰明，前世能擁有與太子不相上下的勢力，逼得太子狼狽不堪，這位德妃娘娘功不可沒。只可惜五皇子到底還是個扶不起的阿斗，待太子反應過來，韜光養晦一段時日後反殺回去，步步緊逼，最終徹底掃清五皇子一派勢力。當然，其中也是付出了常人所不敢想像的巨大代價，但不管怎樣，五皇子能把本來的大好形勢葬送得徹徹底底，從中也能窺知其不是個能幹大事的，前頭所得的成績全憑德妃在後指點有方。

而這一世，慕錦毅提前讓太子知曉了德妃與五皇子的真面目，自然處處加以提防，德妃母子想再取得前世的勢力只怕是難上加難了，畢竟現今太子也有一定的勢力，皇上對他又頗為看重，只要太子安守本分，將來的皇位是十拿九穩。

目前十七歲的五皇子，選妃早已提上日程，前世德妃替他迎娶了大將軍陳魯的嫡長女為正妃，大大壯實了五皇子勢力。而這一次，慕錦毅一早就讓太子攪和了這樁親事，現在五皇子正沈迷在劉氏女的溫柔鄉裡，哪裡還想得起什麼陳氏，眼裡、心裡只有溫柔多情的劉姑娘。

前世裡五皇子便是以溫柔多情的樣子討得陳家大小姐的歡心，進而贏得了陳夫人的好感。至於陳將軍，一向對陳夫人言聽計從，自然不在話下。雙方既然都有意，婚事便水到渠成了。這一次，慕錦毅早早備下了劉姑娘這一步暗棋，五皇子雖然表現得一副不近女色的樣子，其實是個好色之徒，面對天姿國色、楚楚可憐又身世可憐的劉姑娘，憐香惜玉之心油然而生，而德妃縱有萬般手段，沒了兒子的配合，也是使不上力來。

姑且不論皇室裡兄弟們的勾心鬥角，只說楚明慧自發現大夫人對自家爹爹那不可道人的齷齪心思後，便命人死死盯住大房裡的一舉一動；只是大夫人的不妥還沒發現，倒探出二小姐楚明涵不少事來，包括她時不時挑撥七妹楚明婧與五妹楚明芷兩人。

「只是三小姐妳怎麼知道大房裡的馬婆子打探消息那麼厲害，而且還能把她收為己用？」盈碧一臉佩服地道。

楚明慧笑笑，並不回答她的問題。不只盈碧想不到，這府裡上上下下更沒一人知道。若不是自己重活一世，也是想不到那個矮矮瘦瘦、不顯山露水的掃地婆子會是前世慕錦毅到處讓人尋找的金燕。

前世自己也是偶然之間救過她一命，才得知她曾經在晉安侯府大房裡當過掃地婆子。當時自己一心討好慕錦毅，便把她引給了對方，現今能從她嘴裡得知些大伯母院裡的事，也好過自己眼前一片黑。

「妳讓馬婆子關注大夫人的一舉一動，尤其是看她有沒有針對二房的舉動，若有異動，讓馬婆子立刻派人通知我。」楚明慧再次對盈碧強調道。

「恭喜夫人，夫人的確懷有身孕快兩個月了。」林大夫摸著花白的鬍子恭喜道。

楚仲熙大喜，儘管覺得自家夫人有很大的可能是懷上了，但一日沒有大夫的准信，心裡還是七上八下的，雖然他表面上安慰陶氏說這次懷不上以後還有機會，但畢竟兩人年紀都有些大了，如今總算是確定了，感覺心頭大石終於放了下來。

而陶氏的想法也差不多，見終於有了准信，一時又是歡喜又是感傷，時隔十數年，二房終於又要添兒女了。

張嬷嬷及翠竹等下人亦是十分歡喜，連連恭喜道：「恭喜老爺、恭喜夫人，咱府裡總算又要添丁了！」

楚仲熙哈哈大笑，連連吩咐給眾人發喜錢。

陶氏連忙制止道：「這才不到兩個月呢，就這樣張揚了，還不讓人笑話。」

「笑話就笑話吧，老爺今日高興！」楚仲熙不以為然。

陶氏還是搖頭不同意，楚仲熙見妻子神態堅決，也不打算與她爭論，只好退而求其次地道：「那賞錢先放著，待夫人平安生下小少爺時再一起發放。」

陶氏又不依了。「難道生的是小姐就沒有了？」

「都有都有，只要平平安安生下來就好，不管少爺還是小姐都一樣！」

陶氏這才滿意地笑了。

楚仲熙搖搖頭，對著林大夫道：「讓先生笑話了，內子接下來的日子還要煩勞先生。」

林大夫連道：「不敢。」

晉侯府二夫人時隔十幾年又懷上身孕的消息，雖然楚仲熙原說不到三個月不要聲張，但連日來林大夫頻頻上門，又沒有聽說二房有誰病了，旁人稍一打探便知道內情，連太夫人那裡都收到喜訊。

「老二媳婦果真又懷上了？」太夫人激動地道。

「千真萬確！奴婢本來也是不敢相信的，派人到二房裡一打聽，原是二老爺曾吩咐過，說三個月內還是不要聲張，故才沒有人來報。」管事媳婦笑著回道。

「恭喜太夫人，又要抱孫了。」眾人一見，亦連忙齊聲恭賀。

第四章

楚明慧命金燕時刻監視著大夫人的一舉一動，這日盈碧收到裝扮成掃地婆子的金燕傳來的確切消息。

大夫人終於有動作了。

楚明慧收到消息後死死拽緊手中絹帕，牙關咬得緊緊的，眼裡滿是肅殺的戾氣。前世娘親小產果然是大夫人的手筆，只可憐三嬸做了代罪羔羊。

三夫人藍氏為人雖然有點貪小便宜，卻是個會審時度勢的，並不會一味胡攪蠻纏；而且三夫人對所出的四個兒女是好得沒話說，可以說，兒女是三夫人的逆鱗。大夫人要想拿她當打手，肯定得從三夫人所出的三少爺楚晟濤、四少爺楚晟暉、五少爺楚晟易和四小姐楚明嫻身上著手。

「還有一事，馬婆子說這兩日大夫人也不知中了什麼邪，有時會抱著一疋錦緞又是笑又是哭的，讓人看了心裡發怵。」盈碧道。

「錦緞？」楚明慧亦是不解。「那錦緞有何來歷？」

「這馬婆子說尚未查清，得再給些時日。」盈碧回道。

楚明慧點點頭。「這個不急，讓她小心點，千萬別被人發現。」

「奴婢已經告誡過她了，只是她還是滿臉不在乎的樣子。」盈碧有點無奈道。

楚明慧亦深感無奈，這就是傳說中的藝高人膽大嗎？

她嘆了口氣，這樣輕敵，說不定將來會吃大虧，否則前世自己也不會機緣巧合地救了她一命。

「小姐，現在我們應該怎麼做？」盈碧問。

「先等等，如果我沒猜錯的話，這幾日三嬸應該會上門來，到時再計劃。」楚明慧神情淡然地回答。

「三夫人？」盈碧有點想不通。

楚明慧點點頭，卻沒有再說。

盈碧也不多問，福了福身便退下安排去了。

「二嫂可真會享受，瞧這裡的布置，一進門就覺得心曠神怡。」三夫人掩著嘴巴對著正坐在貴妃榻上、喝著安胎藥的陶氏笑道。

「是三弟妹啊，快快進屋子裡來坐。翠竹，倒茶來。」陶氏急忙吩咐道。

「不忙不忙，還沒恭喜二嫂呢！二房總算也要添兒女了。」三夫人堆起滿臉笑容，有點諂媚地道。

陶氏見她這樣子，心裡不禁直打起鼓來。這個三弟妹從來是無利不起早，如今這副笑容滿滿的樣子，莫不是要出點什麼為難人之事來？

三夫人見她如此反應，不禁有點訕訕然，她也知道外面的人是怎樣說自己的，只是自己娘家不得力，嫁的又是庶出子，還是個萬事不理的鋸嘴葫蘆，自己若不抓緊點，四個兒女的將來怎麼辦？

「二嫂，我也不跟妳客氣了，是這樣的，有件事想請妳幫一下忙。」三夫人也不兜圈子，直截了當地道。

「三弟妹請說。」陶氏直直身子，正色道。

「我家濤兒要參加鄉試，我打聽過了，聽說名師之徒更容易考中，親家老太爺不是當代大儒嗎？我想讓濤兒當他的徒弟。」

陶氏聽罷沈思了片刻，才緩緩開口道：「既然三姪兒有心拜師，那明日我便給祖父去信，待祖父回過信後，妳讓三姪兒準備行囊去易州即可，三姪兒相當好學，祖父想來不會拒絕。」

聽聞是拜師這回事，陶氏鬆了口氣，雖說祖父近十幾年來不再收徒，但自己懇求一番，加上三房這個姪兒的資質也挺好，雖然考了幾次都未考中，但以丈夫對他的評價來看，考中只是時間問題，如此想來，應該問題不大。

「這、這……其實是這樣的。我呢，並不打算讓他到易州去。」三夫人有點不好意思地說。

「這話如何說，不到易州去如何拜師？」陶氏不明白了。

「陶先生是出了名的嚴厲，易州又是那樣一個氣候，我家濤兒身子一向比較弱，哪禁得起折騰啊？」三夫人嘀咕道。

陶氏見她嘴裡嘀嘀咕咕的不知在說些什麼，便又開口喚道：「三弟妹？」

「是這樣的，我就是想讓濤兒和陶老先生有這麼個師徒之名，日後考試也容易些，並不打算讓他到易州。」

「妳的意思是僅有師徒之名，沒有師徒之實？」陶氏訝然。

「對對對，我就是這個意思！」三夫人見陶氏明白，連連點頭。

陶氏皺皺眉頭，遲疑著道：「三弟妹，如果是這樣的話，我可能幫不了妳。祖父一向是個耿直的人，最恨人弄虛作假，而且十分重視名聲，這樣糊弄人之事他必定是不肯的。」

「怎麼就是弄虛作假呢？濤兒的確是要拜在陶老先生門下，只不過因為身體原因沒辦法到易州去罷了，遇到不懂的，還不是一樣要向先生請教嗎？」三夫人解釋道。

陶氏仍是搖搖頭。「祖父定是不肯的。」

「不是說陶老先生最疼愛孫女嗎？妳求求他就可以了。」三夫人不死心。

陶氏還是堅持不肯。

三夫人見勸了她這麼久都達不到目的，不禁有點惱了，語氣也跟著衝起來。「我知道妳家老爺是個有本事的，二姪兒也有出息，小小年紀就中了舉，日後前途不可限量。可我們家濤兒再怎麼著也越不到二姪兒頭上去啊，只不過讓妳幫個小忙，將來院試也容易些，這妳都要推三阻四的。」

陶氏被她說得眼眶都紅了，忍不住辯白道：「三弟妹這樣說，我真是死無葬身之地了。三姪兒也是彥兒的弟弟，我又怎會不盼著他好？只是此事確實做不到，就算我現在應了妳，日後祖父不同意還不是讓妳空盼一場？」
「行了、行了，二嫂的意思我也明白了，既然妳不肯，我也只能找別人了，我就不信這天底下就妳家老太爺一個名師。」三夫人不耐地擺擺手。「不敢打攪二嫂休息了，我這就告辭！」說罷，也不等陶氏再說什麼，馬馬虎虎行了個禮便頭也不回地走了。
陶氏看著她的背影，微不可察地嘆了口氣。
到底還是把她給得罪了。

「小姐，果然不出妳所料，三夫人果真去找二夫人了。」盈碧一臉佩服地對楚明慧說。
「可有打聽到是因為何事？」
「好像是三夫人想讓三少爺拜在陶老先生門下。」
「就這樣？」楚明慧疑惑道，聽聞三嬸是怒氣沖沖地離去，想來是沒有達到目的，若只是想讓三哥拜師，娘親應該不會拒絕才是啊。
「不只這樣呢！」盈碧故意賣了個關子，在收到自家小姐一記瞪視後才乖乖把事情經過說了一遍。
楚明慧聽罷心頭有點疑惑，這就是大夫人的謀算？只是三夫人就算被娘親拒絕了，左不過惱娘親罷了，又能對娘親造成什麼樣的實質傷害呢？又細細回想了一番前世，三嬸累得娘親小產之後，府裡的下人議論紛紛，說什麼二夫人得罪了三夫人，又說什麼三夫人大概又是看中什麼之類的話；後來祖母下令杖責了幾個說嘴的婆子，又勒令府裡不得再胡說八道，而自己只知道一心照顧娘親，也當三嬸是因為雞毛蒜皮的事和娘親起了爭執，並不曾讓人細細查探。

她想了半日也想不明白大夫人此舉的深意，只能又尋了幾個身手靈活的丫鬟、婆子日日跟在陶氏身邊，弄得陶氏哭笑不得，但想著也是女兒一片孝心，遂也由得她去了。

幾日後。

「小姐、小姐！不好了、不好了！出事了！」

盈碧驚慌失措地跑進來，嚇得正在繡香囊的楚明慧一個不留神便被針刺了一下。

顧不得指尖上冒出來的血珠，楚明慧死死抓住盈碧的手臂問：「出什麼事了？可是娘有不測？」

盈碧也顧不上被抓得有點疼的手臂，急道：「三夫人在後花園裡和二夫人吵起來了，大家勸都勸不住！」

楚明慧一聽，臉色煞白。前世也是這樣，三嬸和娘親莫名其妙地就吵起來了，然後便是娘親小產，如今這一幕又要發生了嗎？

她越想神情越驚恐，不，絕不能再讓娘親有任何閃失！

楚明慧一把推開盈碧的手，拚命往後花園奔去，但願一切還來得及。

一路經過的下人見一向端莊的三小姐提著裙襬像拚了命一樣往前奔走，都驚訝地張大嘴巴。這、這是發生什麼事了？

楚明慧也顧不得旁人的眼光，心裡就只有一個想法，千萬不能讓娘親出事，千萬不能！

好不容易到了後花園，遠遠看見三夫人指著陶氏，神情憤怒，嘴裡噼哩啪啦地不知在罵些什麼，而陶氏的表情則像是想向她解釋著什麼。

她見三夫人只是指著陶氏破口大罵，並不曾動手動腳的，心裡稍稍鬆了口氣，正打算加快腳步上前勸說一番，突然發現站在三夫人旁邊的一個丫鬟神不知鬼不覺地把腳伸到她前面，而三夫人仍在激動地罵著，腳卻下意識地往前踏上一步，怕是一會便將摔倒了，而陶氏，恰好站在她的正前方，三夫人往前這一倒，肯定壓在陶氏身上。

楚明慧看得心都要跳出來了，下意識就驚呼出聲。「娘，小心！」

三夫人被婢女伸出的腳一絆，眼看就要倒在陶氏身上了，楚明慧瞬間心驚膽顫，只恨不得直飛過去把陶氏拉到一旁。

「哎呦！」一聲痛呼，緊接著女子的呼痛聲此起彼伏地響起。

楚明慧定睛一看，原來陶氏身邊一位婢女看著三夫人就要壓過來，眼明手快地抱著陶氏的腰往旁邊一拉，有驚無險地避過了。而三夫人則下意識地拉著站在身邊的婢女，打算緩衝一下力道，正圍著勸說的丫鬟、婆子們見三夫人就要跌倒，亦慌慌張張地伸手去扶，結果忙中出錯，不只沒把人扶住，反倒全「咚」一下倒在地上了，其中三夫人情況最為不妙，被壓在最底下。

楚明慧看了不由鬆了口氣，顧不得理會地上橫七豎八的三夫人等人，連忙走到陶氏身邊，急切地問：「娘，可有受傷？」

陶氏搖搖頭，額頭滲出點點汗珠，神色蒼白。

楚明慧見她臉色不對，神情似有痛苦之意，嚇得手足無措起來，口裡只知道不停地叫著。「大夫、大夫、大夫！」

剛從外面回來便聽得響動的二少爺楚晟彥與三少爺楚晟濤一見這情形，亦急忙讓人去請大夫。

楚晟彥則上前來一把抱起樣子十分不對勁的陶氏，急匆匆地往二房正院去。

楚明慧看著陶氏躺在床上滿頭大汗，臉色白得像紙一樣且雙手捂著肚子喃喃叫著「孩子，我的孩子」，她豆大的淚珠一滴一滴地落下。

都怪自己太大意了，明知前世娘親也是因為和三嬸爭執才導致小產的，前些天得知三夫人來找過娘親後就應該寸步不離地守在娘親身邊才是。

「大夫呢？怎麼還沒到？」楚晟彥急得在屋裡走來走去，見妹妹也急得落下淚來，有心想安慰幾句，可自己心裡也是慌得很，只好對著下人發怒道。

「來了來了，大夫來了！」翠竹連忙引著林大夫進來。

「快、快看看我娘！」楚明慧顧不得擦眼淚，扯著林大夫的衣袖急道。

「三小姐別擔心，待老夫細細診斷一番。」

楚明慧不停地點頭，忙讓開把位置留給林大夫。

楚晟彥也圍在床邊焦急地等待。

好一會兒，林大夫才收回覆在陶氏手上的紗絹，取出壓在她手下的棉墊。他皺著眉頭道：「夫人懷的日子尚淺，加上又受了驚嚇，這才動了胎氣。」
「那她身子可有大礙，孩子可有事？」楚晟彥問。
「接下來的幾個月內只要好生臥床靜養，孩子還是能保住的。待老夫再開些安胎藥，三日之後再來診脈。」
「有勞林大夫了。」楚晟彥道。
「二少爺不必客氣，那老夫就先回去了，三日之後再來。」
「楚忠，送林大夫。」
「哎！林大夫這邊請。」
待林大夫走後，楚晟彥才細問翠竹事情的經過。
「三夫人也不知從哪裡聽來的，說二夫人在外頭敗壞三少爺名聲，一大早就怒氣沖沖地跑來正院，聽說二夫人和三小姐在後花園裡，又一臉不善地跑到後花園去。奴婢見情形不好，才匆匆讓人去告訴大夫人，只是剛才去尋大夫人的丫鬟才回來稟報，說大夫人一大早就出去了，這會兒並不在府中。」翠竹回道。
楚明慧聽罷神色一冷，大夫人這是早知道會有這樣一齣，才一早出去避嫌，還是真如翠竹說的只是巧合？想想近日馬婆子探到的消息——「大夫人命人故意在三夫人面前說什麼名師之徒更易考中」之類的話，她心中便打消了巧合的想法。
「敗壞三少爺什麼名聲？我每日在外頭都不曾聽說三弟有什麼不好的名聲，三嬸這又是從哪裡聽來的？」楚晟彥奇道。

「好像是說什麼三少爺弄虛作假，故意撈個名師之徒的名聲好讓院試加分什麼的，奴婢也聽不大清楚。」翠竹撓撓頭，有些遲疑地說。

「一派胡言！」楚晟彥大怒道，也不知是指三少爺弄虛作假還是名師之徒加分的說法是一派胡言。

楚明慧聽了翠竹的說法，心中已經有數，大夫人想必是利用了三夫人一片拳拳愛子之心。先是令三夫人誤信名師之徒加分那套說法，一向為兒子屢考不中憂心不已的三夫人自然是病急亂投醫，而以三夫人的社交圈，能結識名師的自然只有二夫人陶氏了。三夫人溺愛兒子在府裡是出名的，加上易州氣候寒冷，三少爺又一向身子弱，她自然不會讓兒子北上求學，後來便水到渠成了。

陶氏拒絕了三夫人，只要再令人傳出三少爺弄虛作假那套說法，愛子心切的三夫人關心則亂，自然便相信了，再自然而然地懷疑到陶氏身上來。只要在三夫人找陶氏理論過程中讓人製造些小意外，剛懷上不到兩個月的陶氏自然就保不住肚裡的孩子了。

當然，身為晉安侯夫人的小王氏，肯定不會真讓人在外面詆毀三少爺楚晟濤，這畢竟關係到侯府的聲譽，若讓人以為晉安侯府的男子都是這樣沽名釣譽就得不償失了，想來也只是命人偷偷在三夫人面前說說罷了。

想明了其中的關節，楚明慧恨得咬牙切齒。

第五章

翌日。

三夫人因此事被三老爺楚叔健訓了一頓，更是被勒令到二房去向陶氏賠禮道歉。

「翠竹啊，二嫂身子可好些了？」三夫人訕笑著對翠竹道。

「我家夫人剛喝完藥，現在正歇息呢！若三夫人有事，奴婢便叫醒夫人？」翠竹恭敬地道。

「不不不，不必了，還是身子要緊、身子要緊。」三夫人連連擺手。「那我遲些再來。」

「恭送三夫人。」翠竹朝她認認真真地行了一禮。

「不送不送，妳回去好好照顧二嫂吧！」

翠竹看著三夫人離去的背影，有點忿忿地努嘴。「還想見我家夫人，嫌害得她不夠嗎？」

「翠竹，外頭是誰來了？」屋裡傳出陶氏的詢問聲。

「哎，只是小廚房來問午膳的事。」翠竹撒謊道。

「噢。」陶氏點點頭，不再放在心上。

「哎呀，夫人，妳怎麼起來了，大夫不是讓妳臥床休養嗎？」翠竹連忙上前扶住陶氏欲掙扎著坐起來的身子。

「我只是覺得老躺在床上不舒服，想往榻上坐一下。」陶氏無奈地說。

「夫人便坐在床邊休息吧！您還懷著小少爺呢，身子要緊。」翠竹不贊同地道。

陶氏只好無奈地扶著她的手靠坐在花梨木雕花床上。

「再不到一個月便是慧兒的生辰了，本想著好好給她舉辦一場盛大的生辰宴，如今只怕是有心無力了。」陶氏可惜道。

「對三小姐來說，您好好顧著身子和肚子裡的小少爺便是給她最好的生辰禮物了。」翠竹笑道。

想想孝順的女兒，陶氏不禁欣慰地笑了笑。「慧兒最近的確是與往日不同了，懂事了許多。」

「三小姐也長大了嘛！」翠竹亦笑道。

這日，楚明慧正往陶氏的院裡來，遠遠便見到三夫人在陶氏院裡正跟翠竹說著什麼，不到一會兒就見三夫人擺擺手離開了。

「三嬸來可是有事？」楚明慧問。

「來求見夫人呢，奴婢就說夫人還沒醒。」翠竹撇撇嘴回道。

楚明慧點點頭，雖說三叔已經代為賠禮道歉了，但三夫人卻是個不依常理行事的人，誰知是否又會為了什麼雞毛蒜皮的事又向娘發作一番，娘剛動了胎氣，正需要好好靜養，旁的什麼事能免則免吧，橫豎祖母也下令讓人別打擾娘靜養。

「那娘現在可醒了？」

「醒了好一會兒，現在二少爺正陪著說話呢。」

楚明慧聽罷便抬腳往陶氏房裡去。

剛一進門便聽到陶氏正與楚晟彥討論著自己的生辰宴。

「娘本來是打算盛大舉辦，畢竟這是你妹妹及笄前最後一個生辰，怎麼樣也得辦得熱熱鬧鬧；只可惜娘這樣的身子，實在有心無力，而你大伯母又忙著你大哥娶親之事，怕是一時也抽不出手來。」陶氏嘆道。

「是要大辦一場，只是這人手還得細細思量一番。」楚晟彥沈吟片刻，接著道。

「娘，二哥！」

「囡囡來了。」

「何必那麼麻煩，一家人坐在一起吃頓飯就行了，生辰嘛，年年不都有得過？」楚明慧不以為然。

「這怎麼行，妳都快要說親了，怎麼也得在京裡露露臉，讓人知道我家慧兒是個好姑娘。」陶氏不贊同。

「娘說什麼呢，我還想在家裡多陪您和爹爹幾年呢！」

「女大當嫁，再留就留成仇嘍！」陶氏點點女兒的額頭，取笑道。

「妹妹別擔心，想在家裡留多久便留多久，二哥養妳。」楚晟彥立馬接著道。

「你們呀！」陶氏看看一對感情融洽的兒女，笑嘆著搖搖頭。

而那日被翠竹尋了理由騙過之後，三夫人仍沒少來尋陶氏，可翠竹不是說陶氏正在睡覺，就是陶氏還沒完全睡醒，要不便是二老爺正陪著夫人在說話。三夫人聽了也不惱，依然每日來三趟。

久而久之，翠竹也有點不好意思了。

這日用過午膳，三夫人照樣來到二房陶氏的住處外求見。

翠竹看了她片刻，見她一副笑咪咪好脾氣的樣子，暗嘆了口氣，道：「三夫人稍等，奴婢前去替您通報一聲。」

「有勞翠竹姑娘了。」三夫人一聽，亦不禁暗暗鬆了口氣。這幾日求而不見，她再怎麼不聰明也知道是二房的人故意整自己呢，只是此事畢竟是自己有錯在先，再說，兒子求學的事也還得陶氏幫忙，自己伏低做小一番也算不了什麼。

原來那日她被三老爺訓斥時方知道陶老先生已經十數年不再收徒，若是兒子拜入他的門下，對將來百利而無一害，尤其是當她看到兒子遺憾的神情，她更後悔不已。

「三夫人，我家夫人有請。」不一會兒，翠竹便出來回道。

「二嫂，身子可好些了？」一進門，三夫人便關切地問。

「有勞弟妹掛念了，這幾日覺得好了許多。」陶氏笑道。「弟妹請坐。」

三夫人亦不客氣，在床榻邊的墩上坐下了。

「之前是我對不住二嫂了，都怪我耳根子淺，聽了小人胡謅，這才鬧出事來，險些害了二嫂，我家老爺也責罵了我一頓，還望二嫂千萬別和我一般見識。」三夫人語氣誠懇地道。

「不怪弟妹，妳也是一片拳拳愛子之心，這是人之常情。」陶氏微笑著說道。

「二嫂不怪罪就好，那我便安心了。說來我也是心急了些，濤兒連考了兩次都沒中，我這心裡啊……」三夫人長嘆口氣。

「濤兒本質極好，只是考試之事，除了能力學問以外，還和主考官的喜好有關，想來因此前兩次濤兒才沒被看上。我家老爺也說了，濤兒是個有學問的，考中只是遲早問題。」陶氏安慰道。

「二老爺果真這樣說？」三夫人眼睛一亮。

陶氏點點頭。「我家老爺確曾如此說過。」

三夫人一聽，臉上不由得布滿笑容。

「夫人，該吃藥了。」翠竹端著藥碗進來。

「我來我來，我來服侍二嫂用藥。」三夫人急切地接過翠竹手裡的藥碗。

翠竹阻擋不住，只好小心地鬆開手。「三夫人小心燙著。」

「沒事沒事，我皮厚著呢！」

翠竹不禁噗哧一下笑出聲來，在接到陶氏瞪過來的眼神後便用手掩住嘴。

「二嫂，來，吃藥了。」

「不勞弟妹，我自己來就好。」陶氏伸出手，想接過藥碗。

「還是我來吧，妳身子還沒好，再說也要顧及肚子裡的孩子啊，二嫂再推辭就是還在怪我了？」

陶氏無奈地笑笑。「那有勞弟妹了。」其實她還沒有虛弱到連藥都喝不了的地步，只是三夫人那樣說了，也只能由著她。

接下來幾日，三夫人總到陶氏房裡去殷勤地忙前忙後，陶氏雖然倍感無奈，但每次勸說時三夫人都是一副愧疚難安的樣子，還問陶氏是不是仍在怪罪她。

接連幾次，陶氏便也拿她沒辦法了，只能睜隻眼、閉隻眼地由她去了。

這日，三夫人見陶氏又在為楚明慧的生辰苦惱，便主動請纓道：「二嫂，妳看我來操辦怎麼樣？雖然我沒籌辦過大門大戶的宴會，但是辦個生辰宴什麼的還是可以的。」

陶氏眼神一亮，三夫人雖有時不夠靠譜，但為人還是挺能幹的，瞧她把三房打理得井井有條便可以看出來了。

「要真這樣的話就幫了我大忙了。」陶氏驚喜道。

「那我就開始籌辦了？」三夫人試探著問。

「好好好，有勞弟妹了，我這就命人擬出個大概章程來，讓張嬤嬤在一旁協助，要是有什麼缺的妳儘管說。」陶氏激動地道。

三夫人亦連忙稱好。其實這幾日來的伏低做小她也有點受不住了，雖說自己不是什麼名門貴女，但也是嬌養著長大，平日裡也是飯來張口、衣來伸手，什麼時候這樣伺候過人了？只是為了替兒子拜師一事再求得陶氏應允，也只能這樣了。如今不用再伺候人，還能賣陶氏一個人情，日後再說濤兒的事也容易些。

當三夫人正熱火朝天地忙活生辰宴的事時，另一廂的楚明慧自從想通大夫人的陰謀後，每日裡只想著怎樣回擊大夫人，以報娘親被連累得動了胎氣一事。

「小姐，馬婆子那邊說只查到大夫人那疋錦緞，是往年咱家還在錦州時送回來的禮物，其中有什麼秘密之類的就不清楚了。」盈碧對著楚明慧說起馬婆子查探到的消息。

「是我們送回來的？」楚明慧疑惑道。

「按馬婆子的說法，的確是這樣。」

她有點想不通了，爹爹在錦州就任時，往年送回府上的禮物均出自娘親的手，那疋錦緞當然也不例外。錦州盛產各式綾羅綢緞，其中以錦羅緞和碧雲緞最為出名，往年娘親送回府裡的也多是這兩種，難道其中還有些什麼意義不成？

「馬婆子還查到，往年裡咱們從錦州送回府裡的禮物，大夫人多選的也是碧雲緞，看樣子她十分喜愛碧雲緞。」盈碧又道。

楚明慧細細回想了一下日常大夫人的衣裳料子。「只是，平日裡大夫人卻鮮少穿碧雲緞做成的衣裳。」

盈碧想了想，回道：「我倒記得去年春節與元宵的時候，大夫人穿的就是碧雲緞！」

楚明慧點點頭。「看來她只有逢年過節才穿。」

「是啊，有些人喜歡的東西天天都要帶在身上，有些人倒是把喜歡的東西好好藏起來，到重要時刻才拿出來，想來大夫人就是後一種人了。」盈碧下結論道。

「想來的確如此。」楚明慧表示認同。

「那小姐，大夫人這次沒有得逞，說不定還會再出什麼么蛾子，我們就這樣束手待斃嗎？」

「當然不會，這世上哪有千日防賊之理，總歸我也要反擊一番！」楚明慧眼神一冷，淡然道。

大夫人小王氏，雖然不怎麼受夫君寵愛，但大伯父晉安侯對她還是甚為敬重的，再加上祖母對她也是寵信有加，而她自己又有一子兩女，地位自然穩如泰山。

如今她對小叔那番心思，想來也就是私下自我感傷一番，再就是因妒恨而對娘親動些手腳，不管怎麼說也是不敢讓人察覺的，就算不為自己，也得為她那三個兒女著想，畢竟日後繼承晉安侯爵位的只能是她的嫡親兒子，因此她也甚為維護晉安侯府的臉面。

再者，如果此事鬧開來，固然大夫人落不到好，對爹爹的名聲也有礙，日後還會影響到仕途。

想到這裡，楚明慧不禁揉揉額角，想就此事回擊大夫人，不得不說有點投鼠忌器。

為今之計，只能讓祖母察覺她那說不清、道不明的小心思，事關親生兒子，就算祖母再怎麼寵信她，也不得不對她做出一番處理，而大夫人自然亦會有所收斂。前世大夫人所出的三個兒女對自己一家也算頗有照應，不看僧面看佛面，就看在她三個兒女分上，楚明慧也不想鬧得太過於難看，只要讓她日後別再對娘親起什麼壞心思就可以了。

「妳命馬婆子偷偷將大夫人慫恿三夫人來鬧娘親，以及夜裡抱著碧雲緞又哭又笑的事傳到祖母院裡去。記住，只要讓寧康院幾個能接觸到太夫人的丫鬟、婆子知道就行了，千萬別傳揚開來。」楚明慧吩咐盈碧道。

「奴婢知道了。」盈碧應道。

「妳怎大半日來都這一副有話想說又不敢說的模樣，到底發生了什麼事，讓妳這般為難？」太夫人看著身邊的黃嬤嬤無奈地道。

「老奴只是、只是一時不知道該如何說起！」黃嬤嬤遲疑著道。

「有話直說就是了，做什麼這樣吞吞吐吐的，這不像妳的性格。」

黃嬤嬤猶豫了片刻，想了想，還是老實說來。「今日老奴偶然聽到一消息，是有關大夫人的，只是也不知真假。」

「妳怎麼也相信這些小道消息來了？」太夫人搖頭笑道。

「這傳得有鼻子有眼的，關鍵是有些事還真是胡亂傳不出來的。」

「哦？是什麼事，妳且說來聽聽。」

黃嬤嬤便附在太夫人耳邊把聽到的消息嘰嘰咕咕地說一遍。

太夫人越聽臉色越凝重，待黃嬤嬤說完後，臉上神色已經黑成一片了。

「妳說的這些可有證據？可看到是什麼人傳的？」太夫人沈聲問道。其實心裡也信了幾分，畢竟以黃嬤嬤的為人，沒有十成把握是不敢把這些消息傳到自己耳邊來的。

「大夫人挑撥三夫人鬧二夫人，間接導致二夫人動了胎氣那事倒一時還找不到確切的證據，可是大夫人半夜裡抱著碧雲緞又哭又笑的事可是千真萬確的，據說聽到聲音的除了當晚值夜的婆子外，還有一個起夜的丫鬟也聽到了，還被嚇得不輕。」黃嬤嬤道。

「妳把那日值夜的婆子和那個丫鬟叫來，我細細盤問一番。」太夫人神情一凜，吩咐黃嬤嬤道。片刻，又囑咐道：「這事不能外傳，妳看看有哪些人知道的，好好敲打一番；還有，再命人去查一下三媳婦那事，看到底是不是大媳婦在背後弄出來的。」

「老奴知道了。」黃嬤嬤行了禮便退出去。

待黃嬤嬤離去後，太夫人臉色更差了。大兒媳婦這是要做什麼？二兒媳懷孕又礙不著她，老二一家日後是要分出府去單過的，與大房並無利益衝突。再者，三更半夜抱著疋錦緞又哭又笑的這又是做什麼？難道被什麼衝撞了？可平日裡看她還是精明能幹的樣子，並不像沾惹到不乾淨的東西，難道背後還有些什麼是自己不知道的？

太夫人越想心越往下沈，事關二兒子的子嗣，況且二房人丁不旺，這事無論如何也不能輕易放過，畢竟陶氏肚子裡的孩子可是自己盼了十幾年的。

幾日後。

「小姐，馬婆子傳話來說太夫人那邊已經命人在查了。」盈碧壓低聲音附在楚明慧耳邊道。

楚明慧點點頭。祖母雖然早已多年不理事，可府中上下不少的事只要她想查還是能查到的，畢竟如今人人稱讚一聲「能幹」的大夫人也是她親手教出來的。再者，就她前世的經驗來看，祖母並沒有將府裡全部的權力移交給大夫人，她手中也掌握著一部分勢力。

「那我們現在需要做什麼嗎？」盈碧又問。

「不必，我們什麼也不用做，讓祖母那邊查就是。」楚明慧搖搖頭，既然祖母出手了，自己再多做什麼都會打草驚蛇，到時讓祖母懷疑到自己身上來就不好了。

第六章

「太夫人，已經查清楚了，故意使人誤導三夫人的是大夫人院裡的紅綿姑娘，後來又找人在三夫人跟前散播三少爺弄虛作假的也是大夫人的人；而那碧雲緞則是往年二夫人送回府裡的年禮，瞧著並無什麼不妥之處。」黃嬤嬤小聲地向太夫人回稟這幾日來的調查結果。

「可否查清楚大夫人為什麼要針對二夫人？」太夫人問。

「這、這倒沒有。」黃嬤嬤有點慚愧地回道。

「嗯。」太夫人右手食指輕輕敲著紅木榻的扶手，腦子裡飛快運轉著既是親姪女又是兒媳婦的小王氏之事蹟。

小王氏十三歲被自己接入府內，其實已有將她說給長子的打算，接入府只不過是提前接到身邊細細教導一番，畢竟以兄嫂家境及見識，教養出的女兒要當侯府主母還是有所欠缺。況且，雖然自己心中認定了她當大兒媳婦，但如果實在是扶不起的阿斗，自己也是不願意委屈長子，更不願意拿整個侯府的未來去賭的。幸而這個姪女是個聰明的，凡事又好學，只要自己再多加教導，足以擔當一府主母之責。

再者，接姪女進府也有讓長子與她相處一番的想法，雖然這做法甚不合規矩，但自己當年頗受兄嫂照顧，故亦希望姪女嫁進來後能夫妻和睦、舉案齊眉。而從當年的種種跡象來看，她與伯豪兄弟三人相處得也頗為融洽，更讓自己認定她將來會是個敬愛丈夫、善待小叔的賢妻人選。

如今二媳婦懷孕，她為什麼要背後設計陷害？若說是為了家產也太誇張了些，就算二媳婦生下的是個兒子，也分不了多少祖產，更何況現在是男是女還不清楚呢，因為這些就動手實在是太過荒謬，不像她的處事方式。

太夫人正百思不得其解當中，黃嬤嬤似想起了什麼，試探著說：「大夫人當年未嫁時，老奴就聽她說過將來要以碧雲緞做嫁衣，不知如今大夫人的異樣與這事是否有關聯？」

「這我也記得，當時老二還取笑她小小年紀就想嫁人了。」想起過往，太夫人不禁微笑。

「說起來太夫人您對當年的表小姐寵愛有加，簡直是把她當親閨女般對待了，三位少爺也跟她像親兄妹一樣。」黃嬤嬤笑著道。

「我只有兒子，沒有女兒，說起來也真有點把她當閨女般疼愛了。」太夫人頓了頓，像是猛然想起什麼似的，瞪大眼睛死死盯著黃嬤嬤。「妳剛才說什麼？」

黃嬤嬤見太夫人臉色突變，一下子被嚇到了。「老奴說太夫人把表小姐當親閨女般看待。」

「不是這句，下一句。」太夫人厲聲道。

「說、說三……三位少爺也跟她像親兄妹一樣。」

太夫人死死絞著衣袖，就是這句。

細細想來，當年她在府中種種行為都表明了是心有所屬，而自己問起她是否願意當自己兒媳婦時，她臉上也是少女懷春般的嬌羞，自己只當她早從父母那裡得知她將會嫁入侯府當長媳，故才在被問及親事時會有如此表情。而今想想她成婚後的模樣，哪像是得償所願的樣子；現在她對二媳婦出手，莫非……一個荒唐至極的念頭突然浮現在她腦海裡。

想到這裡，太夫人心裡「怦怦」地一陣亂跳。

「太夫人？」黃嬤嬤見她神情不對勁，試探著喚了一聲。

太夫人從沈思中回過神來，不由長嘆一聲。「或許我當年做了個錯誤的決定。

「傳我命令，日後府裡再有人對二夫人動了胎氣一事說三道四便杖責五十，再趕出侯府！」

「奴婢這就去。」黃嬤嬤不敢耽擱，匆匆施禮告退而去。

幾日後，府裡便有幾個婆子因為散播謠言、議論主家被太夫人下令杖責五十，驅趕到莊子了。

而又隔幾日，因太夫人連日裡心神不寧，導致夜裡睡不安穩，慈恩寺裡的大師說是被不乾淨的東西衝撞到了，得讓身邊最有身分的女性親屬在佛祖面前抄經祈福三個月，而這個親屬自然是府裡除太夫人外最為尊貴的侯夫人小王氏了。於是，大夫人便主動請纓往小佛堂裡閉關抄經為太夫人祈福，府裡的大小事務則讓明年將嫁入衛郡王府裡的大小姐楚明婉管理，也讓將來成為當家主母的她提前歷練一番。

楚明慧聽得消息，便知道這是太夫人已經察覺大夫人對自家爹爹那番小心思了，只是為了侯府顏面，也只能這樣掛著遮羞布小懲大誡一番；而大夫人是個要臉面的人，如今心裡那點心思被人察覺，想來日後也只能夾起尾巴做人，再不敢出什麼么蛾子了。只是前世娘親小產後太夫人也曾下過這樣的命令，想來那時她也查出背後是大夫人搞鬼了，不過前世大夫人可不是在府裡的佛堂抄經祈福，而是去了廟裡，可恨前世自己眼盲耳塞，讓娘親遭了那樣的罪。

達成目的後，楚明慧也不想再多做些什麼，反正她求的也只是爹娘平安，雖然仍是對大夫人針對娘親的行為十分痛恨，但這府裡卻不能有那麼一個名聲有礙的當家主母，只要大夫人日後安分守己的，她也樂得裝作什麼也不知道。

這晚，被同僚拉去小聚的楚仲熙，好不容易擺脫眾人的糾纏，匆匆往家裡趕，剛穿過二門，便聽得身後有人喚他。「二弟。」

他應聲回頭一看。「大嫂。」

大夫人小王氏明面上說是自願進小佛堂抄經為太夫人祈福，但實際上是被太夫人處罰，小王氏也明白大概是自己對楚仲熙那番心思被婆婆察覺了；只是，楚仲熙是少女時代的她心中最美好的記憶，代表她最真摯的感情，更何況，她一直認為楚仲熙對她也是有情的。

前一刻，小王氏握著手中的筆，任由筆尖上的墨汁一滴一滴地落在抄了一半的佛經上，染黑了一大片字跡，腦子裡卻深深陷入往事的追憶當中。

當年男未婚、女未嫁，在府裡兩人相處是那般融洽，二表哥對自己是那樣溫柔體貼，只要是自己喜歡的，他都為自己尋來；只可惜爹娘和姑姑為她選中的是大表哥楚伯豪，而她雖然屬意二表哥楚仲熙，但心中也十分希望成為侯府主母。

那時，出身不高的姑姑嫁入侯府後，那些狗眼看人低的親戚再不敢小瞧自己一家，因此她從小的心願便是將來要當像姑姑這樣的侯府主母，縱然她心中對二表哥楚仲熙十分不捨，但在爹娘及姑姑詢問自己意見時亦默認了與大表哥楚伯豪的親事。

隨意把手中的筆扔在一邊，又順手把寫壞了的宣紙揉成一團，小王氏靠坐在椅上，心中是滿滿的不甘。二表哥對自己也是有情的，要不然當年自己成婚後他不會離家外出求學，高中探花後也不會攜陶氏離京外任，想來是無法面對自己吧，畢竟是自己負了他！

可想起那日後花園裡所見，楚仲熙對陶氏那番柔情密意，她心中又有絲絲的不確定了。二表哥，是真的對自己有情的吧？對陶氏，不過是平常丈夫對妻子的敬重吧？

她越想越不甘，越想越煩躁，猛然站起。

不行，我要找他問個清楚！若是對自己無情，為何又記得當年自己說過喜歡碧雲緞？為何外任時年年都記得往府裡給自己送碧雲緞？

想到此，她心中找楚仲熙問個清楚的想法更清晰了，便趁著下人不注意，偷偷地從佛堂跑出來，於是就出現了截住匆匆歸來的楚仲熙這一幕。

「大嫂，這麼晚了怎還不歇息？就算是抄經也得注意身子，大姪女雖能幹，但一時半刻對府中上上下下大小諸事也是理不大順的。」楚仲熙見原本應在佛堂裡抄經的小王氏出現在自己眼前，心中十分詫異。

小王氏定定地看著這個占據自己滿腔愛戀心思的儒雅男子，心中想問的話不知怎麼一下子就問不出來。

「大嫂？」楚仲熙見她只是定定地看著自己，心裡有絲異樣的感覺，忍不住出聲喚道。

「是這樣的，大丫頭說想用碧雲緞做幾身衣裙，只是我手裡的碧雲緞卻是沒有了，本想讓人去二房裡問問二弟妹手中可還有，沒想到卻在這裡遇到二弟。」小王氏定定神，隨便找了個理由說道。

「哦？大姪女也喜歡碧雲緞？」楚仲熙一臉意外。

也？小王氏心裡不禁一陣「怦怦怦」地亂跳。他果然還記得我喜歡碧雲緞！

接著又聽楚仲熙笑道：「妳二弟妹也甚是喜歡碧雲緞，可她卻有個怪癖，不愛用碧雲緞做衣裳，反而喜歡用來做些荷包香囊之類的小物件，當年在錦州時每年都入了不少碧雲緞，可也只從中挑選幾疋，其餘的全送回府裡了，說是要把她喜歡的東西與家人分享。平日裡她總說不見太夫人、大嫂等人用碧雲緞，還惋惜說沒人與她有相同愛好呢，沒想到大姪女倒也喜歡。」

小王氏一聽，臉「刷」的一下全白了，接下來楚仲熙又說了什麼她已完全聽不進去，心裡只有一個想法：他不記得了……他不記得！難道這些年來都是自己自作多情？

一想到這，她的臉色又白上幾分。

「大嫂？大嫂？妳臉色怎麼那麼難看，可是抄經累著了？」楚仲熙見她神情有異，不禁關心地問道。說起來，小王氏不僅是他的大嫂，也是他的表妹，是故楚仲熙對她也是有幾分真心實意的關懷。

「沒、沒事，多謝二弟了。我、我就不打擾你了，先……先回去了。」不等楚仲熙再說什麼，她扭頭跌跌撞撞地離開了。

楚仲熙見一向舉止有度、端莊有禮的大嫂如今連禮都忘了施便匆匆離去，心中一陣怪異，又擔心她是不是真的身子不適，只是男女有別，還是等回到家中再讓妻子派人到佛堂裡詢問一聲。

此時小王氏一路踉踉蹌蹌地回到佛堂，用力關上門後，她再也忍不住了，一下子癱坐到地上。

原來一切都是自己自作多情！那自己十幾年來的一番情思又算得了什麼？對陶氏暗施毒計又為了什麼？如今想來，自己竟然像個跳梁小丑一般上竄下跳，本來以為是陶氏占據了屬於自己的幸福，可原來那幸福從來不曾屬於過自己！

淚珠一滴一滴從眼裡滴落在地上，她死死用雙手捂住臉，無聲痛哭。

半個時辰之後，她掏出手絹，細細把臉上哭過的痕跡擦掉，合上眼睛一會兒，心中暗暗決定：從現在這刻起，這府裡只有晉安侯夫人。

十日後，晉安侯府一片喜氣洋洋，門外車馬絡繹不絕，這畢竟是掌握百官考評的吏部侍郎楚大人唯一嫡女的生辰，而且這位楚三小姐至今還沒訂下親事。

家中沒有適齡男子者打著和楚大人套套交情的算盤；府上有適齡男子者則抱著聯姻的想法來相看一番，而其他來的人則多是平日裡備受楚仲熙看重的年輕學子。

慕錦毅騎著馬前來，剛到晉安侯府大門前，便有侯府的下人上前來把馬匹牽走了。隨著領路的小廝踏入侯府大門，他的一顆心激動得不停亂跳，並且隨著腳步越往裡頭走，心跳得更厲害了。

「錦毅兄，總算把你等來了。」剛走了一會兒，便見楚晟彥笑著迎了上來，帶路的小廝見狀，躬身施了一禮便告退了。

「路上出了點小狀況，故才遲了些，讓你久等了。」慕錦毅歉意地說。

「不要緊、不要緊，來了就好，畢竟誰不知錦毅兄是個大忙人。」楚晟彥笑笑，不在意地道。

「這怎麼行，怎麼也得罰酒三杯。」身穿石青長袍，年約十八、九歲的男子從楚晟彥身後出來，聽了兩人的對話後不贊同地道。

「好，我認罰。」慕錦毅大笑，片刻又對著楚晟彥道：「看來你未來大舅子看你不大順眼啊！」

楚晟彥無奈地笑笑，自從與凌家大小姐訂了親事後，好友就是這樣一副妹妹被搶走了的樣子，自然對他沒有好聲氣。

原來，這名男子正是禮部尚書凌大人家嫡出大小姐的同胞兄長凌佑祥，亦是楚晟彥的多年好友。

「二少爺，二老爺讓你到正堂裡見客呢，老太爺和侯爺都在。」一名管事打扮的中年男子走過來對著楚晟彥恭敬地道。

「祖父也來了？」楚晟彥一陣詫異，沒想到一向深居簡出，只有逢年過節才露臉的祖父也被驚動了。

管事笑道：「不只老太爺，連您曾外祖父也來了！」

楚晟彥大喜。「曾外祖父也來了？怎麼沒人通知我前去迎接？」

「親家曾老太爺是帶著表少爺靜悄悄地來，若不是奴才剛好到外面察看，說不定他們就被守門的小子趕走了。」

楚晟彥失笑，這倒還真像曾外祖父的行事。

「佑祥兄、錦毅兄，我先失陪了，待見過曾外祖父後再來尋你們。」楚晟彥朝慕錦毅兩人抱拳歉意道。

「不礙事，你快去吧，難得老人家來這麼一趟。」慕錦毅擺擺手，不在意地道。

楚晟彥再次抱拳致歉，便急匆匆往正堂去了。

「凌大少爺、慕世子，請隨奴才先行到廳裡歇息。」管事對著兩人恭敬地道。

慕錦毅兩人點點頭，便隨著管事往待客的大廳裡去。

而另一側正在招呼著各府小姐的楚明慧也得知多年未見的曾外祖父和小表哥到了，一番告罪後，她便跟著引路的婆子前去拜見在院內歇息的曾外祖父。

待楚明慧拜見過長輩，又與小表哥陶博綸見過禮後，滿頭白髮的當代大儒陶老先生摸著同樣白蒼蒼的鬍子感慨道：「這就是慧丫頭？都長這麼大了啊！差點認不出來了。」

陶氏用絹帕抹抹因激動而流出來的淚珠，笑道：「您已經多年沒見過她了，一時覺得眼生也是有的。」

楚晟彥亦強自按下激動的情緒誠懇地道：「曾外祖父若無其他要緊事的話，不如在府裡多住些日子，也好讓我們這些小輩盡盡孝心？」

「正是這個理，若是其他不打緊的事您儘管說一聲，我讓老大去替您辦。」晉安侯府老太爺亦點頭道。

陶老先生哈哈大笑，道：「沒什麼要緊事，就是在易州待膩了，想在兩眼一閉、雙腿一蹬前再出門遊玩一番。」

「祖父！」陶氏不依地扯扯他的衣袖。

「好好好，不說不說。」心知是剛才那番不吉利的話惹得自小便愛對自己管東管西的孫女不開心了，陶老先生連連擺手道。

「既然如此，您不如就在府裡安心住上一段日子，就住二房院裡，您方便見孫女，老二媳婦也不用懷著身孕跑來跑去。」晉安侯老太爺一錘定音。

「妳又懷上了？」陶老先生一臉驚喜地望著孫女。

「嗯，三個多月了，您又快有曾外孫了。」陶氏有點不好意思地道。

「好好好！」陶老先生摸著鬍子滿意地連連點頭。

待眾人敘舊完畢後，陶老先生問起楚晟彥的學業，聽聞他小小年紀就過了鄉試，不由拍掌大笑。「果然是我的曾外孫。」

又問及楚晟彥平日裡除了讀書外都愛做些什麼，只聽他回道：「平日只跟兩位至交一起小聚，或是陪著慕錦毅練練武，或是和凌佑祥鬥鬥詩，偶爾心情來了也會小酌一番。」

「你說的慕錦毅可是先慕國公的孫子？」陶老先生問。

「正是。曾外祖父認識他？」

陶老先生搖搖頭。「先慕國公當年可是一夫當關、萬夫莫敵的名將啊，可惜英年早逝。老夫當年與他有過一面之緣，是個文武雙全的！」頓了頓，像是想起過往，他又笑道：「老夫當日還說笑著讓他投入我門下，將來考個狀元，也給慕國公府添上幾分文人氣息。」

「如今許多人都說錦毅兄頗有其祖之風呢！」楚晟彥笑道。

「哦？這樣一說老夫倒想見上一見，他今日可來了？」陶老先生感興趣道。

「來了來了，曾外祖父想見他讓人去請便是。」

「好好好，順便把你的另一位至交也請來一見。」

楚明慧自兄長提起慕錦毅的名字後腦子裡就一直亂糟糟的，她不明白前世與兄長並無深交的慕錦毅，怎麼就成了兄長口中的至交了，而且聽來兩人交好的時日並不長，好像自己重活一世以來，很多事都與前世不同了。

待下人前去請慕錦毅與凌佑祥後，楚明慧又陪著母親與陶老先生說笑一陣，便隨著女眷們行禮告退了。

第七章

當慕錦毅兩人聽聞陶老先生想見見自己，不由一陣意外。

至於凌佑祥更是激動得說不出話來。讀書人心目中神一般存在的陶老先生，居然要見自己！

慕錦毅送了他一個鄙視的眼神，率先跟著來人走了。

穿過重重的垂花門，再左轉右拐片刻，不遠處就是晉安侯老太爺住的院落了。

慕錦毅目不斜視地跟在帶路人身側，心裡還在為至今見不到楚明慧苦惱。

「小姐，妳頭上的銀釵怎麼不見了？」正苦惱間，便聽到不遠處傳來女子悅耳的聲音。

「噢，大概是落在院裡了。」又有另一個女子的聲音傳來。

慕錦毅聽到這個熟悉的聲音，腦子「轟」的一下便炸開了。

明慧！

猛地抬頭循聲望去，便見身穿水紅色對襟長褙子，下著蔥黃滾邊馬面裙，頭上綰著髮髻、插鑲珠步搖的少女盈盈立在遊廊旁。

那少女正是他魂牽夢縈的前世妻子楚明慧！

另一側的楚明慧本帶著盈碧欲往花廳裡繼續招呼各府小姐，剛走上遊廊就聽到盈碧驚呼銀釵不見了，正欲出聲阻止返回院裡尋找的盈碧，卻見她三步做兩步地往回走了。

她搖搖頭暗嘆口氣，盈碧這個急性子！

正嘆息間，楚明慧忽然覺得有股火熱的視線盯著自己，皺眉回望而去，一下子像被雷劈中一樣。

慕錦毅?!

一時間，前世種種一下子全湧現出來。從最初的恩愛纏綿到後來相處如冰，再到最後因毒藥喪命，楚明慧霎時有點分不清她現在是晉安侯府裡的三小姐還是慕國公府的世子夫人。

而慕錦毅則死死盯著她，深怕一眨眼她便從自己眼前消失了，就如前世自己從外頭歸來後，只能看到她靜靜地躺在床上，任他如何呼喊都再也不給他半點回應，哪怕是冷冰冰的一記眼光。

這是他的明慧！是桃花樹下折枝微笑的女子，是臨危不亂鎮靜自若的女子，是嬌美如花含情脈脈的女子，是自己曾經發願用盡一切也換不回來的女子，是他兩生的摯愛、重生的目的。

片刻之後，盈碧的聲音從身後傳來。「小姐，找到了！」

楚明慧這才從前世記憶裡清醒過來。對，她現在還是晉安侯府的三小姐。

她定定神，若無其事地移開視線，對著盈碧道：「既然找到了，我們便回花廳吧！凌姊姊她們也應該等急了。」

慕錦毅還是眼珠子一動也不動地盯著她，直至她的身影慢慢從視野裡消失。

「原來是楚三妹妹啊，好久不見了，都是大姑娘了。」凌佑祥見慕錦毅死死盯著前方某處，順著他視線望去，見是楚明慧便道。

慕錦毅依依不捨地收回視線。「你認得她？」

「認得認得，前些年在錦州時見過一面，你今日是第一次見她吧？這可是晟彥唯一的同胞妹妹，寶貝著呢！」凌佑祥撇撇嘴，完全忘了自己也是個寶貝妹妹的。

「第一次見？」慕錦毅喃喃道。「既是初見，亦是重逢。」

是今生的初見，也是前世的重逢！

待慕錦毅一行人離開後，不遠處一名綠衣女子才依依不捨地收回目光。

「二小姐，妳怎麼在這裡？大小姐她們正命人到處找妳呢，說讓妳幫忙招待客人。」彩雲邁著小碎步急急走過來對著綠衣女子道。

楚明涵斂起那股悵然若失的感覺，若無其事地道：「知道了，我這便去。」

說罷，帶著彩雲往專門招待女客的花廳方向走去。

「今日祖父那裡有何貴客？」楚明涵故作不經意地問彩雲。

「這個……只隱隱聽說二夫人娘家的祖父和姪兒到了。」彩雲想了想，回道。

「二嬸的姪兒？難道就是他？」楚明涵暗暗思量，想起剛才見到的那名氣宇軒昂的男子，臉上不由得浮起一絲紅暈。

待主客雙方用過膳食，眾人便在丫鬟、婆子的引領下前往搭著戲臺的院子。

「小姐，太夫人等一下會與大夫人一起來看戲。」盈碧悄悄拉著楚明慧的手小聲道。

「大伯母畢竟是主母，這樣的場合不出現的話難免讓人說話，祖母這樣做也無可厚非。」楚明慧早已料到了。

盈碧想想還是有點不甘心。

「傻丫頭，我們的目的不已經達到了嗎？」楚明慧好笑地點點她的額頭。

是啊，小姐本來的目的也只是讓太夫人察覺而已。盈碧想明白後便憨憨地摸著後腦勺對她笑了笑。

「好了，我們也趕緊過去吧！」

楚明慧正帶著盈碧往戲臺所在的院裡去，經過小花園時便聽到有人在小聲議論。

「凌大小姐真有福氣，未來夫君是本朝最年輕的舉人，將來說不定更有一番前程。」

「可不是，說不定她將來還是本朝年紀最輕的一品誥命夫人呢！」又聽到另一女子酸溜溜的聲音。

楚明慧暗暗好笑，她倒不知道自家兄長原來行情這般好，這些夫人小姐對他評價這般高。她搖搖頭，也不欲驚動那幾位女子，正欲帶著盈碧往另一條路上去，便又聽到一女子的低語聲說：「男人靠得住，母豬能上樹。」

一聽這熟悉的話，楚明慧一下子就知道來人是誰了。

未來京城的風雲人物之一，安寧侯府大小姐，奇女子韓玉敏！

楚明慧不由得朝著聲音方向望去，只見韓玉敏正坐在被花草擋住的石凳上，一隻手放在身前的石桌，一隻手托著下巴，有些困倦地小小打了個哈欠。

韓玉敏正鬱悶間，察覺有人盯著自己，快速整整衣裳，擺出名門貴女的模樣端正坐好。

「噗哧！」楚明慧見她那裝模作樣的樣子實在好笑，一個忍不住便笑出聲來。

笑聲驚動了剛才還在說話的女子們，大概她們也覺得在別人府上作客還對主人家說三道四的實在不成規矩，故也顧不上是何人聽到了，手拉著手偷偷溜走了。

韓玉敏也被楚明慧的笑聲嚇到了，一抬頭便看見今日的壽星正望著自己微笑，心裡不禁嘀咕，難道剛才她都看見了？

韓玉敏見她這個樣子，知道剛才自己那番裝模作樣被她看在眼裡了，不禁有點不好意思，連忙站起來對著楚明慧行了一禮。「讓楚三小姐見笑了。」

楚明慧給她回了個禮，笑道：「姊姊倒是個真性情的。」

韓玉敏見她神色間不像客套的樣子，也看不出半點不悅和鄙視，不由心生幾分好感。

「我是個愚鈍的，一向聽不懂這些戲曲，所以才偷偷出來透透氣，以免攪了別人的興致。」韓玉敏不好意思地道。

「姊姊與我倒是同道中人了，我也聽不懂戲曲。」楚明慧亦笑笑。

這話倒不是客氣，她真的對這些戲啊、曲啊都聽不懂，為此前世沒少被慕錦毅取笑。

韓玉敏有點意外，她還以為這些古代女子都愛聽戲呢，沒想到這個楚三小姐倒是個例外。

「姊姊若是覺得睏了，不如到我房裡歇息片刻，待到戲快唱完了我再命人叫妳？」楚明慧見她一副睏極了的樣子便提議道，說起來她也是想結交這位奇女子。

韓玉敏本想拒絕，但見對方言詞懇切，並不是客套，而且自一個月前穿到這個莫名其妙的朝代來，又被原身的生母請來的教養嬤嬤狠狠教導了半個多月，她已經很久沒有睡過一場好覺了，加上今日一大早便被婢女叫起來，到現在都沒合過眼，實在是睏極了。

猶豫了片刻，又想到據說今日收到請帖的夫人、小姐都是往日與楚二夫人母女有一定交情的，看這個楚三小姐對自己的態度，大概是原身的生母與那位楚二夫人比較要好吧。

她又把小說電視裡看過的陰謀詭計想了一遍，確定自己沒有什麼可讓人謀算的，而且到底睡覺的誘惑太大了，便吞吞吐吐地說：「我還有婢女一起來的。」

「這個不礙事，我命人悄悄把她帶來就好。」

「那多謝三小姐了。」韓玉敏感激道。這可不是客氣話，是真的非常感激，總算能偷偷睡個安穩覺了！

「姊姊不必客氣，叫我明慧就好。」

「好，我也不和妳客氣了，我姓韓，家中排行第一，家父安寧侯，妳叫我玉敏好了！」韓玉敏亦乾脆地道。姊姊妹妹什麼的在這合法小三的古代最易讓人誤解了。

「好，那往後我便叫妳玉敏。」楚明慧也不客氣。

待吩咐婢女帶韓玉敏主僕兩人往她的院裡去後，盈碧不由問道：「小姐，妳怎麼對這個韓小姐與別家小姐不同啊？」

楚明慧失笑，沒想到盈碧都察覺到了。「妳家小姐對她一見如故知道嗎？」

盈碧撓撓頭。「不知道。」

楚明慧也不理她，施施然地往戲臺那邊去了。

慕錦毅自見到心心念念之人後，整個人都處於極度興奮中，又見到傳說中的大儒陶老先生，加上他是楚明慧的親人，便使出十八般武藝討好陶老先生，一時間老少兩人竟然有種相見恨晚的感覺，若不是輩分不對，都恨不得以兄弟相稱了。

待離開陶老先生的院落後，楚晟彥酸溜溜地道：「不知情的人，還以為你才是他的曾外孫呢！」

凌佑祥亦是同樣的語氣。「你不是武官嗎，幹麼對陶老一副敬仰已久的模樣？」

慕錦毅見兩人這副樣子不由得好笑。「我雖是武官，可也對陶老先生甚為敬佩，這兩者又沒有什麼衝突，再說了，誰說武官就不能敬佩文人了？」

凌佑祥撇嘴，不再理會興奮勁還沒過的某人。

「行了、行了，是我不對，不該冷落了你們，明日我便把收藏的古籍每人送一本當賠禮如何？」慕錦毅無奈。

凌佑祥聽了他前半句本來想反駁一句「誰在乎你冷不冷落的」，待聽了後半句後不由大喜。「當真？」

「當真！」慕錦毅點點頭。

「讓我們親自去挑？」楚晟彥也上前幾步問道。

「讓你們親自去挑。」慕錦毅更無奈了。

「好，我們果然沒有交錯你這個朋友。」凌、楚兩人一人一邊地拍拍朋友的肩膀。

「嗯，你們都有一雙慧眼。」慕錦毅的無奈更深了。

凌、楚兩人有點不好意思了，忙殷勤地上前，一個給他倒酒，一個給他端點心。

「來來來，錦毅兄，難得今日大家聚在一起，我們一醉方休！」凌佑祥端起酒杯道。

慕錦毅瞥了他一眼。「一醉方休什麼的我倒無所謂，相信晟彥也是可以的，但不知凌大少夫人那裡……」

凌佑祥臉上一僵，想到家中那個明明一副柔柔弱弱的樣子，但發起飆來與府上餵馬老王家中的母老虎相差無異的妻子，不由打了個寒顫。

他正想偷偷放下手中酒杯，便見慕、楚兩人一副「果然如此」的樣子，不由惱羞成怒。

「做什麼，本少爺今日就要一醉方休，那母老虎敢有意見，本少爺休了她！」

慕、楚兩人暗暗好笑，別看他現在「本少爺、本少爺」叫得中氣十足，凌大少夫人眼睛一瞪，他立馬屁顛屁顛地上前賠不是了。而且每次都聽他私下裡跟自己兩個說什麼家有河東獅，可明明凌大少夫人是個溫柔賢慧的女子，否則一向要求甚高的凌夫人也不會挑中她。

「笑什麼笑！本少爺說到做到，日後定要給那河東獅一個教訓，讓她見識見識什麼是夫綱！」見好友們臉上隱隱笑意，凌佑祥怒了。

慕錦毅斂起笑意，誠懇地對生氣的凌大少爺道：「我不是取笑的意思，只是羨慕佑祥兄家中有那麼一位十分在意且關懷你的賢妻。」

「什麼賢妻，明明是個表裡不一的河東獅。」凌佑祥咕噥。

慕錦毅也不再說，只拿起酒杯一飲而盡。

前世明慧也曾經這樣對自己管東管西的，只是她傷心絕望後就再也不理會自己了，日常事都交給下人去打理，就連自己故意說要再納幾房妾室來伺候時，她也是毫不在意的樣子，大概是早已沒了往日的情意吧。

想到這裡，他一片黯然，又不禁灌了幾杯酒。

「唉，你怎麼一副心事重重的樣子，剛才還興高采烈的。」楚晟彥見他倒有點借酒澆愁的意思，於是關心問道。

「沒事，只是今日聽陶老先生說起祖父的生前事蹟有點感傷罷了。」慕錦毅隨口道。

「令先祖泉下有知，見你有今日成就，想必也甚為欣慰。」楚晟彥拍拍他的肩膀，安慰道。

說起來自前慕國公父子戰死沙場後，爵位落在次子——即慕錦毅的生父頭上，慕國公府便開始走下坡路了。現任慕國公是個不成氣候的，平日裡只愛做些聽曲捧角之類的風流事，不知多少與先慕國公同輩之人嘆息道，曾經威名赫赫的慕國公府竟落到如今這般地步。直到慕國公府太夫人限制慕國公的日常用度，又狠狠發落了一批慫恿兒子盡幹些討好戲子的下人，才使得慕國公的行為有所收斂。

直到五年前，西其國王子來訪，隨身的大臣提議兩國勇士比試一番，在西其國勇士接連打敗幾位將領後，當今皇上臉色越來越差，眼看就要丟盡天朝上國的臉面了，當時年僅十三歲的慕國公世子慕錦毅主動請纓，願與西其國勇士比試，結果一槍把對方挑落下馬，大振國威，在場的大臣才彷彿又見到先慕國公的風采。

自那以後，再沒有人敢小瞧這位少年，慕國公府也一掃之前門庭冷落的狀況，府裡來往之人霎時又變得絡繹不絕了。

這晚，慕錦毅終是喝得醉醺醺地回來，從最初見到前世妻子的那股激動，到後來被凌佑祥夫婦的恩愛刺激到了，腦裡又時不時浮現前世種種，心中一時百感交集，不由得多喝了幾杯。

「世子爺，您小心些，別摔著了。」慕維小心翼翼地扶著已經有點不大清醒的主子，出聲提醒道。

「我又沒醉，怎麼會摔著！」難為慕錦毅居然還口齒清晰地反駁。

慕維暗暗翻了個白眼，嘀咕道：「哪個喝醉的會承認自己醉了。」

「你嘀嘀咕咕些什麼呢？我不回房，要去書房。」

「世子爺，這會兒都已經晚了，還是先回房歇息吧！」慕維苦著臉勸說。

「說去書房就去書房，你敢有意見？」慕錦毅瞪了他一眼。

「不敢不敢，您可是奴才的大爺。」

「我是你主子，你大爺在家呢！」

慕維撇撇嘴，還說沒醉？這分明已經是醉得不輕了！嘆嘆氣，他認命地扶著醉倒的主子跌跌撞撞地往內書房走去。

第八章

慕維攙扶著慕錦毅剛走到書房門前，便聽「吱呀」一聲，門從裡面推開了。

「表哥，你回來了？」一個體態輕盈、容貌嬌美的女子自裡面走出。

慕錦毅眨眨眼睛，見是自家表妹、前世的妾室梅芳柔。

「誰允許妳踏進這裡的？」他神情一冷，惱怒地瞪著她道。

「我……我只是見天色都晚了，擔、擔心你回來後還忙公事，故燉了些雞湯給你。」見慕錦毅一臉陰狠，梅芳柔不由得有點害怕，結結巴巴地道。

「梅小姐也是正經人家的姑娘，雖說與本世子有那麼一點親戚關係，但畢竟男女有別，妳既知天色已晚，哪個知曉禮義廉恥的姑娘家會孤身一人到男子書房裡去？」慕錦毅冷漠地盯著她，說出的話如毒箭一般直射向梅芳柔。

梅芳柔的臉「刷」一下全白了，表哥的意思分明是指她不知廉恥！

「哇」的一聲，她掩著臉哭著奔了出去。

一旁的慕維目瞪口呆地望著這一幕，世子爺實在太厲害了！

他眨著星星眼盯著主子，世子爺居然一句話就趕走了那個矯揉造作、老是一副泫然欲泣又像趕不走的蚊子一般的表小姐！

「你幹什麼，用那麼噁心的眼神看著本世子。」慕錦毅察覺到小廝那閃亮亮的眼神，嫌棄地道。

慕維的臉一下子就垮了。

「出去，沒有吩咐誰都不許進來！」

「哦。」慕維耷拉著腦袋一副被打擊的樣子步出房門，片刻，又從門外伸出個腦袋來。「世子爺，奴才命人給你準備醒酒湯？」

「滾！」

慕維被嚇得「砰」的一聲重重關上了房門。

書房內，慕錦毅坐在書案前，從下面的抽屜裡翻出一幅卷軸來，小小翼翼地打開，滿目含情、神情溫柔地輕輕撫著畫中站在桃花樹下巧笑倩兮的女子。

「明慧……」

慕錦毅自重生回來後，每每憶起前世夫妻天人永隔的結局就心痛欲絕，後來雖千方百計欲見楚明慧一面，可養在深閨裡的大家閨秀哪是想見就能見到的，是故每當思念成狂時便落筆細細描繪前世與楚明慧從初見到結髮時的每一個溫馨場面。

如今這畫上描繪的正是慕錦毅前世在慈恩寺後山桃花林初遇楚明慧的情景。

幸而一切能重新來過，他的明慧還活得好好的，沒有冷冰冰地躺在棺木裡，任你哭得肝腸寸斷也不給你一點回應。

翌日。

「毅兒，昨晚你對阿柔說的那番話實在是太過了些，她畢竟是你的表妹，你母親的嫡親外甥女，你怎麼能那樣說她！」慕國公夫人夏氏恨恨地瞪著兒子，不悅地道。

「母親，不說這位梅小姐的行為是否出格，單說那是兒子辦公之地，她一個外人怎能擅自闖入？若是裡面有些涉及朝廷機密之物被她看到或者損壞了，兒子烏紗帽丟了事小，怕到時整個慕國公府上上下下難逃一死。」慕錦毅正色道。

「這麼嚴重？」夏氏被嚇到了。

慕錦毅重重地點了點頭。

「那、那母親今後一定好好囑咐她再不要亂闖書房。」夏氏吶吶道，外甥女再重要也沒有兒子的烏紗帽及整個慕國公府重要。

「不只書房不能去，連兒子的院落也不允許踏入半步。母親，您的那絲打算兒子非常清楚，如今兒子便跟您說清楚吧，我的妻子，絕對不可能會是您的這位外甥女。」

夏氏被兒子陰冷的表情及冰冷的話嚇愣住了，好半晌才結結巴巴地道：「阿……阿柔有、有哪點不好，讓你這麼嫌棄她？」

「她再好也與兒子沒有一星半點兒的關係。」

夏氏沈默了。自己雖然貴為國公夫人，但至今未曾掌過府上中饋，大權還牢牢握在太夫人手裡。而太夫人一向看不上自己，如果讓她替兒子找一位與她同聲同氣的媳婦，這府裡哪還有自己的立足之地，所以夏氏才把親姊姊的女兒接來府上小住，為的就是日後好將外甥女說給兒子。只是如今兒子對她甚為厭惡，娶親這條路怕是不行了。

而慕錦毅之所以如此厭惡梅芳柔，主要是想到她前世仗著夏氏的寵愛，背地裡沒少陷害楚明慧，讓夏氏與楚明慧原來就不大和睦的婆媳關係更為緊張；後來梅芳柔進門數月無寵後又聯合夏氏給慕錦毅下藥，並設計讓楚明慧捉姦在床，至此楚明慧徹徹底底斬斷了與慕錦毅最後一根情絲。

重生回來之後，每每見到梅芳柔，慕錦毅都充滿濃濃的厭惡，昨晚仗著酒勁毒舌了一番，倒不是一時之氣，而是積累了兩世的怨氣一時迸發。

「那你喜歡什麼樣的女子，母親替你上門求娶。」

「不必煩勞母親了，母親有那個閒時間還不如好好請個教養嬤嬤教導一下三妹妹。」

「你這是什麼話？歷來婚姻大事都是父母之命、媒妁之言，我身為你的母親，過問你的親事又怎了？再說，你三妹妹又哪裡惹到你了，竟被你如此嫌棄！」夏氏怒了。

慕錦毅抿抿嘴，一言不發。

說到底，他對夏氏也是有怨氣的，這多少與他從小養在太夫人膝下，和夏氏並不大親近有關。此外，夏氏虛榮心太重，對兒子又缺少關愛，且前世她受人挑撥又識人不明，被有心人鑽了空子，才間接害死了楚明慧。

「三妹妹早幾日又打罵了四妹妹，還搶了父親給玉姨娘的玉鐲，更對大姊姊言語間多有不敬吧？」慕錦毅將胞妹慕淑穎的種種劣跡一一道來。

夏氏聽了不禁有點心虛。「你三妹妹年紀尚小，一時不懂事是有的，待再長大些自然就好了。」

「俗話說，三歲看老，如今三妹妹都有十三歲了吧，離及笄也不遠了，難道日後她嫁到夫家也是如今這副霸道的模樣？」慕錦毅冷冷道。

夏氏有點惱羞成怒了。「你三妹妹的事不用你多管閒事，我自會好好教導她，定不會讓她丟了你堂堂慕國公世子的臉面！」

慕錦毅失望地望著母親，就是這樣，也不能怪自己與她親近不起來，每每他多勸一句，娘親就嫌他多管閒事；一旦三弟和三妹闖了禍、惹了事又惱他沒有手足之情，對弟妹見死不救，三百六十招手段一一使來，耍賴也好、痛斥也罷，勢必讓自己出頭給惹禍的人擦屁股。想來三弟和三妹那種霸道不講理的性子就是她慣出來的，難怪祖母不放心把中饋交給她。

「母親既然這樣說了，兒子也沒話好說，若無其他事，兒子便告退了。」

夏氏張張嘴，想說些暖心的話，但看著兒子沈下來的臉色又什麼也說不出口了，只吶吶地點了點頭。

此時，慕國公府另一廂——

「毅兒昨晚把梅家小姐轟了出去？」慕國公府太夫人皺著眉頭問身邊的婢女。

「是的，好多人都看到表小姐哭著從世子書房裡跑出來。」

太夫人神情一冷。這個夏氏，也不看看她那個外甥女是個什麼樣的貨色，竟敢往自己孫兒房裡塞。

「妳派人給夫人傳話，就說是我說的，梅家小姐在府上也住了這麼長時間，實在不好打擾她回家盡孝，明日便派人親自送她歸家吧！」

「是。」

婢女領命退下後，太夫人重重嘆了口氣。這個夏氏實在不是當家主母的料，當年自己真的不應該一時受不住小兒子的軟磨硬施，同意讓她進門的；只是想著又不是嫡長媳婦，既然兒子喜歡那便娶了吧。可是誰也想不到夫君和長子會命喪沙場，大房又只留下嫡長孫女一根獨苗，迫不得已就讓小兒子承了爵；只可惜小兒子是個不成器的，媳婦也是不得力的，一時弄得慕國公府聲譽一落千丈，若不是長孫爭氣，獨力撐起門庭，只怕自己死後無顏面對慕氏一族列祖列宗。

如今長孫即將說親，這回無論如何也要給慕國公府尋一個有魄力的當家主母。至於夏氏那點小心思，太夫人完全不放在心上，慕國公府有了那樣一位國公夫人已經是極限了，再來一個就等著把府裡攪得一團糟吧！

卻說夏氏接到婢女傳來的話後，臉上一陣紅一陣白，心中暗暗惱怒，只是也不敢違背婆婆的命令，只好尷尬地命人好生幫表小姐收拾收拾，又偷偷給外甥女添了些珠寶首飾，這才讓人護送哭哭啼啼的梅芳柔踏上歸家的路。

三夫人自得知名師陶老先生到侯府上小住，不禁又驚又喜，只暗道：天助我也，這回既能拜師又不用前往易州，現在關鍵是讓二嫂從中替兒子引薦一番，到時一切就水到渠成了。

這日三夫人又來到陶氏院裡，吞吞吐吐地說明來意。

陶氏感激她為女兒生辰宴盡心盡力，自然痛快答應向祖父引薦，喜得三夫人連連道謝。

陶老先生聽了孫女向自己推薦姪兒到門下一事後，又見孫女婿對那姪兒也甚為賞識，便摸著花白的鬍子笑道：「你倆就是嫌老夫太清閒了是不是？特意找個小徒弟來磨人。」

楚仲熙連連擺手說不敢不敢，可那神情卻是一副「您老說對了」的樣子。

陶氏亦掩嘴偷笑。

見小倆口這個樣子，陶老先生無奈地道：「罷了罷了，人在屋簷下，不得不收徒。你明日便讓那小子來吧！」

拜師這事總算告一段落了，陶氏才剛鬆下一口氣，不過轉眼她又開始為女兒的婚事煩憂了。

楚明慧過了十四歲生辰後，親事被正式提上了日程。陶氏雖為養胎不便外出，但亦時時叮囑夫君留意些人品不錯又有些本事的年輕男子，還再三強調房裡一定不能有一堆通房、小妾什麼的。

見丈夫臉上浮現笑意，陶氏振振有詞地道：「如今尚未娶親就有一堆通房、小妾了，可見是個好色的，說不定將來會寵妾滅妻。」

楚仲熙道：「或許納那些通房、小妾什麼的不是他本意，是長者所賜呢？」

「那更不能要了，兒子尚未娶親便塞一大堆人，可見這家長輩是個扯不清的，日後婆媳關係恐怕……」

楚仲熙意外地望著她，想不到表面大而化之的妻子居然考慮得如此細膩。

「你看著我做什麼？我說的你可都記清楚了？」陶氏見丈夫不出聲，只定定地望著自己，不由嗔道。

「知道了，我都好好記住了，慧兒也是我的女兒，難道我會不重視她的親事？」

「沒說你不重視，只是有時你們男子考慮的沒有我們女子那麼深入，尤其是大戶人家的後宅，事情可多著呢，一個不小心不害了囡囡一輩子？」陶氏嘆道。

三小姐楚明慧的親事被提上日程，二小姐楚明涵自然也不例外。大夫人小王氏自佛堂出來後，便一心一意打理府中上下大小諸事，對陶氏等妯娌也是多有照應，太夫人見她這樣子也甚感安慰，只當她經過一段抄經的日子後想明白了。

大夫人翻著手中名冊，揉揉額角，這給庶女選婿真不是件容易事，要挑些身分高點的，人家嫌棄妳是庶出；挑些身分低點的，旁人又說妳苛待庶女。不過，這些事的前提都是嫡母真心想替妳選個適合的、好的。

就比如大夫人對二小姐楚明涵，在大夫人眼中，這個庶女還是比較聽話的，對大小姐楚明婉比較尊敬，對七小姐楚明婧也多方謙讓，光她對自己及自己所出一雙女兒的態度，大夫人也想替她挑個好人家，舒心過這一輩子，是故也讓人細細打探一番京城裡的合適兒郎。

不過大夫人的一番苦心，楚明涵並不清楚，她如今眼裡心裡全是那日驚鴻一瞥的英偉男子，原以為對方是陶家表少爺，可當她見了陶博綸時卻發現他並非自己心心念念之人，一時心中又是遺憾又是心焦。

楚明慧自從生辰宴那日結識了韓玉敏，兩人私底下關係越發融洽，今日是楚明慧往韓玉敏處送些小玩意，明日是韓玉敏給楚明慧送些親手做的小點心。

對於女兒與曾經的兒媳婦人選交好，陶氏也是睜隻眼、閉隻眼，橫豎那些也只是自己私底下的盤算，並沒有跟對方暗示過；而且，自從回京後難得見女兒又有了交好的姑娘，也不再像前些日子那樣跟在自己身後管東管西，她也樂得清閒。

沒多久，楚明慧也聽聞了至交韓玉敏的親事訂了下來，人選與前世一樣，是太子府上的秘書郎唐永昆。這秘書郎負責幫太子整理些文書，官階不高，以安寧侯府嫡長女的身分來說的確算是下嫁了。

趁著這日韓玉敏尋她，楚明慧拉著她的手在榻上坐下，笑著道：「還沒恭喜妳訂了親呢！」

韓玉敏掩嘴笑道：「接下來妳是不是想問，我爹娘為什麼替我選了這麼個人吧？」

楚明慧一愣，她還真的想問一下。

韓玉敏拿起一旁的點心咬了一口。「其實這人選是我提出的，我爹娘原先不答應，不過最後被我勸服了。」

「妳是不是對那……」楚明慧試探著問，也只有心生愛慕這一原由才能使名門女子甘願下嫁吧？

「噗哧！」韓玉敏忍不住笑了。「妳莫不是以為我喜歡上那唐永昆才要嫁他吧？」

「難道不是？」楚明慧疑惑。

「當然不是，我也只見過他幾次，連話都沒說過一句，估計連他長什麼樣我都不大記得了，又怎麼會心生愛慕？」韓玉敏好笑。

見楚明慧臉上的困惑更深了，韓玉敏也不和她兜圈子。「我選中他主要是因為他的性情適合我，咱們相識這段時間，妳大概對我的性情也有所瞭解，我呢，是個坐不住的，若不是如今這大家閨秀的身分，我早在外頭開家酒樓做生意去了。」

楚明慧點點頭，這的確是她的性情。

「這唐永昆我見過幾次，雖說有點呆又執拗了點，卻不是迂腐的，對女子的要求也沒那麼嚴苛，我嫁他算低嫁，他日後也只有捧著我；當然，我也不會盛氣凌人地待他。」

「妳選他是覺得他日後不會阻止妳在外頭開酒樓？」

韓玉敏點點頭。「這是其中一部分原因，還有一部分是因為他上無父母，下無兄弟姊妹，家中就只有一個年邁的祖母，嫁進去之後既無婆媳關係，又無姑嫂關係，這可是極品！」

楚明慧有點哭笑不得，這是什麼觀念啊！不過這婆媳姑嫂關係的確是很重要的問題，前世那婆婆與小姑不就是很好的例子？

「所以說啊……」韓玉敏又咬了一口點心，繼續教導。「如果家中有惡婆婆又有難纏小姑，這樣的家庭就算男方再好也不能嫁。在這個年代，孝字大過天，想讓夫君為妳出頭是不大可能的，他能做到不幫著生母、妹妹教訓妳算好了！」

楚明慧一想，可不是，所以慕國公府實在不是個好選擇，雖然自己今生也不願再嫁進去。

「還有啊，妳這個年紀的小姑娘最容易被男人的花言巧語迷得七葷八素，妳可要記住啊，千萬不要把這些話太當真，他對妳山盟海誓那一刻或許是非常真摯的，可他將來背叛妳的時候也是真的！」韓玉敏又語重心長地道。

楚明慧心口一窒，前世自己可不就是把慕錦毅的山盟海誓當真了，所以後來才無法接受他一個一個妾室納進來？

韓玉敏自顧自地繼續闡揚她擇夫的大道理，而一旁的楚明慧想起前世種種，面色黯然，一時間感到無比惆悵。

第九章

「小姑姑。」陶博綸給陶氏行禮問安道。

「阿綸來了，快快坐下來。」陶氏朝他招招手，示意他坐到身側的繡墩上。

「這幾日住得可還習慣？可有什麼缺的？」陶氏柔聲問姪兒。

「都還習慣，並不曾有缺的。」陶博綸笑著回道。

「一眨眼你就這麼大了，可訂了親事？」

陶博綸有點不好意思地摸摸鼻子。「尚未。」

陶氏一聽，眼睛霎時便亮了。

眼前這個不就是女婿的最好人選嗎？溫文有禮、滿腹才學，自家嫂嫂是個寬和易相處的，兩家又是親戚，女兒嫁進去可不就能過上舒心日子了？

一想到這裡，陶氏臉上的笑意更盛了，看著姪兒也越發滿意了，果真是丈母娘看女婿，越看越滿意啊！

陶博綸被小姑姑變得灼熱的眼光看得開始有點坐立不安。

一旁的楚晟彥看看自家娘親，又看看小表哥，也是一頭霧水。娘親這眼光，怎麼有點像餓了好久之人突然見到滿桌美食時那股熱勁。

腦裡一旦冒出這樣的想法，楚晟彥再看小表哥就覺得他像塊閃著點點金光的大肥肉。

「小……小姑姑？」

陶氏回過神來，笑咪咪道：「阿綸今年都十八了吧，可有相中的姑娘家？今後是像你爹和祖父一樣當個教書先生，還是出仕為官？」

陶博綸被小姑姑接連的問題弄得有點應接不暇了，正束手無策間，便聽得門外婢女的聲音響起。「夫人，三小姐來了。」

「小姑姑，表妹來了，姪兒先告辭了。」陶博綸如逢大赦，連忙站起身來告辭道。

「急什麼呢，這孩子，你明慧表妹和你也算是至親，倒不用那麼多講究。」陶氏只顧著挽留心目中的女婿，連至親之類的話都冒出來了……

見小姑姑這樣說，再堅持告辭就有點說不過去了，陶博綸無奈地坐下。

楚晟彥看看這個，又看看那個，再想起近日來娘親對京城未婚的年輕一輩那股熱乎勁，一下就明白娘親的如意算盤了，想明白一切後，他再看陶博綸就不怎麼順眼了。

「娘親。」楚明慧進來後先向陶氏施禮請安，見兄長和表兄也在，又分別與兩人見過禮。

「囡囡來，坐娘親旁邊。」陶氏笑咪咪地指著另一邊的位子對著女兒道。

楚明慧抿嘴笑了笑，便順著她的指示坐好。

陶氏看看這邊如花似玉的寶貝女兒，又看看那邊溫文爾雅的小姪兒，越看越滿意，臉上都快要笑出一朵花來了。

楚明慧見娘親滿臉掩不住的笑意，不禁笑問道：「娘親可是遇到什麼好事了，說來也讓女兒樂一樂。」

「佛曰：『不可說，不可說。』」陶氏裝模作樣地搖晃著腦袋。

楚明慧見她難得的俏皮勁，不禁「噗哧」一下笑出聲來。

楚晟彥看娘親與妹妹那笑容滿面的樣子，又見表哥神情訕訕的樣子，不禁越發瞧他不順眼了。

這呆頭鵝，哪一點配得上我妹妹了？也不知娘是個什麼眼光！

「囡囡也好多年沒見過小表哥了吧？」陶氏好不容易收起笑意，轉頭問楚明慧。

楚明慧點點頭。「的確好多年不曾見過了。」

陶博綸也笑道：「可不是，要是在外頭看到表妹，我都認不出來。」

楚晟彥腹誹，哪個大戶人家的姑娘會輕易讓外男看到的，連話都不會說，還敢妄想我妹妹？

此刻，他已經完全把陶博綸當作來搶他寶貝妹妹的人了，全然不顧這只是自家娘親的一廂情願，人家陶博綸也是一頭霧水。

楚明慧亦笑著點點頭，心中卻不由得想起前世這小表哥的遭遇。

前世這位陶家小表哥在一年後娶了亦是書香世家的江家小姐為妻，可那江家小姐卻是個心有所屬的，成婚兩年後竟然與人私奔，連累陶府聲譽受損，更氣得曾外祖父大病一場，雖然之後慢慢痊癒，但到底年紀大了，又遭逢這樣的醜事，身子還是一日一日地衰敗下去，不到半年便去世了。而小表哥深覺自己教妻不嚴，敗壞家族聲譽，又連累曾祖父為此送命，自此一蹶不振，身體也一日差過一日，最後竟落得個英年早逝的下場。

這一生，或許自己可以嘗試著改變他的悲慘遭遇，楚明慧暗道。

「囡囡，妳前幾日不是說要找人描些圖樣，繡個屏風給妳大姊姊當賀禮嗎？妳小表哥可是畫中好手，連妳曾外祖父都讚不絕口。」

「真的？若能得表哥相助，實在是解了我燃眉之急。」楚明慧大喜。

「若表妹不嫌棄，我盡力一試便是。」陶博綸也不推辭，爽快地道。

「如此甚好、甚好。」陶氏拍著手掌笑道。

楚明慧狐疑地望了娘親一眼，總覺得今日娘親的笑容頗讓人心裡發毛。

「好了、好了，娘、妹妹，我和表哥還有事，就先告辭了。」楚晟彥實在受不了娘親那股恨不得把妹妹打包送給陶博綸的樣子，便扯著陶博綸的衣袖開口告辭。

陶博綸被他扯得一個踉蹌，好不容易穩住身子，也只能笑笑道：「小姑姑，姪兒就先告辭了。」

「好、好、好，有空再來與小姑姑說說話。」陶氏笑容滿滿地招呼。

這日，楚明慧正在屋裡繡著屏風，盈碧一臉神秘地湊到她身邊道：「小姐，妳猜奴婢剛才在後花園裡見到誰了？」

楚明慧失笑。「這府裡上上下下這麼多人，我哪知道妳見著誰了？」

「我看見六小姐和平日常來尋二老爺的那位崔公子在說話呢！」

「什麼?!」楚明慧大驚。「妳說見著六小姐和誰了?」

「就是那位崔公子啊!我好幾次都在往二老爺書房的路上見過他。」

楚明慧深呼一口氣,拚命讓自己冷靜下來。

這段時間所有的精力都放在娘親肚子裡的孩子身上,差點忘了那個偽君子!六妹妹是什麼時候和崔騰浩走得這麼近了?是偶然碰上還是已經有了私情?難道前世爹爹將六妹妹許配給崔騰浩不只是因為對他的賞識,還另有其他緣故?

楚明慧越想越頭疼,六妹妹楚明雅一向是個文靜膽怯的,平日裡不是待在房裡做繡活,就是到她的生母林姨娘那裡閒話家常,除了每日晨昏定省和偶爾姊妹相邀以外,她甚少出門,如今到底是怎樣跟崔騰浩扯上關係的?

「妳命人仔細看著六妹妹,看她可還與那崔公子私下有接觸。」她頓了一下,又道:「六妹妹身邊的桃枝也要看緊點,看她有沒有把六妹妹院裡什麼東西送出去,又或者從外頭拿了什麼東西回來。」

盈碧瞪大眼睛。「小姐,妳是說六小姐與那崔公子私相授受?」

「希望這是我多慮了,或許六妹妹真是偶然遇到那個崔騰浩。」楚明慧皺緊眉頭擔憂地道。

一個月後。

盈碧來回稟。「小姐,奴婢讓兄長截住了六小姐房裡的桃枝姊姊,從她手上的包袱裡搜出一身男子外袍、三雙鞋墊和兩雙布鞋，現在奴婢的兄長已經把桃枝悄悄關在西側門的小院子裡了。」

「她可招了？」楚明慧冷聲道。

「初時只說是拿給家中弟弟的，後來奴婢將她這個月出去送東西的次數清清楚楚地列出來，她才招了。」

此時，楚明雅正為桃枝去了半日都未曾歸來而心急如焚，不停在屋裡走來走去，又時不時往門口探看一番。

「六妹妹在等什麼人？」正焦急間，突然門外傳來楚明慧的聲音。

楚明雅嚇了一跳，向門口方向望去，便見楚明慧慢慢踏入房門，她身後跟著的兩個人，一個是她的貼身婢女盈碧，而另一個赫然是自己等了大半日的桃枝。

楚明雅臉色一下子就變了。「三、三姊姊！」她強笑著向楚明慧打了個招呼。

「三姊姊不跟妳兜圈子了，這會兒來是想問清楚一件事，妳與崔騰浩都到什麼地步了？」最後一句楚明慧問得咬牙切齒。

楚明雅臉色又變了變。「三、三姊姊說什麼呢？妹妹怎麼聽不懂，這崔、崔騰浩是什麼人啊？」

見她這副樣子，楚明慧原就不好的心情更差了，火氣一下子冒出來。

「妳知不知道妳這個樣子像什麼？那個崔騰浩幾句甜言蜜語就把妳迷得連禮義廉恥都不顧了？他是什麼人妳又不清楚，就這樣糊裡糊塗地陷進去？」

「崔公子是什麼樣的人我自然知道。」聽她提及心上人，楚明雅忍不住反駁道。

「那妳知不知道他已經娶了親？不說爹娘會不會同意讓妳做妾，就算妳跟了他，最多就只能當個貴妾，貴妾也是妾，大商官員從沒有妾室扶正的先例，妳覺得崔騰浩會為了妳放棄入官場？」

楚明雅臉色一下子就變得慘白了。「妳、妳說什麼？崔公子已經娶親了？」

「崔騰浩，出身貧寒之家，十二歲生母得病，因家貧湊不出藥錢，便娶了當地商家柳大元獨女，得柳家相助才救回崔母一命。十五歲時岳丈、父母先後離世，十九歲過鄉試，二十歲得元配夫人嫁妝資助往京城備考。」楚明慧一字一字地道，楚明雅彷彿掉進冰窟裡，全身上下一片冰冷。

「不、不會的，崔公子不會騙我的，不會的！」楚明雅拚命搖著頭，不敢相信自己愛慕的居然是個有家室之人。

「妳若不信大可遣人去打探一番，畢竟崔騰浩在老家也算是個知名人物。」

「不、不要說了，三姊姊，我……我想靜一下。」

楚明慧定定看了她片刻，才長嘆一口氣。「那妳就先冷靜一下吧！」言畢，她帶著盈碧往門外走去。

待踏出門檻，楚明慧又回頭對著呆坐在椅上的庶妹說：「六妹妹，別把自己搞得那麼淒慘，不管怎麼說，妳也是爹爹的親生女兒，我唯一的親妹妹。」說罷，頭也不回地走了。

屋內，楚明雅自聽了嫡姊最後那番話後，眼淚一下子像決堤般滾落下來。

楚明慧從楚明雅的院裡離開後並沒有回自己房裡，而是直接去了楚明雅的生母林姨娘那裡，將今日的事細細向林姨娘說了一遍。

林姨娘聽完後，嚇得差一點站立不住。「六小姐她……」

「我今日將此事告知姨娘就是希望姨娘能勸一勸六妹妹，她畢竟年紀尚小，一時受人矇騙也是難免的，還望姨娘今後多開導六妹妹。」楚明慧親自扶著林姨娘在榻上坐下，誠懇地道。

「多謝三小姐一番好意，若不是三小姐發現得及時，六小姐這一輩子就完了！」林姨娘感激地道：「今後三小姐有用得著婢妾的地方，婢妾就是赴湯蹈火……」

「姨娘千萬別這樣說，六妹妹總歸是我的親妹妹，我哪會不盼著她好。」

而崔騰浩接連一段時間不見桃枝送東西來，又一直未得見楚明雅主僕兩人，本以為是事情敗露，但見楚仲熙待他與以往一般無二，便放下心來，只待尋時機再見楚明雅，看到底是發生了什麼事，只是內院處處嚴防死守，一直尋不到機會。

卻說楚明慧三天兩頭都能在陶氏屋裡遇到表哥陶博綸，而陶氏對陶博綸那股熱情勁，再加上時不時在自己面前讚揚一番小表哥如何如何好，舅母如何如何慈愛，她就是再遲鈍也察覺陶氏的打算了。她本就有心改變小表哥前世的遭遇，而且今生也無再嫁慕錦毅的打算，又覺得嫁到舅舅家也是個不錯的選擇，故也默許了陶氏那番作為。

至於楞頭青陶博綸，雖然剛開始對小姑姑的過度熱情不大適應，但也只以為是多年不見的緣故，加上每次與表妹交談時發覺她與自己有不少共同的愛好，一時引為知己。

於是默許母親心思的楚明慧，與得遇知己十分歡暢的楞頭青陶博綸，兩人相處得越發融洽。陶氏每每望著這對小兒女就十分歡喜，只覺得他們十分般配，這小姪兒簡直就是為自家女兒打造的不二人選。

這日楚明慧陪祖母上香歸來，整個人還沈浸在見到慕錦毅的祖母——慕國公府太夫人——的思緒當中。

前世就是這位太夫人訂下她為孫媳人選，堅決不同意夏氏讓兒子娶自家外甥女梅芳柔，故而她尚未進門就惹得婆婆的不喜；再加上進門後不久，太夫人就把中饋越過夏氏直接交到她手裡，而夏氏讓兒子納外甥女為貴妾的想法又再次落空，種種因素加在一起便對她越發不滿了。而自己一心沈浸在與夫君的如膠似漆當中，再加上慕錦毅對夏氏也頗有微辭，是故她也懶得花心思去緩和婆媳關係，只一心一意照顧夫君、掌管中饋。

也許就是自己表現出對她的不在意吧，夏氏對自己的恨意也更濃了，再加上梅芳柔與小姑慕淑穎的挑撥，還有大房守寡的大伯母時不時又慫恿幾句，婆媳關係就更為緊張了，想來前世自己失寵後被夏氏一碗毒藥送了命，與自己往日不大會待人處事分不開關係吧。

思及此，楚明慧心中一痛，無論暗示過自己多少次，每每憶及前世自己的下場都忍不住心如刀割。本來她也從未想過與夫君一生一世一雙人，光看爹爹對娘親那樣情真意切，中間都還有個林姨娘，自己又怎敢奢求？如果不是慕錦毅先給了自己那樣大的希望，到後面又怎會有失望，甚至最後的絕望？她恨慕錦毅不只是因為他納妾，而是他將人置於美好的幻境當中，待你完全沈浸幸福當中時又狠狠從背後推你一把，就像是原本燒得正熱的炭火突然被一盆冷水淋下來一般，這怎麼不讓她痛恨入骨！

慕錦毅這晚回到慕國公府後，便像往常一樣往太夫人院裡去向她請安，剛踏入院門就發覺以往守在外面通報的婢女不見蹤影，不由不悅地皺皺眉頭，打算讓慕維去把人找回來，便聽到屋裡隱隱有人提及晉安侯府。

他制止欲出聲的慕維，豎起耳朵細細聽了聽。

屋內響起太夫人的嘆息聲。「本來今日見著了一位十分不錯的姑娘，只可惜人家似乎已經有了女婿的人選。」

接著又聽見一位老婦人的聲音。「太夫人說的可是晉安侯府那位三小姐？」

「可不就是她。這丫頭雖看起來溫柔乖巧，可眉眼之中卻透著一股堅毅，是個外柔內剛的性子，最適合慕國公府不過了。」

聽到這裡，慕錦毅彷彿被一盆冷水兜頭淋下來，楚二夫人已經為明慧訂好了女婿人選？而且很明顯，這人選不是自己！可是明明前世也是差不多這個時候祖母就替自己訂下了與明慧的親事，如果不是怕自己開口會讓祖母對明慧有不好的印象，他早就向祖母表明心跡，讓她上門提親了，哪會等到現在讓人捷足先登！

如今未來岳母那個人選又是打哪兒冒出來的，前世怎麼沒聽說過有這樣一齣？

這個人到底是誰？

自從聽聞楚二夫人心中早有女婿人選後，這一事如同小石子投入平靜的湖面般，在慕錦毅心中激起陣陣漣漪。他苦思多日一直不明白這個突然殺出來的程咬金會是何人？

幾日後，他依約與楚晟彥、凌佑祥及陶博綸幾人在酒樓小聚。

他不動聲色地看著坐在對面的陶博綸與凌佑祥交談，並細聽他們談話的內容，心中冒出一個想法，莫非楚二夫人看中的女婿人選是陶博綸？

陶博綸……真是個勁敵啊！

「我還有事先回府了，改日再聚。」言畢，慕錦毅也不等他們有什麼反應，便拱拱手告辭去了。

身後三人面面相覷。「他怎啦？」

第十章

慕國公府。

慕錦毅剛踏入二門，就聽到同胞妹妹三小姐慕淑穎囂張的聲音。

「這明明是我先看上了，憑什麼祖母把它給妳！妳一個嫁不出去的老姑娘，也好意思穿這麼好的緞子？」

循聲而去，只見慕淑穎正扯著堂姊慕淑瑤的衣袖，口中說出的話極為刻薄。

「住口！」慕錦毅氣得大喝一聲。

慕淑穎嚇得手一鬆，回頭見是一向對自己不假辭色的兄長，不由得身子一軟，差點摔倒在地，幸得身邊的婢女及時扶住她。

「大、大哥？」

「誰允許妳對大姊這樣不敬的？妳瞧妳成什麼樣子，小小年紀卻如此尖酸刻薄，說出去也不怕讓人恥笑妳沒教養？馬上向大姊道歉。」慕錦毅氣得滿臉通紅，這個妹妹不管前世今生都是如此囂張霸道，仗著嫡出的身分沒少欺負家中的姊妹，如今對大伯父遺留下的唯一血脈竟也如此無禮！

「我、我……」慕淑穎結結巴巴地就是說不出道歉的話來，平日家中姊妹哪個不是對自己畢恭畢敬的，這個死了爹又被人退了親的堂姊算什麼，憑什麼搶了自己的裙子還要向她道歉？

「道歉！」慕錦毅怒目而視。

慕淑穎嚇得「哇」的一聲就哭了出來，一把推開身側的慕淑瑤，往房裡飛奔而去。

慕錦毅見狀更是怒火萬丈，正要親自去把她拖回來，卻被慕淑瑤勸住了。

「算了，弟弟的一番好意姊姊心領了，只是……」長嘆一聲，她也不再說什麼，微微向慕錦毅福了福身便也回房去了。

身後的慕錦毅看著她的背影，心中一陣酸澀。曾經那樣明媚開朗的女子，如今卻落到被堂妹罵老姑娘的地步，明明是那家人的錯，卻讓她一個弱女子獨自承擔後果；可嘆大伯父生前何等聰明絕倫，卻給女兒訂了那樣一戶人家。

慕國公府前世子是慕錦毅的大伯父，戰死沙場後只留下夫人喬氏和獨女慕淑瑤。

慕錦毅的生父繼承爵位後行事荒唐，原來與慕淑瑤訂下親事的人家本就因為她不再是國公嫡長女而心生不悅，又見新任慕國公不著調，故乘機上門退了親事。而喬氏自女兒被退親後一心想找個更好的人家，可是一個被退過親的姑娘，哪怕自身是無辜的，也難覓人家，更何況喬氏非名門貴族不要，非嫡出不願。只是好一些的人家不是嫌棄慕淑瑤退過親，就是覺得她在慕國公府地位尷尬，原來應是正統嫡系，如今卻有點嫡不嫡、庶不庶；而差一點的人家喬氏又看不上眼，生生把女兒拖到了十八歲都尚未出嫁。

如今慕淑瑤的親事已經成了太夫人和喬氏的一樁心病，太夫人原本就看重喬氏，否則當年也不會聘她為長媳，而自丈夫、長子死後，她對喬氏母女又多了幾分憐惜；再說慕淑瑤又是她教養大的，自然也不願隨便把她許給那些不著調的人家，故也跟喬氏一般眼高手低起來。

慕錦毅想起前世堂姊最後還是被祖母和大伯母嫁入了高門，只是那個堂姊夫卻是極度不靠譜的，妾室、通房納了一堆，如果這樣倒也罷了，偏他又是個耳根子軟的，妾室在他面前撒嬌一番就讓他飄飄然；因為妾室一次次苛責堂姊無容人之量，之後他更為了個不知所謂的女子推倒了懷孕八個月的堂姊，害得堂姊難產，最後一屍兩命。雖說最後自己替堂姊討回了公道，只是斯人已逝，做得再多、再好也換不回她的生命。

慕錦毅雖為大堂姊的將來憂心不已，只是他如今也有點自身難保了，自己花盡千般心思、萬般心血也就在楚明慧生辰宴那日遠遠看了她一眼，如今這個突然冒出來的陶博綸，不僅入了未來岳母的眼，還三天兩頭能與明慧談天說地。這一比較，慕錦毅不得不承認自己完全處於劣勢，若再不採取點什麼措施，未來媳婦就要被人搶走了。

一想起自己認定的妻子將成為別人的，他就一陣恐慌，絕對不能讓那樣的事情發生，明慧只能是自己的！

堅定地點點頭，慕錦毅強迫自己冷靜下來，好好思考接下來應該怎麼做。

前生大概也是上次上香的時候祖母見到了明慧，然後多方試探後覺得十分適合自己，這才在問過自己的意思後向晉安侯府提親，那會兒可沒有什麼陶博綸攪局，婚事很快就成了。如今因為出了這麼一個攔路虎，導致自己與明慧的親事訂不下來，怎麼樣也得先把那個礙事的傢伙打發才行。

當然，這陶博綸怎麼說也是明慧的親人，而且前世混得也挺悲慘的，這一生如果他不打自己媳婦的主意，自己也不介意拉他一把，那個不守婦道的江家女就免了，還是給他另尋個好人家的姑娘吧。

只是這人選……

慕錦毅連日來都處於憂慮當中，連帶著看陶博綸都十分不順眼，他態度這般突然轉變，讓陶博綸百思不得其解。

他看看這側的楚晟彥，又看看那邊的慕錦毅，眉頭擰得死死的。自己到底是哪裡得罪這兩人了，表弟也就算了，雖然自己也不清楚是怎麼回事，但他這樣不待見自己也不是兩、三天了；只是明明前幾日還對自己笑臉相迎的慕錦毅，怎麼今日就一副自己搶了他什麼稀世珍寶的樣子，那眼神彷彿恨不得把自己的皮都剝掉。

陶博綸壓低聲音偷偷問身旁的凌佑祥。「錦毅兄他是怎麼回事，我應該沒哪裡得罪他吧？明明前日還好好的……」

凌佑祥亦壓低聲音回他。「據他身邊那位叫慕維的小廝說，他這大半年來都是這樣陰晴不定的，你別放在心上，說不定明日他就好了。」

「噢！」陶博綸如夢初醒。

「來來來，表弟、錦毅兄，今日咱們四個難得這麼齊聚，不如喝幾盅？」知道不關自己的事後，陶博綸大聲招呼道。

慕錦毅掃了他一眼。「我等會兒還有公事呢！」

「哈哈哈，這樣啊！」陶博綸尷尬地打了個哈哈，訕訕地放下酒壺又坐了下來。

凌佑祥見氣氛有點不對，便笑道：「不如咱們比賽作畫吧，看誰畫工更勝一籌。」

「你們都是文人，就我一個武官，這個還用比嗎？」慕錦毅又掃了他一眼。

凌佑祥也敗下陣來，陰晴不定的男人最可怕了！

楚晟彥狐疑地看了一眼從一開始就明顯針對表哥的慕錦毅，不禁納悶起來，難道真像那小廝說的又犯病了？

只是見另兩人都被他打擊得有點沮喪，楚晟彥不由得笑著開口。「這畫嘛就不用比了，我們三個加起來也比不過表哥，他的畫是連曾外祖父都讚不絕口的。」

「果真？想不到你還是丹青好手。」凌佑祥吃驚地瞪著正摸著鼻子、不好意思地笑著的陶博綸。

「不敢當、不敢當，只是從小就偏好塗塗畫畫罷了。」

「是啊，表哥小時還放話說將來要尋一位能把他畫裡的神韻繡出來的女子做妻子呢！」想起那日娘親讓表哥給妹妹描圖樣，楚晟彥語氣又不爽了。

「哈哈哈，童言無忌、童言無忌。」陶博綸更尷尬了。

怎麼回事，怎麼來了京城之後人人都看自己不順眼，先是一個莫名其妙的楚二小姐見了自己像見鬼一樣，然後就是原本還相處得好好的表弟突然對自己橫眉豎目的，再來就是這位之前還笑臉相迎的慕錦毅……自己這是與京城犯沖嗎？

慕錦毅聽了心思一動，做得一手好繡活的年輕女子？自己的堂姊可不就符合條件嗎？年輕、未嫁、做得一手好繡活，還畫得一手好畫。

如果把堂姊和陶博綸湊成一對……

慕錦毅越想越覺得可行，陶家雖然不是官宦之家，卻是書香世家，在大商朝內也是無人不知、無人不曉的。陶博綸雖無意官場，本人卻頗有幾分才學，品行又端正，若是與大堂姊結為夫婦，一來自己就和未來岳母扯上了關係；二來不但解決了一個勁敵，同時還解決了大堂姊的終身大事；三來日後明慧嫁入府中，憑著她與陶家的關係，大伯母對她也會多幾分照應。如此一舉三得的事，自己之前怎麼就想不到呢！

慕錦毅打定主意後，看陶博綸也就不那麼礙眼了。「博綸兄原來還是畫中好手啊，我倒是看走眼了。」

陶博綸訕訕地摸摸鼻子。「不敢當、不敢當。」

「既然如此，博綸不如即席揮毫，也讓我們見識見識？」凌佑祥插口道。

慕錦毅也點點頭。「這倒是個好主意。」

陶博綸原本想拒絕的，見慕錦毅都這樣說了，而另一旁的表弟也是一臉期待的樣子，故也不推辭。「見識倒不敢說，只盡力一試。」

「如今秋風正爽，到處是千姿百態的菊花，博綸兄不如就畫幅賞菊圖如何？」

「好，我便一試。」陶博綸爽快地答應了。

小半個時辰過去後，陶博綸的賞菊圖便畫好了。

「好畫！果然名不虛傳。」慕錦毅大聲讚嘆道。
「的確是難得一見的好畫。」凌、楚兩人亦表示贊同。
「博綸不如將此畫贈與我可好？」慕錦毅道。
「錦毅兄如果不嫌棄的話儘管拿去好了。」陶博綸亦痛快地答應。
「如此多謝了。」慕錦毅小心翼翼地把畫捲好，便抱拳告辭道：「我還有事，改日咱們再聚。」
「告辭。」陶、楚、凌三人抱拳亦相繼告辭歸家去。

「大伯母，堂姊可在？」慕錦毅回到府後直奔大房院中去。
「是毅兒啊，你堂姊在呢！」喬氏見姪兒進來，起身招呼道。
「姪兒有些事想讓堂姊幫個忙，不知她是否得空？」
「有，你先坐著，我讓人叫她來。」喬氏笑笑，轉身命人去叫慕淑瑤。
待慕淑瑤款款而來後，喬氏知趣地道：「我去命人做些點心來，你們姊弟倆好好說說話。」言畢便帶著婢女離去了。
「大姊，是這樣的，我今日得了一幅好畫，心中甚為歡喜，想把它做為荷包的圖樣，不知堂姊能否幫我這個忙？」慕錦毅說明來意。
「是怎麼樣的畫，可否讓我一見？」
慕錦毅點點頭，小心翼翼地把畫卷從袖裡拿出來，再仔細地在桌面上鋪展開來。

「果真是一幅好畫。」慕淑瑤嘆道。「不知這畫者是誰?」

「這作畫之人是我近日結識的一位好友,姊姊可有把握把它繡在荷包上?」

「這荷包是個細小物件,要把這樣的大圖繡上去並不是件容易事,只是難得堂弟想要,我便盡力一試吧!」

陶博綸這幅賞菊圖,不單有各式菊花,還有幾位逗趣的童子及年輕媳婦,要把這麼一幅鋪開來基本能占大半張桌面的畫繡在小小的荷包上的確是不易之事,只是慕淑瑤一向自負繡工了得,自然不懼挑戰。

「如此便多謝姊姊了。」慕錦毅按下心中激動,躬身向慕淑瑤作了個揖。

「姊弟之間不用客氣。」慕淑瑤也向他回了一禮。「待我繡好之後便讓人給你送去?」

「有勞姊姊了。」

數十日後,京城的醉仙樓。

陶博綸撿起慕錦毅「不小心」掉在他面前的荷包,細細翻看一番後不禁大為驚奇。「你這荷包是何人所做?居然能把我畫裡的神韻全繡出來了!」

「自然是家裡人做的。」慕錦毅一把搶了回來,小心翼翼地收入懷中。

「好兄弟,你就告訴我吧,到底是誰做的?」陶博綸一見他這副樣子,便涎著臉湊上前。

「佛曰:『不可說,不可說。』」慕錦毅裝模作樣地故意吊他胃口。

「錦毅兄，你就告訴他吧，他打小就要尋這樣的女子做媳婦，如今好不容易尋到一個，你成全成全他唄！」一旁的楚晟彥涼涼地道。

「你怎麼就知道是個姑娘做的，說不定是個老婆子做的，又或者是個小媳婦做的。」凌佑祥搖頭晃腦地潑冷水。

「真想知道？」慕錦毅對著一臉討好笑意的陶博綸道。

「真想，非常想。」陶博綸重重地點頭。

「繡這個荷包之人是……」慕錦毅拖著聲音。

陶博綸屏氣凝神地盯著他，緊張得不由嚥了嚥口水。

楚、凌兩人也齊齊轉過頭來望著慕錦毅。

「是——」

「哎，我說你倒是乾脆點啊！」見慕錦毅故意吊胃口，凌佑祥不滿了。

慕錦毅笑笑。「自然是我府上之人繡的。」

楚晟彥掃了他一眼，繼續細細品著手中的茶。

陶博綸見他這樣，也不禁失望至極，頓了頓又不死心道：「若是不方便說也罷了，只不過我平生第一次見到這樣與我的畫作契合之物，不如你把這荷包送我如何？」

慕錦毅拚命搖頭。「不行、不行。」

「怎麼就不行了？左右不過是你府上的繡娘所做，拿來贈與朋友又有何不可？你不會這麼小氣吧？」陶博綸不解了。

楚晟彥也不品茶了，轉過頭來望著慕錦毅。

慕錦毅心想：若是普通繡娘做的自然可以給你，只可惜不是，何況我又何必拿個普通繡娘做的物件來引你。

陶博綸再三懇求，但慕錦毅只一味地搖頭不肯。

見平日對朋友甚為大方的慕錦毅，如今連個繡娘做的荷包都不肯送人，一旁的凌佑祥與楚晟彥都感覺有點不對勁了。

「莫非，這荷包不是繡娘做的？」凌佑祥試探地問。

慕錦毅也不回答，只微微笑著。

陶博綸見他這副樣子也知道今日這荷包是得不到了，只好不甘心地抿抿嘴，片刻又讓步道：「要不我把平日作的畫再送你幾幅，你讓這位繡娘把裡面描繪的景致繡在些絹帕之類的東西上，然後再拿來與我細細觀賞觀賞？」

「你不會占為己有吧？」

陶博綸一窒，見慕錦毅似笑非笑的模樣，只好無奈地點點頭。「不會，就只是觀賞片刻。」

慕錦毅表示同意了這個提議，心裡想的卻是：這樣也好，先讓你充分見識大堂姊的手藝，把心思徹底勾起來，日後也好做下一步打算。

這日後，慕錦毅隔三差五地帶著畫作往慕淑瑤院裡去，不是拜託她繡條絹帕，就是懇求她繡個小屏風。

慕淑瑤雖然感到奇怪，但見那些畫作雖沒有名家之作那般精美絕倫，卻充滿靈氣，且內容有趣，讓人觀之不由得會心一笑，故也十分樂意幫忙。

而陶博綸每每拿著慕錦毅給他觀賞的各式物件都讚不絕口，恨不得把它們全抱回去，只是無論央求了多少次，慕錦毅都搖頭不允，幾次下來，陶博綸也對那位手藝高超的女子心馳神往，他見從慕錦毅口中打探不到那女子的半點消息，便決定從慕維那邊入手。

第十一章

陶博綸費盡心思，好不容易才從慕維口中探出那人竟是慕國公府的大小姐慕淑瑤。

對這位大小姐，他在京城也有一段時間了，自然聽過一些閒言閒語，畢竟出身世家，又是嫡長女，卻被退了親，如今十八歲仍待字閨中的女子在京城並不多見；往日陶博綸聽過後只覺得這位女子身世堪憐，明明是對方作孽，偏偏受累的卻是她這位無辜的弱女子，如今見她不僅做得一手好繡活，更能將自己畫作的神韻繡出來，不由得又敬又嘆又憐。

之後，陶博綸時不時對慕錦毅旁敲側擊地打聽慕淑瑤的事，而慕錦毅也有意無意地透露一絲半絲，引得陶博綸對慕國公府這位大小姐更是神往不已。

陶博綸一向是個藏不住話的，這段時日強忍著對慕淑瑤的那番心思的確超出了他的極限，這日趁著慕錦毅休沐，便一早上門拜訪。

慕錦毅聽了下人的回稟後，心知以陶博綸那性子來說，忍了這麼長一段時間也是出乎他意料。

與此同時，陶博綸在慕國公府下人的引領下前往慕錦毅位於內院的書房，穿過二門，又經過小花園，便是慕錦毅居住的院落了。

陶博綸一心只想著等會兒見了慕錦毅要如何表明自己的心跡，讓他替自己引見那位大小姐，雖說這行為極不合規矩，但自己若誠懇一點，態度謙虛一點，以兩人的交情，應該可以吧？若是他不肯，大不了自己回去讓母親替自己上門求親，直接把這位大小姐娶回家，反正男未婚、女未嫁。

他越想越覺得可行，從這位慕小姐能把自己的畫作繡得維妙維肖這點來看，可見是位蕙質蘭心的女子，加上她對畫作的解讀又與自己心意相通，日後相處起來……

「我叫妳站住沒聽到嗎？慕淑瑤，妳給我站住！」

陶博綸正陷入對美好未來一廂情願的幻想當中，便被女子的嬌斥聲驚得回過神來。

他循著聲音望過去，便見一位年約十二、三歲，身穿桃紅衣裙的姑娘，她快步上前扯著前方一位正抱著畫軸、低著頭往自己方向來的女子。

那女子被扯得停住了腳步，回頭對桃紅衣裙的姑娘道：「三妹妹，我說過許多遍了，並不是我向祖母告狀，妳怎麼就不能相信我一回呢？」

「要不是妳，那妳說是哪個？明明那日的事就妳、我還有大哥三人在場。」慕淑穎不依不饒，上次衣裙那件事之後，自己不但被母親請來的嬤嬤管得死死的，昨日又因這事被祖母罵了一頓，明明都過去好久了，怎麼這回還翻出來說。

「我真的不知道，我這段時日一直待在房裡做繡活，除了晨昏定省外並不曾到過祖母房中。」抱著畫的慕淑瑤無奈地道。

「我不管，總之不是妳就是妳身邊的丫鬟，左右肯定與妳有關。」慕淑穎耍賴道。

慕淑瑤皺了皺眉頭，這是什麼道理？

正拉扯間，慕淑瑤一個踉蹌，手中的畫卷便散了滿地，其中的一幅滾了幾下，直直滾向陶博綸這邊來，而裡面的內容也清晰地映入他眼中。

這不是他的畫作嗎？

陶博綸震驚地盯著地上的畫，還沒回過神來便見慕淑瑤急急忙忙走過來，掏出手絹小心翼翼把畫作上沾染的塵土抹去，又動作輕柔地把它收好，再把其他幾幅滾落的畫卷抹去塵土、收起來抱在懷裡。

他順著她的動作慢慢看清了她的容貌，見她肌膚勝雪，面若夾桃，眉尖若蹙，一雙丹鳳眼中隱隱薄怒，雙唇緊緊抿著。

慕淑瑤仔細把懷中畫卷抱好後才發覺眼前站著一位年輕男子，一下愣住了，又見男子身後站著引領客人的小廝，心知這位是堂弟的客人，想來還是改日再把畫卷還給堂弟吧！

她為自己剛才的失禮懊惱，微微福了福身後，也不等陶博綸有什麼反應便抱著畫卷轉身走了。

慕淑穎也發現自己剛才的行為居然被外男看在眼裡，不禁又羞又惱，也跺跺腳走了。

陶博綸定定地看著慕淑瑤遠去的身影，心中暗道：難道她就是那位慕大小姐？分明是位難得的佳人，居然受了那等閒氣！

門外發生的一切不久便有下人稟報了慕錦毅。

慕錦毅聽後濃眉擰得死死的，這三妹妹還真是分不清場合地胡鬧！

待陶博綸進書房後，兩人互相見了禮，只是陶博綸還未完全從剛才的驚鴻一瞥中回過神來，直到慕錦毅接連喚了他好幾聲。

「啊？哦，對不住，剛才在想事，一時沒聽清楚，錦毅兄剛說什麼來著？」

慕錦毅無奈地指指放在他前面的茶杯。「我只是讓你品嚐一下剛得的龍井。」

陶博綸不好意思地笑笑，端起茶杯細細抿了一口。「好茶。」

慕錦毅笑笑，心中懷疑他其實根本沒什麼心思品茶。

兩人相對無言地坐了片刻，陶博綸屢次想直接表明來意，又怕慕錦毅不悅，更怕的是日後慕大小姐知道後會覺得自己故意羞辱她，畢竟哪有男子親自上門來跟人家堂弟表明對他堂姊的心意。

慕錦毅也不催他，任他一人糾結，只在一旁悠哉地品茶。

「錦毅兄，其實我今日前來，是、是為了……」陶博綸張張嘴，為了什麼到底還是說不出口。

慕錦毅定定看著他。「為了什麼？」

「為、為了……」陶博綸張口結舌。

「我、我突然想起還有事，就先告辭了，改日再約。」也不敢看慕錦毅有什麼反應，陶博綸拱拱手，然後「蹬蹬蹬」幾步出了房門。

身後的慕錦毅看著他落荒而逃的背影，不由得哭笑不得。

晉安侯府。

「你小子一整日都這副有話要說又不說的模樣，何時變得如此婆婆媽媽了？」陶老先生望著欲言又止的曾孫，沒好氣地道。

「曾祖父，阿綸、阿綸……」陶博綸支支吾吾的就是說不出來。

「男子漢大丈夫這副樣子像什麼話！」陶老先生雙眼一瞪。

「阿綸……看中一位姑娘了。」陶博綸小小聲地道。

「什麼？老夫聽不大清楚，你再說一遍。」陶老先生皺著眉頭。「你說你看上什麼了？」

「看、看上一位姑娘了。」陶博綸紅著臉，提高了聲音回道。

陶老先生眉頭皺得更緊了。「一位姑娘？是誰家的姑娘？你怎麼會看中她的，是不是做了什麼有損人家清譽的事來？」

「沒、沒有，絕對沒有。」陶博綸嚇得急忙擺手否認。

「大家閨秀都是養在深閨，你又怎麼會相中人家？」陶老先生又問。

陶博綸便老老實實將事情經過一一道來，最後還強調「只是在錦毅兄書房外見過一面，而且在場的也並不止我兩人」。

陶老先生默不作聲地看著他，孫女欲親上加親的想法自己不是不知道，而且也是有點樂見其成的，只是沒有料到如今突然蹦出個慕國公府大小姐來。

陶博綸見曾祖父只是定定看著自己不說話，心裡不禁有點七上八下，曾祖父會不會反對呢？雖然婚姻大事歷來是父母之命，可是當年姑丈也是自己相中了小姑姑才向父母稟明心意的啊！

「這事老夫不能作主，還得問過你爹娘方可。」陶老先生緩緩地道。

「阿綸也知道這不合規矩，只、只是……還請曾祖父替阿綸在爹娘面前美言幾句。」陶博綸滿臉期待地對著陶老先生道。

「此事老夫自有主意，你不必再說，待你爹娘做決定吧！」陶老先生擺擺手，示意陶博綸不必多說。

陶博綸有些不甘地抿抿嘴。

這日，慕錦毅依然前去拜訪陶老先生，剛進門便見他一臉掩不住的喜氣，不由笑道：「先生這是有何喜事？」

「老夫又要有曾外孫了，而且，一下子就是兩個！」陶老先生高興地伸出兩根手指晃了晃。

慕錦毅一愣，曾外孫？難道是岳母大人又有了？可是前世她就只生養了楚晟彥與楚明慧兩人，如今這是怎麼回事？

其實這不能怪慕錦毅不知道，一來晉安侯府與慕國公府並無多大來往，二來陶氏覺得自己像是老蚌生珠，故除了親朋好友以外並不曾知會其他人，而楚晟彥等人平日雖常與他來往，但亦不會拿內宅女子的事來說，是故慕錦毅今日方知陶氏又懷了身孕。

「這可真是大喜啊！」慕錦毅笑道，心中卻暗暗思量，莫非這孩子後來沒有保住？只是前世這時兩家已訂下親事，自己也是見過岳母的，並不像懷有身孕的樣子，而且後來也沒有聽說過她小產。

實際上，陶氏前世小產是在慕、楚兩府訂親之前，後來慕錦毅見到她的時候，陶氏的身子也調養好了，而楚明慧心痛母親遭此大難，亦不曾向慕錦毅提過此事。

慕錦毅百思不得其解，本以為重生後種種均在自己掌握當中，但如今陶氏懷孕的消息令他有點不確定了，朦朦朧朧當中似有一個極為不妙的念頭升起，卻被他死死地壓了下去。

再隔一個多月，陶氏便收到了易州嫂嫂的回信，信中說將擇日上京親自相看一番云云。陶氏看罷十分歡喜，連連吩咐下人準備客房。

楚明慧亦甚為開心，前世今生加起來十幾年了，終於又可以見到慈愛的舅母了。

不過，待知曉舅母上京的緣由後，楚明慧不禁一愣。小表哥與慕淑瑤這兩人怎麼聯繫在一起的？前世明明沒有任何交集的兩人，今生竟然要談婚論嫁？

只是想想陶博綸與慕淑瑤前世各自不幸的婚姻，楚明慧又有點唏噓，或許這兩人湊在一起還真能做對舉案齊眉的恩愛夫妻呢！畢竟慕淑瑤也是位好女子，只是前世遇人不淑罷了，而小表哥性情耿直寬和，是個難得的良配。

隨著陶夫人抵京的日子漸近，而慕錦毅亦向祖母和大伯母喬氏稟明了陶家的意思。

兩人一聽便愣住了。

喬氏有點不敢置信。「陶府？易州陶府，就是那個世代書香的陶府？」

慕錦毅點點頭。「正是。」

他頓了頓又道：「陶家這位二公子是大儒陶老先生的曾孫子，易山書院陶山長的嫡出次子，年方十八，上頭還有位同胞兄長。姪兒與他算是知交好友，對他的人品學識還是十分讚賞的。陶府雖無人做官，但在大商國亦是頗負盛名之家，如今陶夫人不日將抵達京城，若大伯母同意的話，姪兒便讓人給晉安侯府二夫人傳個口信，替大伯母與陶夫人牽個線。」

喬氏按下激動的心緒，對著慕錦毅點點頭。「我自是沒意見的，就不知你祖母意下如何？」言畢，便朝上首坐著的太夫人望去。

太夫人亦是十分激動，長孫女的親事已經成了她一個心病了，如今這個陶府雖不是官宦之家，卻是以書香傳家的清貴之家；而那位陶二公子，既然連孫兒都十分讚賞，想來亦是個極好的，對如今的長孫女來說真是再好不過的一門親事了。

慕錦毅見祖母亦表示同意，便道：「如此孫兒便派人告知楚二夫人，讓兩家訂個相看的日子。」

太夫人連連點頭稱好，喬氏則拭拭眼角淚珠，朝著慕錦毅微微一福。

慕錦毅見她如此，嚇得連忙側身避開她的禮。「大伯母萬萬不可！」

太夫人亦嚇了一跳，心知大兒媳這幾年來為長孫女親事操的心比起自己只多不少，如此這般也是感激孫兒一番心意，只是有點於禮不合，便拉著喬氏的手嘆道：「妳這樣可是折他的壽啊！」

喬氏擦擦眼淚。「都怪媳婦一時忘了分寸。」

「大伯母快別這樣，大堂姊是姪兒至親，姪兒又怎會不為她打算呢！」慕錦毅急道。

「可不是，都是一家子，何必那麼見外。」太夫人拍拍喬氏手背，笑道。

「正是這個理。」喬氏點點頭，亦笑道：「只是大姪兒這一番心意伯母卻是記在心上了，日後若大姪兒有什麼地方需要伯母，儘管出聲，伯母一定盡心盡力為你辦得妥妥的。」

慕錦毅連聲稱謝。

大伯母喬氏的確是位十分能幹的女子，前世夫君早逝，女兒又遇人不淑，到最後還白髮人送黑髮人，其中的苦楚並不是旁人所能體會的，是故前世慕錦毅雖知道她時常在母親與妻子間挑唆幾句，但想到她的不幸遭遇亦不忍過於怪責。

又過了大半月，陶博綸的母親陶夫人便抵達晉安侯府，晉安侯府自有一場歡迎家宴暫且不說。

只說陶夫人見過慕淑瑤後十分滿意，覺得與自家小兒子甚為相配，又憐惜她的遭遇，心中更是憐愛；而喬氏見陶博綸舉止有度，談吐不俗，自然是丈母娘見女婿，越看越滿意。兩家既然彼此有意，親事自然而然地訂下了，因考慮到兩人年紀均已不小，便將婚期訂在明年開春。

一時間，慕國公府上曾被退了親的大小姐即將嫁入易州書香世家陶府的消息，便像長了翅膀一樣傳遍了整個京城，而太夫人與喬氏亦像是要一吐心中鬱氣般，揚言將慕淑瑤的親事辦得熱熱鬧鬧；至於慕國公，他覺得這是府裡多年來第一樁喜事，自然要大辦，三人難得意見一致，於是慕淑瑤的親事就越發隆重了。

陶博綸心願得償後每日均是春風滿面，慕錦毅看看三人，不是家有賢妻就是已有婚約，偏自己一個仍是孤家寡人，不由心中黯然，也不知自己何時才能將明慧娶入府中。

「哎，那個不是老往你家中去的崔騰浩嗎？」凌佑祥碰碰正端著茶杯的楚晟彥，朝窗外努努嘴。

楚晟彥三人往外頭望去，果見崔騰浩正從一家賣文房四寶的店鋪裡出來。

慕錦毅心下一驚，這不正是前世明慧的妹夫，休棄髮妻另娶的崔騰浩嗎？

大商國正室有三不休，所謂三不休即是「經持舅姑之喪、娶時賤後貴、有所娶無所歸」，而崔騰浩的原配夫人皆符合三不休，她是崔騰浩家境貧寒之時所娶、守過公婆的孝，而且娘家已無人，是故前世崔騰浩才輕易受了同鄉要脅，畢竟把這樣的原配休棄，這已不僅僅是丟官的事了。

「這崔騰浩老往你家去，難不成你爹有意招他為婿？」凌佑祥好奇道。

「瞎說什麼呢！這崔騰浩早有妻室，他夫人都已經從家鄉到京城來了。」楚晟彥沒好氣地道。

慕錦毅一愣，這崔騰浩的妻子上京尋夫了？這樣一來崔騰浩就算他日高中狀元也別想有達官貴人會將女兒許配給他了。畢竟每年高中的年輕人那麼多，沒必要作踐自家閨女屈於商戶女之下為妾。

只是這一切又是如何發生的？前世可不曾有過崔夫人上京這一齣，否則岳父大人又怎會被崔騰浩矇騙，將女兒許配給他。

這到底是怎麼回事？岳母大人懷孕那事也是，崔夫人這事也是，全與前世背道而馳，難道……上次得知陶氏懷孕時那股不妙的想法又隱隱要冒出來了，慕錦毅再次死死把它掐回去。

第十二章

這日，慕錦毅受祖母所託前往晉安侯府送請帖，邀請侯府眾人往慕國公府一聚，就當是親戚間露個熟臉，又可為即將離京返鄉籌辦婚事的陶家祖孫三人餞行。

「太夫人。」慕錦毅恭敬地向晉安侯府太夫人行了晚輩禮。

「慕世子不必多禮，聽聞你與我那二孫子是知交好友，如今貴府又與我兒親家陶府訂下親事，算來咱們也是親戚了，本該多多來往才是。」太夫人笑道。

「太夫人說得甚是，往後兩家成親戚自當多走動。」慕錦毅亦笑道。

待慕錦毅又拜見過在場的三位夫人及陶夫人等長輩後，太夫人又指著一眾孫兒、孫女對慕錦毅道：「這是我的孫兒、孫女。」說罷，又一一向他介紹在場的少爺、小姐。

楚明慧自慕錦毅出現後便有些神思恍惚，她不明白為什麼這一生與前世有了那麼大的不同，慕國公府大小姐成了自己的表嫂，而慕錦毅又與兄長成了至交，如今還登門拜訪了，明明前世他是在與自己訂下親事後才上門拜見過一次。

「三姊姊。」一旁的四小姐楚明嫻見慕錦毅都已經向楚明慧行禮了，她卻還一副神遊太虛的表情，便不由得輕扯她的衣衫，細聲提醒道。

楚明慧一下子回過神來，見慕錦毅正定定地看著自己，身體還保持著作揖的動作，便暗自壓下心中的煩亂，微微向他回了禮。

「三小姐。」慕錦毅壓下心中的激動。

「慕世子。」楚明慧低頭垂眉不看他，只低低回了句。

慕錦毅不敢再看她，生怕自己忍不住直接上前抱著她，死死不願放手。

而楚明涵至今還沈浸在見到意中人那股震驚、激動、歡喜的思緒當中，身邊的人說了什麼她完全聽不見，只是癡癡地望著那個夢裡夢外不知回憶了多少遍的身影，連楚明婉頻頻向她投來探究的目光也全然不覺。

那日見到的公子原來是他！

慕錦毅又笑著對陶氏道：「還未恭喜二夫人呢！」

陶氏有些不好意思。「世子客氣了。」

眾人又相互客套幾句後，慕錦毅便起身告辭道：「家中祖母還等著回信，錦毅便不打擾了，三日後在府中恭候太夫人及諸位大駕。」

太夫人等人又挽留，慕錦毅再三推辭，眾人見他去意已決，方不再勉強。

陶氏自被大夫診出懷了雙胎後便在府中激起不少風浪，不說楚仲熙等人如何欣喜若狂，就連一向嚴肅的晉安侯府老太爺也激動得連連稱好。只是眾人在歡喜的同時也有隱憂，畢竟陶氏的年紀大了些，而且一下子兩個，本來婦人生產就是件極有風險之事，更何況她這種雙胎的高齡產婦。一時晉安侯府上上下下都將陶氏列為重點保護對象，太夫人親自下令，務必讓下人們全心全意照料陶氏及肚裡的孫子，一定不能出任何差錯。

陶氏挺著個大得驚人的肚子，每每走路時都讓一眾或跟或扶著她的下人心驚膽顫。楚明慧也擔憂不已，加上不願再踏入慕國公府半步，這日便對陶氏說要留在家中照顧她，慕國公府的宴請就不去了。

陶氏不贊同了。「慕國公府的大小姐畢竟是妳表嫂，其他房裡的姊妹們不去的話倒沒什麼，只是妳卻是不能不去的，尤其娘現在這模樣，想去也是去不成的，倒不如妳就陪著舅母一同去，也當是全了禮數。」

楚明慧也知道自己是一定要去的，只是心中實在不願再與慕國公府有什麼接觸，尤其是那前世害得自己終身不孕的慕淑穎，還有奪了自己性命的慕國公夫人夏氏，她不知道自己若見到她們會不會控制不住直接上前一刀了結了她們，好為前世的自己報仇。

第二日，晉安侯府太夫人帶領著大夫人、陶夫人，與除了待嫁的楚明婉之外的眾位孫女一起前往慕國公府，而男子則由楚仲熙帶著楚晟彥眾兄弟騎著馬跟隨在一側。至於晉安侯父子今日則另有要事未能出席；三夫人藍氏留在家中照顧；陶老先生覺得自己輩分高，去了只會讓從小不愛讀書寫字的慕國公拘束，二來也是不放心大腹便便的孫女陶氏，故也留在了侯府。

晉安侯府眾姊妹坐在同一輛馬車裡低低說著話，二小姐楚明涵靜靜坐在一旁不作聲，只是把手中的帕子擰得緊緊的，心中那股即將見到意中人的激動心情久久平復不下來。

與她一樣默不作聲的還有楚明慧與六小姐楚明雅。楚明慧是因為又要踏入那個令她無比痛恨的慕國公府而心煩不已；楚明雅則因為性情所致，不愛說話。

年紀最小的七小姐楚明婧難得出來一趟，自然十分興奮，一路吱吱喳喳地說個不停。一向與她不對盤的楚明芷自然會時不時嗆她幾聲，當然楚明婧也不是吃素的，兩人又吵起來，只是到底還是有所顧忌，也不過細聲回頂了幾句，並不敢像往日在府中那般鬧起來。

四小姐楚明嫻品嚐著車上的小點心，時不時還會勸上一句。

楚明雅依然如故地靜靜坐在一邊，只是偶爾把車簾掀開一道小縫，偷偷往外看。

那不是崔大哥嗎？

楚明雅定定地看著不遠處的身影，心中百感交集。只見那人手中拿著書冊，正立在街邊，想來是避讓侯府車駕，而他左側身後站著一位年輕女子，做婦人打扮，正滿目溫柔地望著他，想來就是他在家鄉娶的原配夫人了。

楚明雅急忙放下車簾，不忍再看。崔騰浩夫人上京尋夫之事，林姨娘已經對她說過了，她明知不該，可一縷情絲早就繫在崔騰浩身上，如今見到他那位出身商戶的夫人，心中又是替崔騰浩不值，又是感傷自己一片情思。

那樣粗鄙的商戶女哪裡配得上天才橫溢的崔大哥！

馬車在眾人各懷心思之下，最終抵達了目的地。

「慕國公府到了，請諸位小姐下車。」車外傳來婆子的聲音。

楚明慧合上眼睛，努力平復心中不斷湧現的怨恨，便跟在楚明婧身後，下了車。

甫一下車，抬頭便見大門上橫匾書著四個矯健有力的大字「慕國公府」，匾的兩側不遠則各掛著一只紅燈籠，大門正中兩側各臥著一座威風凜凜的石獅。

待晉安侯府眾女眷從馬車上下來後，便見一位罩著墨綠色對襟比甲的婆子率先迎了上來。「給晉安侯太夫人、夫人及各位小姐請安了，剛太夫人與大夫人還叨唸著呢，可巧就來了。」

太夫人瞧她的穿著打扮，知道是慕國公府中頗有些臉面的，故亦客氣道：「勞老姊姊久等了。」

楚明慧自那婆子一出現就認出她便是慕國公太夫人身邊的劉嬤嬤。只見劉嬤嬤連稱不敢，便親自迎著眾女眷往府中去，而男子那邊亦有得臉的僕人迎了進去。

一行人一路到達正廳，便見慕國公府太夫人與大夫人喬氏笑著迎了上來。

「多年不見，姊姊別後可好？」慕國公太夫人笑著招呼。

「好好好，妹妹有心了。」晉安侯太夫人亦笑道。

喬氏與慕國公夫人夏氏先向晉安侯太夫人請了安，又依次與小王氏、陶夫人見過禮。待眾人相互見過後，兩位太夫人便率先攜手往廳內走去，喬氏、夏氏與小王氏等人跟在身後，走在最後的自然是楚明慧一眾小輩。

眾人依禮落坐後，慕國公太夫人便笑道：「如今妳我兩家也算是親戚一場了，今日又難得一聚，實在可喜可賀。」

「可不是，這也是咱們兩府的緣分。」晉安侯太夫人亦點頭笑道。

「阿瑤，妳來，快見過太夫人與諸位夫人。」慕國公太夫人對著慕淑瑤招招手。

慕淑瑤順著她的指引先拜見了晉安侯太夫人，又見過小王氏與陶夫人。

陶夫人親自扶起她，愛憐道：「不必多禮，妳我日後便是一家人了。」

慕淑瑤臉上不由浮起一絲紅暈，含羞點點頭。

慕國公太夫人與喬氏見這對未來婆媳相處融洽，心中也不禁安慰，總算是苦盡甘來了。

只有另一側的慕淑穎不屑地撇撇嘴，小小聲道：「有什麼好得意的，不過是平民之家。」站在她身邊的夏氏一聽，便輕輕扯了扯她的衣袖，示意她注意場合。

其實慕淑穎的音量不算大，除了站在她不遠處且一直盯著她們母女兩人的楚明慧外，並沒有什麼人注意到。

「這個慕淑穎果真一如前世那般愚蠢跋扈。」楚明慧暗暗冷笑道。鄙視地再掃了慕淑穎一眼，便將視線定在她身邊的夏氏身上。

就是這個夏氏，前世用一碗毒藥葬送自己性命的夏氏！

楚明慧雙眼噴火地死死盯著她，左手指甲深深掐入掌中，只恨不得衝上去拔出頭上尖銳的簪子狠狠刺進她心胸上。

夏氏正不耐地聽著上首婆婆及大嫂與晉安侯府來人的寒暄，突然感覺心口一陣「怦怦怦」地亂跳，彷彿被什麼東西盯上了一般，不禁打了個寒顫，四下看看，見眾人皆是滿面笑容地附和著兩位太夫人，並不曾有什麼異狀，不由得又有點納悶。

楚明慧本就一直注意夏氏的動靜，在她扭頭過來那一刻便若無其事地端起茶杯，低頭小小地抿了一口。

「瞧我們兩個老傢伙，只顧著自己說話，倒把這些小輩們拘著了。」慕國公太夫人一拍額頭，失笑地道。

「可不是，只是今日一見，只恨相識太晚了。」晉安侯太夫人笑道。

「我也有這等感覺，不如讓她們小姑娘們一塊兒到外頭玩去，咱老姊妹倆在一起說會兒話？」慕國公太夫人提議。

「如此甚好！」

「哎喲，兒媳都一把年紀了，就不和小姑娘家們湊熱鬧了，不如便在這裡陪兩位太夫人說話。」喬氏掩嘴笑道。

小王氏與陶夫人亦表示同意。

夏氏雖不願留在此處，但見另外三位都同意了，亦只好無奈地點點頭。

慕淑瑤身為主人家的大小姐，自然是親自帶著眾位姊妹往後花園裡去。

後花園裡早有下人在各處的石桌上擺滿了各式點心茶果，只待諸位小姐渴了、餓了可以取食。

慕淑穎自大廳出來後便不耐地越過慕淑瑤等人，直直往後花園中央那座亭子裡走去。

楚明慧見她那個樣子又不由得心中冷笑，而楚明婧等人則有點詫異。

「三姊姊，那位慕三小姐是不是不歡迎我們啊？」楚明嫻拉著楚明慧的袖子，小聲地問道。

楚明慧拍拍她的手，也小聲地回道：「今日是慕國公太夫人請我們來的，她就是不高興與我們又有何干？我們只管玩得開心便可。」

楚明嫺點點頭。「三姊姊說得是。」

待進了後花園，諸位姊妹便三三兩兩地結伴往自己喜歡的地方去。

楚明雅本是打算一直跟在嫡姊身後的，但不等她坐下，便被楚明嫺一把拖著往東邊小木橋處去。

楚明慧本想囑咐她們一番，只是楚明嫺動作太快，她還沒得及開口，那兩人就已經遠遠走開。她無奈地搖搖頭，只好繼續坐下來細細品嚐著桌上的各式小糕點。

「三妹妹。」

抬頭望去，只見慕淑瑤盈盈立在她身前，望著她微微笑著。

「慕姊姊。」楚明慧連忙起身見禮。

「聽母親說起晉安侯府有位三小姐甚是聰慧，今日總算是見著了。」慕淑瑤回過禮後便拉著楚明慧的手坐在長條石凳上。

「慕伯母謬讚了。」

兩人寒暄了一番，楚明慧見她欲言又止，想起她與小表哥的親事，心中思量著她大概是想打聽一下舅舅家的事。

前世自己嫁入慕國公府時，這位大小姐已經出嫁了，是故與她並沒有多大接觸，只是知道後來她身懷六甲卻被夫君推倒在地，最終一屍兩命。想到前世自己也是被人推倒以致痛失腹中孩兒，不禁有點同病相憐，只是自己保住一條命，她卻連命都保不住。一時又想，如果前世自己也是和孩兒一起去了，大概後來也不用受那些苦楚。

「三妹妹……」慕淑瑤有點不好意思開口。

「姊姊叫我明慧就好。」

「明慧妹妹。」慕淑瑤亦不推辭。

「舅舅是個醉心詩書的人，平日多是在書院與學生們一起。舅母妳是見過的，是個慈和的人；大表哥往日也是和舅舅一同待在書院。至於大表嫂，雖是書香世家女子，卻是個十分爽朗、行事乾脆的，姊姊日後與她相處便知。」楚明慧心知慕淑瑤一時是不好意思開口詢問，便主動說起舅舅一家的事。

慕淑瑤臉上浮起一絲紅暈，有點羞澀地垂下頭。

「而小表哥嘛……姊姊也待日後相處了便知。」楚明慧笑著打趣。

慕淑瑤臉上紅暈更盛了。

「姊姊放心，不是妹妹自賣自誇，實是舅舅一家都不是愛計較之人，一家子相處雖難免有點磕磕絆絆，但舅母與大表嫂都不是小氣愛記仇的，姊姊儘管放心便是。」楚明慧拉著她的雙手，語氣誠懇地道。

小表哥前世是不幸的，這位未來小表嫂前世也是不幸的，她是真心祝福他們今生能舉案齊眉、白頭到老。

兩人又交談一番後，楚明慧突然覺得肚子脹脹的，便捂著肚子紅著臉吞吞吐吐地道：

「姊姊，我、我想去……」

慕淑瑤了然地笑笑。「我帶妳去吧！」

「不用麻煩姊姊了，讓下人領我去便可。」

慕淑瑤點點頭，便朝著遠處一位正在收拾桌子的小丫鬟招招手，示意她過來。

待慕淑瑤細細吩咐一番後，楚明慧便跟著小丫鬟離開了。

「楚三小姐，這裡就是了。」

「有勞姊姊了，妳可以回去向妳家大小姐覆命了，我自個兒回去便可。」楚明慧點點頭。

「那奴婢就告退了。」小丫鬟福了福身，便原路返回了。

待楚明慧出來之後，打量了一下四周，神思又有點恍惚了，前世那些悲歡離合彷彿又在眼前上演一般。

她甩甩腦袋，暗暗告誡自己：楚明慧，前世種種俱已過去了，今生的慕錦毅與妳沒有半點關係，也不會再有關係！

她穩下心神後便沿著來時路打算回去尋姊妹們，卻聽見一把含羞帶怯又充滿柔情的聲音響起。「慕、慕世子。」

楚明慧一怔，這不是楚明涵的聲音嗎？

循聲望去，只見楚明涵正站在前方不遠處面對著一名男子，雖然楚明慧只能看得到男子的背影，但還是一眼就認出那是慕錦毅。

楚明慧輕輕地收回腳步，退到身旁的假山後。

「妳？」慕錦毅疑惑地問。

「小女子楚明涵，家中排行第二。」柔媚的少女聲恍若帶著點委屈。

安靜片刻。

「二小姐若有什麼需要儘管吩咐下人便可，在下還有事，失陪了。」

接著，又響起男子慢慢遠去的腳步聲。

待腳步聲再也聽不到的時候，楚明慧偷偷從假山探出去，只見原地只剩下楚明涵一人，正癡癡地望著前方那團只剩墨點般大小的身影。

一陣輕風吹過，樹葉沙沙作響，癡望著前方的楚明涵衣袂飄飄，長髮順著風向輕輕擺動，遠遠望去就像是傳說中化為望夫石的那位癡情女子。

楚明慧眉頭越擰越緊，從剛才楚明涵竟然同外男介紹自己閨名那刻起，便覺得不對勁的心現在終於有了定論，這位二姊姊想來是對慕錦毅起了愛慕之心。

難道前世她總是針對自己就是為了慕錦毅？只是前世，好像除了婚前慕錦毅上門拜訪及三朝回門這兩次外，並沒有其他機會能讓這兩人見面。

而且從剛才慕錦毅帶著點疑惑的聲音來判斷，他並不記得楚明涵，但是這兩人的確在他上門送請帖的時候見過面，可見慕錦毅當時並沒有把她放在心上，是故今日見面才會一時想不起她是誰。

所以說，這全是楚明涵單方面的心思？

若是這樣的話，因為覬覦妹夫而陷害妹妹，楚明慧想想都覺得噁心至極。

「三姊姊，妳怎麼去這麼久啊，大家都已經到廳裡去了，說要準備開席了。」楚明慧剛走到涼亭邊便見楚明婧急急走來，一把拉著她的手往花廳去。

「快走快走，四姊姊她們剛還到處找妳呢！」

剛繞過屏風，就聽到慕國公太夫人爽朗的笑聲。「哈哈哈，原來如此，一下又有兩位孫子，姊姊好福氣啊！」

「可不是，大商國可極少有雙胎的，這可是大喜之兆啊！」喬氏亦笑著道。

晉安侯太夫人又謙虛客氣一番。

楚明慧剛一出現，便聽到大夫人小王氏笑道：「三丫頭這不是來了嗎？」

「三丫頭，來，見過太夫人。」晉安侯太夫人對她招招手。

楚明慧按下心中疑惑，恭敬地上前給慕國公太夫人見了禮。

慕國公太夫人一把拉過她的手，笑道：「我們是見過的，丫頭可還記得？」

楚明慧點點頭，脆聲道：「記得，那回上香時便見過太夫人的。」

「對對對，妳叫明慧？」慕國公太夫人慈愛地問道。

楚明慧又點點頭。

之後慕國公太夫人又拉著她問了一些關於平日裡在家都愛做些什麼的瑣碎話題，楚明慧都恭恭敬敬地一一回答，慕國公太夫人臉上的笑意越來越盛，而晉安侯太夫人、小王氏、陶夫人及喬氏則一臉笑意盈盈地望著兩人一問一答，只有夏氏臉色陰沈、一言不發。

「太夫人，前頭國公爺問可否開席了？」一位穿著綠衣裙、梳著雙丫髻的婢女進來問。

「開吧，大家都餓了。」

眾人依禮落坐後，楚明婧神神秘秘地扯著楚明慧的衣袖，伏在她耳邊低低地道：「三姊姊，妳被人盯上了。」

楚明慧一愣，有點不明所以地轉頭望著她。

「笨，妳怎麼不想想為何那太夫人拉著妳問東問西的。」楚明婧有點小得意地斜了她一眼。

楚明慧一驚，心一下就急促地跳著，她強自鎮靜下來後，裝作若無其事的樣子小聲地道：「太夫人也是一片關愛晚輩之心。」

楚明婧嗤笑了一聲。「怎麼不見她問其他姊妹啊，偏問妳。」

楚明慧越發坐立不安了，前世與慕錦毅的親事也是祖母牽的線，然後經過爹娘同意，才與慕國公府訂下的；而慕國公府這邊則是由太夫人作主，一向極順從生母的慕國公也同意了，縱然夏氏心中多麼不願意，也莫可奈何。

楚明慧一顆心跳得更厲害，難道今生又要再入慕國公府？

也許是自己多想了，兩家的太夫人若有此意，上次上香的時候就應該有苗頭了；但……若是真的呢？

不行不行，得想個辦法，想個辦法！楚明慧拚命讓自己冷靜下來。

直到回到晉安侯府自己房中，楚明慧仍然未從驚慌中回轉過來。

再隔幾日，陶家三人便告辭返鄉籌備親事了，晉安侯府門前自然又是一番臨別依依。

第十三章

「母親，媳婦瞧著這位三小姐與大姪兒真是挺般配的。」喬氏輕輕捶著婆婆的大腿，邊對著她笑道。

「嗯，是個不錯的。」慕國公太夫人點點頭。

喬氏一喜，若是大姪兒娶了晉安侯府的三小姐，女兒也多了層保障。畢竟她娘家無親兄弟，若是與她有表姑嫂關係的楚三小姐成了日後的慕國公夫人，總比其他人家的姑娘要親近得多。

「只是前些時候聽聞楚二夫人心中已有了人選，就是不知現在如何？」太夫人有點遲疑地道。

「一家有女百家求，楚三小姐是個出色的，只是成親之事考慮的因素太多，否則都過去這麼久了，要有意的話早就訂下來了。」喬氏道。

太夫人點點頭，大兒媳打什麼主意她心裡清楚，只是一來自己的確挺滿意那位楚三小姐；二來也有替長孫女打算的意思，這一點倒是與喬氏一般無二，是故同等條件下太夫人自是比較中意晉安侯府三小姐。

「若母親沒有意見，媳婦便替您打探打探晉安侯府的口風？」喬氏試探著道。

太夫人笑道：「從那日晉安侯太夫人的態度觀知她們應該也是有意的，就是不知楚三小姐爹娘意下如何。」

「那媳婦改日去探探楚二夫人的口風？」

「不必太過於刻意，晉安侯太夫人既然有意，想必也會向兒媳講明，妳只當是上門看望懷有身孕的二夫人即可。」

「媳婦知道了。」

隔幾日，喬氏果然親自上門拜訪，說是來探望楚二夫人。

晉安侯夫人自然明白她的來意，自己也覺得這是門不錯的親事，是故樂得給她方便。

陶氏對慕國公府大夫人的來訪一時有點詫異，但想到如今與姪兒訂下親事的大小姐正是她的親生女兒，故也有點明白了。

「一直未曾正式恭喜夫人。」雙方見過禮後，喬氏笑道。

陶氏有點不好意思，老蚌生珠什麼的真是……

喬氏見她神情，也明白她的想法。「怎麼不見三小姐，我家阿瑤今日還念叨著明慧妹妹呢！」

「她今日應唐夫人邀請，到京郊去了。」

這唐夫人指的是安寧侯大小姐韓玉敏，她於兩個月前便與唐永昆成親。

喬氏笑笑。「三小姐今年也有十四了吧？」

陶氏點點頭。「是啊，都是大姑娘了。」

「不知夫人心中可有人選？」喬氏試探著問。

陶氏一怔，瞬間明白對方的來意，只是女兒的親事也是迫在眉睫了，自己雖有心操辦，但身子實在禁不起折騰，夫君給的幾個人選也不大滿意，是故一直拖到現在，眼看女兒就要及笄了，可是親事一直訂不下來。如今明瞭喬氏的來意，陶氏雖不知她想提的人選是哪個，但也接受她的好意。

「未曾。」

喬氏一聽心下一鬆，心中梳理了一番話，便開口道：「我那大姪兒，夫人是見過的，比貴府三小姐大四歲，只因幼時曾被高僧批過命，說十八歲之前不宜說親，是故才拖到現在。如今我想為這兩個孩子牽線，不知夫人意下如何？」

陶氏愕然，沒想到她說的竟然是慕國公府上的世子爺。認真想了想那日見到他的情景，舉止有度，謙和有禮，倒是不錯，只是慕國公本人在女色方面有點不靠譜，就是不知這位世子爺如何了？

心中想明白後，陶氏既不拒絕也不應允，只道：「令姪倒是極好的，只是此事我還須與外子商量，等問過他意見後再給夫人答覆如何？」

喬氏一喜，沒有直接拒絕就表示有希望，再者她對大姪兒也是信心滿滿的，故也笑道：「應該的、應該的，婚姻大事自然是父母作主。」

兩人又寒暄一陣後，喬氏便告辭了。

這晚，陶氏就把喬氏的來意對夫君說明。

楚仲熙細細思量了一番，便點頭道：「這個慕世子的確是不錯的人選。」

陶氏有點擔憂。「只是慕國公本人在女色方面……就是不知這位世子如何？」

楚仲熙失笑，男子與女子關注的重點倒真是不同。

「慕世子為人如何妳不如細細詢問彥兒，他與彥兒相交甚深。至於慕國公本人，那日為夫所見，倒沒有外頭說的那般不堪，最多是對戲曲之類甚為喜好罷了，那些傳言說不定有當年看不慣慕國公府顯赫之人故意傳的，倒也當不了真。」

陶氏點點頭。「是了，妾身倒一時忘記那慕世子與彥兒的關係，從彥兒的性情來看，慕世子能與他相交，看來品行是無礙的，相信也不是愛拈花惹草之輩。」

楚仲熙搖搖頭。「妳對自家兒子可真是不謙虛啊！」

陶氏瞪了他一眼。「彥兒難道不好？」

「好好好，我楚仲熙的兒子自然是好的！」楚仲熙無奈。

陶氏卻滿意地笑了。

楚明慧接到韓玉敏的帖子時本來打算回絕的，因陶氏懷胎的月分大了，林大夫又說雙胎普遍難以足月出生，是故這段日子她都待在陶氏身邊。

只是陶氏得知後卻勸她去玩耍幾日，說這畢竟是韓玉敏成婚後第一次邀約。楚明慧想了想，加上也好奇韓玉敏婚後生活，便點頭同意了，今日一早在兄長的護送下前往韓玉敏位於京郊的陪嫁莊子。

楚明慧見到韓玉敏之後就知道她婚後日子過得不錯，想想也是自己瞎操心了，前世韓玉敏活得可是風生水起的，從不曾聽聞她夫家對她有什麼意見。

「小丫頭有段時間不見又俊了！」韓玉敏習慣性地捏了一把楚明慧的臉蛋。

對於韓玉敏這個壞習慣，楚明慧已經由最初的不適應進化到如今的習以為常了。

「都已經成親了還這樣。」楚明慧瞪了她一眼。

韓玉敏笑嘻嘻的也不惱，只拉著她的手往屋裡去。

「今日請妳來是因為前幾日太子賞賜了些野兔之類的野味，正好我最近又物色了一位廚子，他最擅長做些烤雞、烤鴨之類的，故特意請妳來品嚐一下，順便給予建議。」韓玉敏道明用意。

「敢情妳家的東西真不能白吃白喝，還得回饋意見。」楚明慧掩嘴輕笑。

「也就只有妳吃了我的東西提供些意見便可，若是旁人，不宰他一筆銀子才怪呢！」

「果然是個會做生意的。」

「那是自然，總有一日我的『四海之家』要開遍整個大商國。」韓玉敏眼眸裡閃耀著對美好未來的希望之光。

楚明慧笑望著她，片刻便問：「妳開酒樓，唐大人與唐老夫人不會有意見？」

「哎，我又不拋頭露面，只是在背後謀劃指點，再說了，以他那點俸祿能養得活整個家嗎？」韓玉敏不以為然。

「雖說如此，妳到底是官家夫人……」楚明慧欲再勸，她實在不想將來她又像前世那般陷入些流言蜚語當中。

「妳放心，我自有分寸，歷來便是男主外、女主內嘛，養家餬口是男人們的事，我就只在妳面前放肆些，在家裡還是要做賢妻良母的。」

楚明慧點點頭。「妳明白就好。」

前世她搞得那麼大都未曾聽說唐大人對她有什麼不滿，想來她不只經商是把好手，對待夫君也是有些心得的。

「夫人，都準備好了。」一位藍衣婢女走過來對著韓玉敏恭敬地道。

「知道了，這就去。」

婢女退下後，韓玉敏拉著楚明慧的手。「走吧，廚子已經燒好了，咱們去嚐嚐。」

於是，韓玉敏領著楚明慧來到另一間房，只見桌上已經擺好菜餚。

楚明慧坐下來細細品嚐著野兔肉，不禁讚不絕口。「肉質嫩滑，皮既香又脆，加上調的配料，簡直是人間美味。」

「能得到楚三小姐的讚賞，想來也差不到哪去了。」韓玉敏笑道。

兩人氣氛正好，便聽到婢女前來回話。「夫人，老爺過來了，還帶了位貴客，問太子殿下賜的野味還有沒有，有的話讓廚子烤些上來。」

「知道了，妳到廚房去說一聲便可。」

婢女福了福正準備退下，又聽到韓玉敏吩咐。「妳讓人吩咐老爺身邊的唐福，讓他仔細看著老爺，別讓老爺喝太多酒。」

婢女點點頭。「奴婢知道了。」

兩人用過兔肉後又坐在一邊說些體己話，不知不覺天色已經慢慢暗沈下來了。

「我已經跟妳兄長說過了，讓他明日再來接妳回府，今晚就先在我這莊子歇息一晚上吧。」

楚明慧雖擔心家中行動越發不便的娘親，但也不願拂了好友一番好意，而且既然兄長也得到口信，想必今日不會來接她了，便點點頭。「那今晚就在妳這裡打擾了。」

「咱倆什麼關係，這麼客氣幹麼。」韓玉敏又捏捏她的臉蛋。

「夫人，唐福讓人來說老爺叫妳去呢，他還說老爺喝醉了。」小丫鬟進門來回。

韓玉敏長嘆口氣。「明明都事先叮囑過了，偏還這樣，明知自個兒酒量不行還老愛與人喝！」說罷又轉頭對楚明慧歉意道：「本想與妳秉燭長談的，如今怕是不能了，我讓丫鬟先帶妳到布置好的房中歇息歇息？」

楚明慧點點頭。「妳有事便去忙吧，改日我們再談。」

韓玉敏也不再客氣，轉身吩咐下人帶楚明慧主僕往客房去。

「小姐，今晚月色真好。」盈碧邊走邊抬頭望望天上明月，感嘆道。

楚明慧「噗哧」一下便笑了。「我家盈碧都成風雅之人了。」

盈碧不滿地嘟嘟嘴。「小姐又笑話人！」

「好了好了，不笑話妳了，快走吧！」

主僕兩人笑鬧一番又繼續跟著引路的丫鬟往客房方向走去。

「明……楚三小姐？」一把熟悉的男聲從身後響起。

楚明慧身子一僵，臉上的笑意便凝住了。

慕錦毅？

她垂眸轉身朝對方福了福。「慕世子。」

慕錦毅今日一早本在太子書房內議事。自從五皇子鬧出因納妾而氣倒生母的事後，不只惹得皇帝不喜，連帶一些對他頗為賞識的大臣也有微辭，只是德妃到底手段了得，又幫著五皇子演了一齣孝子戲碼，這才挽回了些許名聲。

而五皇子妃的人選經過這麼久也終於訂下了，也不知德妃用了什麼方法，皇帝竟同意將吏部尚書盧大人的嫡孫女賜給五皇子為正妃，正是因為此事，太子才召集幕僚商議如何應對。

從太子書房內走出後，慕錦毅就遇到秘書郎唐永昆，兩人同是太子幕僚，又是和太子比較親近之人，自然頗為相熟。

唐永昆昨日得了太子的賞賜，知曉新婚妻子找了位廚藝了得的廚子，前不久試過廚子做的燒鴨，覺得甚為美味，今日又知妻子邀人到莊子裡試嚐野味，便想到與自己交好的慕錦毅，於是邀請他一起到莊子來。

慕錦毅本欲推辭，但敵不過對方一片熱情，故也點頭答應了。

兩人用過野味，又喝了點酒，一向酒量淺的唐永昆便醉倒了，慕錦毅回到客房歇息時突然覺得心口氣悶，便出門來透透氣，沒想到卻有意外之喜。

「原來唐夫人請的貴客竟然是三小姐，今日可算是巧遇了。」慕錦毅溫言笑道。

楚明慧點點頭。「慕世子若無他事，小女子便告退了。」

她微福了福身即欲帶著盈碧走人。

「三小姐。」慕錦毅急急叫住她。

楚明慧強壓住心中不耐，轉頭問：「慕世子可有事？」

慕錦毅一窒，他見意中人要走，便下意識地叫住她，倒不是有什麼事，只是今晚夜色正好，他實在不願眼睜睜地望著她的背影慢慢從視線裡消失。

「我……」

楚明慧皺著眉頭，見他吞吞吐吐半天也說不出個所以然來，就有點不耐地道：「慕世子若無其他吩咐，小女子便告退了，畢竟天色已晚。」

慕錦毅見她又要轉身走人，急急道：「有事的、有事的。」

楚明慧深呼口氣，不停地在心中告誡自己：這不是前世負妳、傷妳的慕錦毅，妳不能把前世怨恨發洩在他的身上！

待心緒平復，她又轉身垂眉問道：「但聽世子吩咐。」

慕錦毅朝周圍的婢女們看了一眼，眾人心領神會地退後一段距離。

盈碧有點猶豫地望著自家小姐，不知道自己應不應該也跟著回避，待見小姐朝她點點頭後，便福了福，同樣後退一段距離。

「慕世子有話但說無妨。」

慕錦毅定定地望著這張幾乎每晚都出現在自己夢中的容顏，前世是自己死要面子又過於自負，後來懦弱逃避，才導致兩人悲劇收場，只是今生，他願意花一生的時間去珍惜她、愛護她，絕不讓她再受半點苦楚。

眼前少女盈盈而立，正用那雙清澈的杏眼望著自己，紅潤的雙唇緊緊抿成直直的一道，偶爾吹過的夜風伴著女子身上的清幽香味撲面迎來，讓人不禁心曠神怡，這是他深愛的女子啊！

楚明慧見他久久不出聲，便抬頭望去，只見他定定地看著自己，眼神迷離，心中不由一跳，這種眼神……

「明慧，這一生我定會好好待妳，絕不會讓人欺妳、辱妳。」想起前幾日大伯母對自己的試探，又得知今日一早大伯母便去了晉安侯府探望楚二夫人，慕錦毅就知道這次祖母終於打算為自己求娶明慧了。現今見心心念念的佳人就在面前，前世那些柔情密意便一起湧上心頭，加上今晚喝了不少酒，腦子一時衝動，那自重生以來即時時刻刻印在腦中的話便衝口而出了。

楚明慧一怔，那番誓言般的話一出口，她就有點分不清是前世還是今生了，只是恍恍惚惚中又似是聽到前世慕錦毅對自己的許諾。「明慧，這一世只妳我兩人，再無其他。」

慕錦毅自那番話脫口而出後便深覺自己唐突了，畢竟如今的楚明慧還不是他的妻子，雖然兩家有意，但也只是處於商議當中，並未決定下來。

這樣一想心中不由忐忑不安，又見楚明慧只是怔怔地望著自己，彷彿是透過自己在望著什麼人。

「三小姐？」慕錦毅見她久久不語，不由有點擔心地輕喚一聲。

楚明慧回神過來，見他擔憂地望著自己，又想起剛才他那番話，再憶起前世他對自己許下的諾言，不禁怒上心頭。

「慕世子，我當你是個舉止有禮的君子，沒想到卻是我錯了，今日這番話我當從未聽過，還請世子自重！」說罷，便欲拂袖而去。

慕錦毅心中一急，不由上前幾步拉住她的衣袖。「我不是那個意思，我只是……」

楚明慧見他拉拉扯扯的更怒了，死命一拽衣袖，便聽「嘶啦」一下衣物裂開的聲音。

慕錦毅一見闖了禍，臉色一下子白了。

遠處的盈碧看著這邊不對勁，急急欲上前來，楚明慧看到後便朝她做了個制止的手勢。

「我不知你那番話是什麼意思，但那絕不應該出自君子之口；再說……」楚明慧合上眼睛，努力壓制心中怒火，但耳邊總似響起前世慕錦毅那什麼一雙人的誓言，心中怒火不僅壓不下去，反而越來越盛了。

「再說，你是我什麼人？憑什麼讓你來護我？你也太自以為是了！就算你想，也得看我是否願意！」言畢，也不再多看他一眼，怒氣騰騰地帶著迎上前來的盈碧走了。

慕錦毅滿臉蒼白地望著她離去的背影，只覺周身冰冷。

「你太自以為是了、你太自以為是了……」楚明慧那聲聲怒斥一直在他耳邊迴響，把他滿滿的熱情澆個透心涼。

慕錦毅定定地站在原處，周圍的一切在他眼裡彷彿都是虛空的，他也不知道自己是怎樣回到房間裡。

不知為何，剛才的楚明慧給他一種又回到前世兩人冷戰時的感覺，那痛恨的眼神、冰冷的話語，彷彿沾了毒的刀刃般直直往他心臟上刺來，那種痛，如果再重來一遍，他不知自己還能否承受得住。

他在心裡一遍遍告訴自己，是自己今晚太過唐突了，正經人家的好姑娘都會惱的，明慧又是那樣端莊守禮的女子，自然比一般閨閣女子更要惱上幾分，是故言語才那樣犀利，並不是因為討厭自己。

是的，是自己多喝了幾杯酒，一時分不清情勢，把前世對妻子說的話用到了如今尚未成為妻子的明慧身上，被罵了也是應該的，只要日後自己誠心道歉，而且以行動表明真心實意，她自不會再惱了。

慕錦毅在心裡為自己找各種合理的解釋，那些不安的感覺被他死死壓了下去。

另一廂，楚明慧一路上都是臉色陰沈，慕錦毅那番話又把前世心中的傷痛、失望引發了出來。

又是這樣，總是這樣嘴裡說得好聽，任妳一個人活在美好的謊言裡，他卻轉身走得乾脆。

這一生，他又想用這種謊言騙自己嗎？休想！前世的楚明慧已經死了，如今的楚明慧再也不會相信他半個字！

盈碧一路小心翼翼地打量主子的神色，心中對方才那幕實在太過於疑惑，這個慕世子什麼時候與小姐這樣熟悉了？

待到了韓玉敏替她準備的客房後，楚明慧心煩意亂地倒了杯茶，也不顧茶水是熱是涼，「咕嚕」一口氣灌了進去，以平復心中那股怒氣。

「小姐，這茶水是涼的，待奴婢命人給妳弄點熱的來？」盈碧小小聲地試探問道。

「不必了，涼的正好！」楚明慧伸出手表示拒絕，又接連灌了好幾杯，才把心中的火氣壓了下去。

慕錦毅那是什麼意思？除了上次他上門正式拜訪外，今生自己與他並無接觸，他又怎麼會對自己說出那番話來？以自己對他的瞭解，他並不是輕浮之人，往日就是對自家姊妹也是謹守禮節的，更不必說對其他女子了。

楚明慧平靜下來之後開始思考今晚之事。一位謹守禮節的男子對什麼樣的女子才會說出那樣一番話……好像也只有對關係親近之人才會說吧？

自己什麼時候又成了他親近之人？或許……是未來將會很親近之人？

這個想法一冒頭，楚明慧心裡就不安起來了。她拚命讓自己冷靜下來，想想前世初見慕錦毅的時候，依稀記得自己是陪著因小產而情緒低落的娘親到莊子裡散心，那晚陪娘親說過話後就回到房裡，她正欲歇息時被突然闖入的黑衣男子用刀頂住了喉嚨，然後追趕而來的慕錦毅提劍闖了進來，在自己記憶當中，那晚就是第一次見到他。

只是，成婚後那段柔情密意的日子裡自己也曾問過慕錦毅，初次見自己那晚會不會被自己的膽大妄為嚇到，那時他是怎麼回答來著？

楚明慧拚命回憶起前世之事，彷彿記得他微微笑著搖頭，說——

「對我來說，慈恩寺，桃花林，才是初見。」

耳邊彷彿又響起當日那帶著濃濃情意的低沈男聲。

楚明慧死死掐了大腿一把，讓自己從那些虛假的幸福回憶中醒過來，今生自己既未去過慈恩寺的桃花林，也未到過娘親的陪嫁莊子，見過他的時機除了那日他上門拜訪和生辰宴外，並無其他接觸了。

若不是對自己有情，那便是……責任所驅了？責任？

「三姊姊，妳被人盯上了！」

當日在慕國公府楚明婧那番話突然從她腦裡冒出來，楚明慧心裡一個咯噔，難道自己不在家的今日，家人便又與慕國公府訂下了親事？

不會的、不會的，雖說婚姻大事是父母之命，但爹娘一向寵愛自己，這些事也是會問問自己意見的，前世不也是這樣嗎？

楚明慧拚命安慰自己，只是心中那股不安的感覺越來越強，若不是兩家有了什麼約定，慕錦毅怎麼會對自己說出那番話來？

這一晚的楚明慧都處在惶恐不安中，她不敢想像如果自己今生又要嫁入那個傷心地會有什麼樣的結局，是繼續與慕錦毅做一對相敬如「冰」的夫妻，還是將一碗藥灌入夏氏口中，讓她嚐嚐前世自己的痛苦。

時間便在她的惶恐不安中一點一點地流逝了，這一晚楚明慧根本無法合眼，待發覺天色已亮的時候，急忙地讓盈碧替她梳妝，又心不在焉地用過早膳，便著人打探韓玉敏是否得空，自己想親自向她告辭。

第十四章

韓玉敏昨晚聽下人回稟了楚明慧返回客房路上所發生之事後，心中便有了想法，但她也知道對於古代女子來說，這種事不宜外傳，故嚴命下人不得將此事對任何人提起。

這一大早起來又聽下人來稟說楚三小姐欲告辭返家，就認為是楚明慧因昨晚之事不願久留；只是如今她的家人尚未來接，自己不放心她一個人回去，而且來莊子品嚐野味的目的也達到了，所以韓玉敏決定與楚明慧一同返回城裡，至於唐永昆與他的客人因有公務在身，一早就先行一步了。

楚明慧一路上都有點心不在焉，韓玉敏知道昨晚之事對她這樣的古代大家閨秀來說是刺激了點，故也不多問，只是安靜地坐在一邊陪著她。

待到了晉安侯府，楚明慧向她道別過後便匆匆往院裡去了。

本打算直接去找父母問問慕國公府的事，但想想還是先命人給兄長帶信，免得他白跑一趟，然後回房重新梳洗一遍，又到祖母院裡請過安，待到了陶氏院落時，楚明慧已經徹底冷靜了下來，畢竟如今八字尚未有一撇，就這樣急匆匆地打探未免過於引人注目了點。

陶氏見女兒這樣早就回來了不禁有點吃驚。「昨日妳二哥還說起碼午時左右才能把妳接回來呢，怎這麼早就到了？妳二哥呢？」

楚明慧挽著她的手臂撒嬌道：「自然是因為太想娘了，才一早就趕回來，我是和玉敏姊姊一起回來的，已經讓人知會過二哥哥了。」

陶氏好笑地點點她的鼻子。「大姑娘了，還這樣，將來也不怕被弟弟、妹妹笑。」

楚明慧笑笑，伸手摸摸她那大得驚人的肚子。「這兩日弟弟、妹妹可還乖？」

「還不是跟往日一樣鬧騰，可見是個調皮的。」陶氏搖搖頭，隨著肚子越來越大，林大夫說怕是熬不到足月出世了，是故這段時間張嬤嬤都命人把產房準備好了，連穩婆都物色了幾個，就怕陶氏會突然臨盆。

楚明慧又陪著陶氏說了好一會兒話才告辭回到房裡。

「小姐，奴婢打探過了，昨日是慕國公府上的大夫人過府，先是拜見了太夫人，然後才去夫人院裡。」剛一進門，盈碧就湊上前回稟道。

楚明慧點點頭，喬氏與陶家如今是親家，前來探望娘親也是人之常情，如果慕、楚兩家有意聯姻，牽線的大概也是她了。至於夏氏，她是絕不可能願意讓兒子娶一個與喬氏更親的媳婦，想來，就算兩家有意，要破壞這一婚事也不是沒有辦法。

想明白之後，楚明慧就慢慢安下心來，如今大房大堂哥楚晟瑞娶親在即，娘親也身懷六甲，就算議親也得等這兩件事過去之後，時間還算充裕。

與楚明慧一樣憂心親事的還有二小姐楚明涵，她自從跟著大夫人與楚明婧去工部尚書府作客歸來後，便清楚嫡母打算把自己許配給那位李尚書夫人的遠房表親林家；畢竟以林家的家境，即使那位林公子再有才華，嫡母也不可能把自己的嫡女許給他，而庶女想當正妻，除了繼室就是低嫁了，如今想來嫡母是打算將自己低嫁。

楚明涵一時猶豫不決，到底是嫁還是不嫁？若是不嫁，那慕世子可會納自己進門？若是將來自己進不了慕國公府的門，而又惹惱了嫡母，那該怎麼辦？

她越想越不知道該如何決定。她知道嫁入林府是最好的選擇，林家公子身上已有功名，只要再考個進士出身，父親自會替他謀一份前程，自己嫁進去便是官夫人，夫君又是獨子，家中只有一位婆母，只要將來生下兒子，便能穩穩過上官夫人的日子了。

不過只要一想起慕錦毅，楚明涵心中又是不捨，這畢竟是自己十幾年來第一次心動，雖知身分有別，但總還算有一線希望，若嫁了林公子，這一線希望也化為烏有了，將來就是想再見他一面也不可能了。

而慕錦毅自那日回來之後心中便一直忐忑不安，那晚楚明慧那恍似帶有濃濃怨恨的眼神一直時不時從腦海裡浮現出來，他不明白為什麼楚明慧眼中會有怨恨，但也不敢去深究，潛意識中他知道後果是自己承受不起的，只能一直自欺欺人地安慰自己是因為太唐突的緣故。

太夫人與喬氏既然有意與晉安侯府聯姻，自然是希望儘早把親事訂下來，畢竟慕錦毅的年齡不小了；只是如今晉安侯府上下既要忙大少爺娶親之事，又要顧著即將臨盆的二夫人，一時也抽不出空來忙活其他事，兩人無奈，只好吩咐慕錦毅多往晉安侯府走動，也當是鞏固兩家情誼，慕錦毅自然一口答應。

有了祖母的吩咐，慕錦毅往晉安侯府去得更勤了，與晉安侯太夫人及一眾老爺、少爺也逐漸熟絡起來，甚至連老太爺對他也頗為讚賞，對老妻欲聯姻的想法也甚為支持，直把慕錦毅當孫女婿般對待了。

只可惜這段時間楚明慧一直陪在陶氏房中，偶爾慕錦毅在太夫人處見到她，也只能看到她低頭靜靜坐在一邊，想私下找機會再道個歉什麼的更是想都不能想了，每每想到這，他就一陣鬱悶。

倒是楚明涵，原本經過幾日的思量，已經開始接受大夫人的安排，安分地等著林府的人前來提親，然後待林家公子春闈過後就嫁入林府。只是每回在太夫人處見到意中人，心中就越發不甘起來，不甘自己從此與他毫無瓜葛，那股不甘隨著見面次數的增長越來越濃，直到大少爺楚晟瑞成親那晚便徹底爆發了。

二月十八日，是晉安侯府大少爺——世子爺楚晟瑞的大喜日子。

一大早，晉安侯府就布置得一片喜氣洋洋，這畢竟是時隔十幾年後的一大喜事，而且迎娶的還是未來的當家主母，大夫人一早就下過令，務必將一切辦得妥妥當當的，若有什麼差池，便直接打發出去；下人們更加打起十二分精神來，事無巨細都小心翼翼處理，生怕一個不小心丟了差事。

吉時越來越近，喜氣洋洋的新郎與新娘在眾人翹首盼望中終於到了，噼哩啪啦的鞭炮聲響起來，婚慶樂聲、各方親友的恭喜聲、孩子的歡笑聲交織在一起，給整個晉安侯府更添上幾分喜氣。

待一雙新人向祖宗牌位上過香燭後，便在司儀的主持下開始拜堂。

「一拜天地……二拜高堂……夫妻交拜……送入洞房！」

晉安侯老太爺夫婦與晉安侯夫婦望著這對良配笑得合不攏嘴，楚明慧站在一群女眷中也是滿臉笑意。她正跟著眾人欲往喜宴處去，便被急出滿頭汗的盈碧扯住了腳步。

「小姐、小姐！」

「怎麼了？」楚明慧詫異地望著她。

「夫人、夫人要生了！」盈碧顧不得擦拭汗珠，急道。

「什麼？」楚明慧大吃一驚，也顧不得喜宴了，急忙往二房院落走去，但她才剛走出幾步便被人拉住了。

「三妹妹，妳要去哪兒？就要開席了。」

楚明慧轉頭一看，見是大堂姊楚明婉，便急道：「大姊姊，我娘似乎要生了，我要回去看看，妳替我向大伯母告罪一聲。」

楚明婉一驚，沒想到二嬸倒是趕在今日兄長大喜之日要臨盆了。

「那妳趕緊回去，我替妳向母親說一聲，還有，可曾派人回了祖母？」

「回大小姐，奴婢出來的時候見張嬤嬤派了人向太夫人稟報的。」盈碧道。

楚明婉點點頭，不敢耽擱。「那妳們快去吧！」

楚明慧顧不得多說什麼，只匆匆道了謝便帶著盈碧回去了。

雖說二房裡出了大事，但喜宴還是照常開始，太夫人即便擔心陶氏，仍是只能滿臉笑容地與眾家夫人說說笑笑。

至於大夫人，也生怕陶氏在兒子大喜日子裡出什麼差池，便急急命貼身婢女紅繡帶著幾個得力的婆子到二房裡幫忙。

二房裡的事除了楚明婉與楚明慧外，其他幾位小姐均一無所知，楚明婧與楚明嫻只顧著與幾位相熟的姊妹說話，楚明雅則一心沈浸在剛才崔騰浩那句「恨不相逢未娶時」當中。而楚明涵，她自剛才見到慕錦毅與那位林家公子之後，心中便暗自有了決定；坐在楚明涵身側的楚明芷，則是無聊地撫摸著桌上的青花瓷茶杯。

楚明慧憂心忡忡地站在產房外，手中的帕子越擰越緊。

一旁的盈碧見她臉色難看，便勸道：「小姐，還是坐下來等吧，剛才大夫也說了，這才剛剛開始，還有得等呢！」

「我沒事，站著就好，反正，坐也坐不安穩。」楚明慧搖搖頭。

盈碧見勸說無效，也只好陪著她站在產房外。

「夫人怎麼樣了？」正焦心間，便聽到楚仲熙焦急的腳步聲與詢問聲。

「回二老爺，夫人進產房快半個時辰了，剛黃嬤嬤說恐怕還要等一段時間。」翠竹見他急匆匆的樣子，連忙回道。

「都半個時辰了，怎不早點派人回我？」楚仲熙怒道。

翠竹嚇得「撲通」一下跪在地上。「太、太夫人說她會派人通知您，讓奴婢先回來伺候。」

楚明慧見狀，上前扶著楚仲熙的手道：「想來是回的人見您正在忙，一時不敢打擾。」

楚仲熙平息心中怒氣，拍拍女兒的手，對著跪在地上的翠竹道：「起來吧！」

翠竹戰戰兢兢地站了起來。

「如今都有誰在房裡？」楚仲熙又問。

「回二老爺，太夫人屋裡的黃嬤嬤、大夫人屋裡的紅繡姊姊和張嬤嬤、劉大嫂子，還有兩位穩婆在裡面。」翠竹連忙回道。

楚仲熙點點頭，連母親屋裡的黃嬤嬤都在的話便又多放心幾分。

「啊！」屋裡突然傳來陶氏一聲痛呼。

楚仲熙臉色「刷」的一下全白了，急得就要往房裡衝去。

剛端著盆子從裡頭出來的紅繡一見，嚇得差點把盆子摔了，口中只叫。「二老爺萬萬不可！」

屋外站著的丫鬟、婆子也急急上前來勸。

楚明慧手腳冰冷地站在原地，腦中一片空白。

前頭宴席歡歌笑語，侯府二房院落主僕則坐立不安。

隨著陶氏的痛呼聲越來越密、越來越響，楚明慧心中的不安也越發濃了。

楚仲熙比她也好不了多少，直急得在院裡走來走去，不時還走到產房緊閉著的鏤空檀木窗前往裡面望幾眼。

又一陣急促的腳步聲從門那邊響起，並且越來越近。

「娘怎樣了？」伴著腳步聲而來的則是一個還帶著粗喘聲的年輕男子。

楚明慧轉頭望去，見是兄長楚晟彥，便朝他點點頭，輕聲道：「還在裡面。」

「大夫可有說要到什麼時候？」楚晟彥急問。

楚明慧搖搖頭。

聽到兄妹對話的楚仲熙停下腳步，擰眉對著楚晟彥道：「你怎麼來了？前頭客人怎麼辦？」

「兒子心裡著急，故來瞧瞧，前方客人由三弟招呼著。」

楚仲熙有點不贊同地朝他搖搖頭。「你在這裡也幫不了什麼忙，還是回去幫忙招呼客人。」

「兒子……」楚晟彥有點不情願。

「二哥，你還是回去吧，娘這裡有我們就行了，若是有什麼事我會派人通知你的。」楚明慧勸道。

三少爺楚晟濤畢竟出自庶出的三房，由他招呼那幫名門貴公子恐怕有人會說話，還是由二少爺楚晟彥出面比較好。

楚晟彥大概也想到了這點，是故雖然有點不甘願，但終究還是點點頭走了。

與此同時，侯府宴客廳外。

「那不是大姊姊院裡的雪棋嗎？她急匆匆地要去哪裡？」楚明涵疑惑地望著前方步伐匆匆的綠衣婢女。

「不知道呢，要不要奴婢去問問？」彩雲也有點不解。

楚明涵正欲點頭，便又見一名穿著同款衣裙的婢女急急忙忙從雪棋後方趕上來。「雪棋姊姊，王嬤嬤問妳去年府裡剛入的那批景州瓷的青花茶具都放哪兒了？前頭茶杯不夠用，要補些上來。」

「不就放在庫房西角那個裝瓷器的大木櫃子裡嗎？」雪棋不得不停下腳步。

「沒有，王嬤嬤都找過了，說沒看到，問妳是不是放其他地方了？」

雪棋仔細想了想。「我想起來了，上個月大夫人說要整理一下庫房，臨時把它搬到東院的小庫房裡了。」

「那姊姊快去搬出來，前頭等著用呢！」

「可鑰匙我放在房裡了，沒帶在身上啊！而且我現在得到三夫人院裡拿些蜂蜜。」雪棋急了。

「發生什麼事了，為何要拿蜂蜜？」

「林夫人，就是方才二少爺喊他『煒均兄』的那位林公子的母親，她身子不適，王太醫的夫人說泡些蜂蜜水喝喝就好，偏前頭沒蜂蜜了，三夫人便讓我到她院裡尋劉嫂子拿。」

「我幫妳去拿，妳還是先去把庫房的門開了。對了，拿了蜂蜜要送到哪裡去？可還要通知林家公子？」

「送到東邊第二間歇息間去，林夫人不讓人通知林公子，說是歇息一會兒就好。」

「好，姊姊妳去吧，我幫妳去三夫人那裡。」

一旁的楚明涵聽到這裡心思一動。林夫人、東歇息間？若是要推了這門親事，現在就是最好的機會。

想到這裡，楚明涵整顆心都不由得怦怦地急速跳動，只要推了這門親事……

楚明涵越想眼神越堅定。

第十五章

「啊！」隨著屋內陶氏一聲更響的痛呼聲，緊接著又是「哇」的一下嬰兒落地哭聲，晉安侯府的六少爺便降生了。

「生了生了，夫人，是位小少爺！」

「別瞎站著只顧高興，裡面還有一個！」又傳來女子的輕斥聲。

「生了生了，夫人生了。」盈碧高興地扯著楚明慧的衣袖不停地跳來跳去。

楚明慧目光含淚，心中也不由得鬆了口氣。

而楚仲熙早已按捺不住，直湊到窗前，隔著窗門往內望去，恨不得把窗紙都瞪出個洞來。

「哇哇哇！」又是嬰兒落地哭聲。

「哎喲，又是位小少爺。」

「夫人生了一對小少爺！」裡面傳來充滿歡喜的叫聲。

「恭喜二老爺，恭喜二老爺，一下子又添了兩位小少爺！」產房外的下人一聽，連忙向楚仲熙道喜。

楚仲熙哈哈大笑。「賞，重重有賞！」

「多謝二老爺，多謝二老爺。」

楚明慧亦激動得死死抓住盈碧的手。「娘生了，生了！」

「嗯、嗯，夫人生了，還是一對小少爺！」盈碧亦高興地回握她的手。

守在門外的小廝一聽二夫人生了一對小少爺，便拔腿往宴客廳跑去，這種報喜的美差，誰不搶誰是傻子！

「太夫人、太夫人，大喜啊大喜！剛二夫人院裡的人來報，二夫人生了對小少爺！」一位老嬤嬤歡喜地朝著正陪著幾位老夫人看戲的太夫人道，也顧不上滿院的其他夫人、小姐了。

「果真?!」太夫人大喜。

「千真萬確，剛才來報的，二夫人生下一對小少爺，母子平安！」

太夫人一聽，臉上的笑意再也忍不住了，歡喜地笑開來。

「哈哈哈，好好好，賞！重重地賞！」

其他各府夫人、小姐一聽，晉安侯府的二夫人生了對兒子，果真是大喜之兆，遂也紛紛向在場的晉安侯府人道喜。

一時間，院子裡到處是道喜聲、歡笑聲，眾人都顧不得臺上正演著的戲了。

大夫人也在眾人間得體地笑著，心中卻隱隱有點酸澀，這陶氏果然是個有福的。

正黯然間，突然有人輕輕扯了扯她的衣袖，她抬眼望去就見婢女紅緞對她使著眼色，於是兩人不動聲色地從人群中退了出來，站在沒人注意的角落。

紅緞急急回道：「夫人不好了，七小姐出事了。」

「出什麼事了？」一聽小女兒出了事，大夫人不由得大驚失色。

紅緞湊近她耳邊低低說了幾句話。

大夫人神情徹底陰沈了下來，咬牙切齒地道：「可走漏風聲？」

「不曾，奴婢剛好在附近，一聽到叫聲便第一時間趕了過去，還命人守在了周圍，而那會兒到處都是二夫人院裡的報喜聲，除了剛好在東間歇息的林夫人外，想來應該沒有什麼人注意到。」

大夫人死死咬著牙關。「快帶我前去！」

紅緞點點頭，急忙引著大夫人往出事的屋子方向去。

大夫人帶著紅緞剛踏進東邊專門給女眷用的歇息間，就見林煒均緊皺著眉頭坐在外間的紅木椅上，而林夫人亦有點不安地坐在他身旁。

見大夫人進來，林家母子兩人便起身行禮。「楚夫人。」

大夫人冷冷掃了兩人一眼。「不敢當。」言畢直接往內間裡去，紅緞見狀亦緊緊跟著她往裡邊去。

林煒均轉身看看她的背影，眉頭越擰越緊，今日之事估計是有心人的設計，就是不知道針對的是自己還是那位楚七小姐了。

「娘！」楚明婧一見大夫人進來，就哭著撲進她懷裡。

大夫人攬著她安慰道：「不怕不怕，娘來了。」

待楚明婧哭聲漸小，大夫人才拉著她在鋪著棉墊的榻上坐下來。

「告訴娘，到底發生了什麼事，妳怎會一個人在這裡？」

楚明婧抽抽噎噎地抹抹眼淚。「女兒今晚一直不見三姊姊，就命素梅去找人問問是怎麼回事，只是老半天不見她回來，才自己出來尋的；卻又見到六姊姊一個人往小花園那邊去，便想追著去看看，沒想到卻撞到了五姊姊，把衣裳都弄破了。五姊姊與她身邊的香蕊就扶著女兒來了這裡，因女兒手臂劃傷了，香蕊就去拿藥，五姊姊則回房裡替女兒拿更換的衣裳來。」

回想起前一刻的事發經過，她莽撞地撞到五姊姊楚明芷，這一跤跌得既疼又狼狽，一向怕痛的她當下是哭得不能自已。而向來與她不對盤的五姊姊，一見她跌倒受傷後，也收起平日的針鋒相對，畢竟今日是長兄的大喜日子，賓客眾多，實在不容出差錯，是以暫歇兩人恩怨，端起姊姊的風範，扶她到歇息間休息。

「沒想到，五姊姊剛走不久，他、他就闖了進來……」說到這裡，楚明婧又忍不住哭了起來，任由哪個姑娘家被男子瞧見自己衣衫不整的樣子都會受不了。

大夫人又安慰地摸著她的腦袋，待她稍稍平靜下來後又問：「五丫頭為什麼把妳一個人扔在這裡？要換衣裳的話這房間裡是有準備的，何必多此一舉去替妳取來？」

楚明婧張嘴囁嚅著，就是什麼話也說不出來。

大夫人見她這樣子就惱了，恨鐵不成鋼地道：「到如今這地步，妳還有什麼話是不能說的？」

楚明婧微帶著哭音道：「是……是我讓她回去的，我不要穿這裡的衣服。」

大夫人心一堵，氣不打一處來，伸出右手食指用力地點了一下她的額頭。「我怎麼就生了妳這個討債鬼，這屋裡的衣裳怎麼就不能穿了？妳還嫌來嫌去！再說，妳有沒有長腦子，衣衫不整的也敢一人待在屋裡，就沒想過萬一有人進來了怎麼辦？這又不是單給妳一個人用的屋子！」

楚明婧被母親這樣一罵，更委屈了，眼淚掉得更凶了。

大夫人長嘆口氣，掏出手絹替她拭去眼淚。「他進來的時候妳在做什麼？」

「我……我覺得渾身不舒服，想找些水來擦擦身子，可在屋裡找來找去也沒見著，剛回頭便見他衝了進來。」

「就算妳不愛穿這屋裡準備的衣裳，可在五丫頭送衣服來之前，妳先換上將就穿著不行嗎？」大夫人已經不知怎樣說自己這個女兒了。

「可是我手疼，後背也疼，這回穿上碰了傷口會疼，五姊姊來了又換還要再疼。」楚明婧抽抽噎噎地道。

「哪裡疼？」大夫人一急，便要脫開她身上的披風細細查看。

被大夫人這樣一拉，楚明婧痛得倒吸一口氣。

大夫人見狀也不敢碰她，自己這個嬌氣女兒怕痛到什麼程度自己還是很清楚。

「夫人，讓奴婢來吧！」紅緞見狀上前幾步道。

大夫人點點頭。

裙。

紅緞便蹲下身子，動作輕柔地一點一點脫開她的披風，然後再輕輕撥開那件半掛著的衣

直到那些傷痕露了出來，大夫人也不覺吃了一驚。「不是說只是被劃破了嗎？怎麼……」

大夫人輕輕托著楚明婧白皙的手臂，原來潔白無瑕的手臂上兩道醒目的紅痕十分清晰，其中兩道紅痕重疊的那一道還隱隱沁出一絲絲血跡，而後背幾處也隱隱有些瘀青。

「這是怎麼回事？怎麼看著像是被劃了兩次？」

楚明婧邊掉淚邊道：「他突然闖了進來，我一時害怕就不小心用指甲劃到了。」

大夫人深吸口氣。「這麼說是妳自己手忙腳亂時造成的二次傷害？」

楚明婧點點頭。

「那妳為何又要大聲驚叫？幸虧那會兒大家都被妳二嬸的喜訊吸引了注意力，否則大夥兒聞聲而來，妳的名聲還要不要？」大夫人惱怒道。

楚明婧低著頭小小聲道：「我……我也是被嚇到了嘛！」

大夫人不再理會她，直接往外間去。

一直在外頭候著的林煒均見她出來，便起身道：「楚夫人。」

「有幾句話問問林公子。」大夫人也不跟他客套了，直截了當地道。

「夫人但問無妨。」

「公子為何會突然闖進這女眷歇息的房間來，難道不知男女有別？」大夫人眼神冷厲，

語氣冰冷。

「在下本在前頭與慕國公府世子閒談，突見府上有位婢女來尋，說是家母身子不適，被人扶到了東邊女眷歇息間裡，讓在下速速前來。只是，沒想到……」林煒均將事情一一道來。

「是哪位婢女？你可曾記得她長什麼樣？做何穿著打扮？」大夫人追問。

「這……在下掛念家母身子，一時倒不曾留意。」林煒均有點為難，片刻，他又急急道：「不過當時那婢女稟報的時候，慕國公府世子爺也在我身旁，他可以作證。」

「這個我自然會求證，絕不會冤枉了林公子。」大夫人淡淡道。

「楚夫人，妾身當時的確感覺身子不適，還是府上大小姐命人把妾身扶去東邊歇息間的；只是當時妾身就拜託了令嬡，讓她不要驚動犬子，令嬡也是應了的，是故是誰通知了犬子，還請楚夫人細查一番。」林夫人不卑不亢地道。

大夫人聽了不禁一怔，倒想不到不只扯上一個慕國公府世子，連自己長女也牽扯了進來。

如今看來，只怕這位林公子也是被人設計了，關鍵還是那位傳話的婢女，只是這事到底還是自己女兒吃了虧，原本還打算將二丫頭許配給這位林公子的，如今看來……

大夫人與林夫人在屋裡還說了什麼，除了在場人之外，其他人一點都不清楚，尤其是彩雲，她見事情出了意外，嚇得花容失色，只是到底還顧忌著被人看見，便小心翼翼地離開去尋楚明涵。

楚明涵如今還陪著太夫人等女眷在看戲，雖然有點心神不寧，但臉上看不出什麼來，只是期盼著客人趕緊散去，自己好去問問彩雲事情進行得怎麼樣了。

好不容易賓客陸續告辭歸家，晉安侯府眾人自然又是一番客氣道別，待楚明涵回到自己房裡時，便見彩雲一臉不安地在屋裡走來走去。

彩雲一見她進來，急忙上前驚恐地道：「小……小姐，出事了！」

楚明涵一見她這個樣子心中也七上八下的。「出什麼事了，不、不是說一切順利的嗎？」

彩雲帶著哭腔道：「屋……屋裡的不是五小姐，是七小姐！」

「什麼?!」楚明涵大驚失色，接著雙腳一軟「咚」的一下跌坐在地上。

怎麼會這樣？明明應該是五妹妹的，怎麼變成了七妹妹？若是嫡母知道這一切都是自己在背後設計的……想到這裡，楚明涵不由打了個寒顫。

不、不行，絕對不能讓她知道！那現在該怎麼辦？

「那個丫鬟……就是那個通知林公子的丫鬟，妳尋的是哪個？」楚明涵一把抓住彩雲雙手，死死盯住她問道。

「是……是太夫人院裡的傻丫頭！」

還好，還好，是那個傻丫頭！

片刻，楚明涵又想起什麼。「她可認得妳？」

「不，奴婢沒有出面，是隔著樹叢對她說的，而且那地方光線比較暗，她應該看不見奴婢。」

楚明涵這才徹底鬆了口氣。

「小姐，還有弄濕五小姐衣裳的那個小圖，她會不會扯到咱們身上來？」彩雲有點不安地道。

「小圖？不怕，這丫頭一向冒冒失失的，若不是今晚人手不夠也輪不到她，而且在撞到五妹妹之後她又撞到了兩位夫人，這樣一來，五妹妹那裡倒顯得沒那麼刻意了。」楚明涵道。

「那就好。」彩雲也不由得鬆了口氣。

楚明涵心中不好受，而且隱隱有絲悔意，只是一想到意中人又硬下心腸來。

不能怪我，我也是為了五妹妹好，畢竟以她與趙姨娘在府裡的行事，嫡母將來定不會替她覓個好人家，自己把林家讓給她也是做了件好事，只不過中途出了差錯；但是以嫡母對七妹妹的寵愛，肯定不願意將七妹妹嫁給那林公子的，想來便只能把這事掩得密密實實的，對七妹妹應該沒什麼損害才是。

是的，這事沒錯，自己不用嫁到林家去，七妹妹名聲也沒損害，兩全其美。楚明涵不停地在心中安慰自己，死死把那絲恐慌與後悔打壓下去。

而大房裡出的事楚明慧自然無知無覺，她現今完全被剛出生的兩位小弟弟吸引住了。

「本以為是要熬到天亮的，沒想到會這麼快，看來這兩位小少爺是個極孝順的，也知道母親生養他們不容易，早早就出來了。」黃嬤嬤抱著其中一位嬰孩笑著對楚仲熙道。

楚仲熙臉上的笑容越來越大，伸出手指輕輕點了點兒子軟綿綿、紅通通的小臉蛋。「有勞嬤嬤了，這個是小六還是小七？」

「這位是六少爺，紅繡抱著的是七少爺。」

「讓我抱抱，讓我抱抱。」楚明慧擠上前來，眼睛閃亮地盯著黃嬤嬤懷裡緊閉著雙眼的小弟弟。

「哎，三小姐小心，來，要托著他的腦袋，對對對，就是這樣。」黃嬤嬤邊小心地把襁褓放進楚明慧懷裡，邊指導著她怎樣抱嬰孩。

楚明慧小心翼翼地接過小小嬰孩，心裡歡喜無限，這是她前世沒有的弟弟。她輕輕親了一下弟弟小小的臉蛋，小嬰孩皺皺小鼻子，咂巴咂巴小嘴，繼續呼呼呼地睡去了。

楚明慧看著他的模樣更是愛得不行，又湊上去親了一口。

小娃娃這下不甘願了，癟著嘴，扯開喉嚨「哇哇哇」地哭起來，嚇得楚明慧手足無措，連忙向站在一旁的黃嬤嬤求助。「嬤嬤，他、他哭了。」

黃嬤嬤好笑地抱過來，輕輕搖晃了幾下，小娃娃便又抽抽噎噎地睡過去了。

楚明慧這才吁了口氣。

「三小姐，夫人醒了。」盈碧從隔壁過來，對著楚明慧道。

楚明慧點點頭。「我去看看娘，爹爹呢？」

「二老爺已經在夫人那裡了。」

楚明慧一聽便頓住了腳步，還是讓他們夫妻倆相處一陣子，說說掏心話比較好。

第十六章

次日，楚明慧有點疑惑地看著一早就覺得不大對勁的楚明芷與楚明婧，心中納悶，昨日這兩位還歡歡喜喜的，怎麼過了一晚就成這副模樣了？中間莫非發生了什麼自己不知道的事？

尤其是楚明婧那明顯還有點紅腫的雙眼，還有楚明芷偶爾向她投去那帶著深深歉意的眼神，這兩人一向針鋒相對，何時見過兩人這副明顯是楚明芷讓楚明婧吃了大虧而心生歉意的樣子？

「妳可知道昨晚五妹妹和七妹妹發生了什麼事？」回到房中後，楚明慧問盈碧。

「這倒不清楚了，如果馬婆子在的話就好了，可以讓她打聽一下。」盈碧有點遺憾地道。

大約五個月前金燕便向楚明慧告辭離去了，原本楚明慧與她做的交易就是半年，她幫楚明慧打探大房的消息，半年後楚明慧就將她一直在尋找的點翠鳳釵給她作為酬勞；至於楚明慧如何得知她一直在尋找的是自己手上的點翠鳳釵，自然是前世從金燕口中得知。

「她還有自己的事要做，總不能一直留在晉安侯府中。」

這日，盈碧擰著秀眉帶著點疑惑地對楚明慧道：「小姐，奴婢剛才聽到一個消息，但是不大明白。」

楚明慧見她這副樣子，便放下手中繡活轉身問：「是什麼消息？」

「剛才奴婢聽到三夫人問二夫人，大夫人是不是要將七小姐許配給林公子，還說外頭都傳遍了，晉安侯打算將嫡女許配給寒門學子。」她頓了頓又說：「可是之前不是說要把二小姐許給那位林公子的嗎？怎麼又換成七小姐了？」

楚明慧一驚。「此話當真？外頭都在傳？」

盈碧點點頭。「奴婢也是聽三夫人說的，她說，她也是在外頭的時候有戶人家的夫人問的。」

楚明慧擰著眉頭也想不明白，大夫人前世替楚明涵選的夫婿正是這位林公子，可如今又怎會傳出那些話來了？雖說這位林公子將來是天子近臣，頗得當今朝廷看重，但到底如今還是個寒門學子，大夫人怎麼可能把掌上明珠許配給他？

「妳這話是打哪兒聽來的？」大夫人震驚地問好友趙二夫人。

「妹妹也是在外頭聽說的，說得還真煞有介事，什麼妳帶著婧丫頭與林夫人相看過了，晉安侯老太爺還對林家公子讚不絕口，直把他當孫女婿般看待了。」趙二夫人道。

大夫人大吃一驚，雖說把婧兒許給林家一事純屬子虛烏有，但相看和老太爺對林公子的態度並不是全部失實，只不過到底是什麼時候被誤傳成這樣的，難道是林家？

細想一下，林家也並不是沒有可能，畢竟能攀上侯府，對林煒均的前途極有好處，更何況若他娶的是侯府嫡女，那就再添上不少助力了。

想到這裡，大夫人臉上浮現一片狠厲，若真是林家所為，她定不會讓他們好過！

外頭傳言越來越烈，之後連婚期都傳出來了，大夫人就是再有能力也沒辦法把外頭的謠言全部壓下去，到最後，連太夫人都驚動了。

「我聽著有點糊塗，那林家公子妳之前不是說是替二丫頭選的嗎？怎如今變成七丫頭了？」太夫人納悶地問大夫人。

時至今日，大夫人也不敢隱瞞了，只說長子成婚那晚林公子誤闖了女眷房，瞧見了因受傷正在裡面歇息的楚明婧，兩家商議著親事就此作罷，林夫人也答應必不將此事外傳，只是不知如今為何外頭會有那樣的傳言。

太夫人擰緊眉頭。「如此重要之事妳為何不早說，偏要外頭鬧出來才說。」

大夫人慚愧地低下頭。

「那照妳看來，外頭的傳言是不是林家所為，目的是落實與七丫頭的親事？」太夫人又問。

「媳婦不知。」大夫人搖搖頭。

「妳先回去吧，這事等我問過老太爺再決定如何處理。」太夫人朝她揮揮手，示意她退下。

大夫人福了福身便告辭出來。

「夫人，妳為何不告訴太夫人，那事都是二小姐在背後搞的鬼。」瞧著四周無人，丫鬟紅緞湊上前輕輕問道。

大夫人冷笑一聲。「告訴了太夫人，我以後怎麼報復那小賤人？就讓她繼續以為我一心為那小賤人打算，這才有利於我將那賤人搓圓捏扁。」

紅緞這才恍然大悟，難怪夫人知道了那晚之事都是二小姐背後算計時，卻不對二小姐採取任何措施，還一如既往地對她和顏悅色，原來是有後招的！畢竟如果人人都認為嫡母是真心替庶女打算的，就算日後庶女有什麼不測，也沒有人會怪罪到一心替她打算的嫡母身上來。

「她不是瞧不上林家嗎？我日後必替她擇一高門大戶來！」大夫人陰森森地道。

紅緞不由得打了個冷顫，彷彿已經可以預料到二小姐將來的日子不好過，她這次是將嫡母徹底得罪了！

「妳是指林家小子與七丫頭的事？」晉安侯老太爺落下手中黑子，抬頭望向妻子，開口問道。

「正是，如今外頭都在傳老大欲把七丫頭許配給林家，可大兒媳婦之前訂的卻是二丫頭。」太夫人點點頭回道。

「這有什麼，就說之前的話下人傳岔了，原本訂的就是七丫頭。」老太爺不在意地繼續研究著棋譜。

「可……可是以那林家的家世，配七丫頭是不是……」太夫人一時想不到丈夫會如此說，倒有點意外了。

「林家原本也是官宦人家，只不過林家小子的父親病逝在任上，族人欺凌他孤兒寡母，才導致林家今日這模樣，他父親若活到現在，說不定官職比老大還要高。何況，林家小子我也見過，可謂青出於藍。古語有言：『寧欺白頭翁，莫欺少年窮。』妳又如何知道將來他不會有更好的前程呢？」老太爺意味深長地望了太夫人一眼。

太夫人一窒，什麼話也說不出來。

「此事也沒什麼大不了的，左右林家小子也是老大媳婦挑的，許給二丫頭和七丫頭又有什麼分別？既然外頭都傳開了，乾脆就弄假成真罷了，難道妳以為七丫頭被人這樣傳過一遍，將來說親會沒有影響？」

太夫人沈默了。是的，這事無論真假，有影響的只會是七丫頭楚明婧。

「妳也不用想太多了，就把我的意思跟老大兩口子說了吧，擇日讓林家上門提親便是，再拖下去也不知道還會鬧出些什麼來。」老太爺一錘定音。

「怕就怕這事是林家鬧出來的，目的就是落實與七丫頭的事。」太夫人還是有所顧忌。

老太爺落下最後一粒黑子，端起棋盤邊的茶喝了一口。「林家小子昨日便來向我解釋過了，而且依我看來他不是那等攀龍附鳳之人；而林家夫人，她既能帶著兒子從如狼似虎的族人中全身而退，還把兒子培養到如今模樣，想來不是愚昧無知的婦人，應該不會做出此等事來。」

太夫人細細回想了一下與林夫人接觸的情景，印象中是位性情堅毅、進退有度的女子，想來也做不出那番無賴的事來；況且自己夫君的性子自己也是知道的，他決定的事哪還容得下二話，想來林家小子與七丫頭的事便要這樣訂下來了。

待太夫人將老太爺的意思傳達給晉安侯夫婦後，晉安侯雖然有點意外換了人選，但也表示尊重父親的決定；而大夫人雖然不甘，但公婆與丈夫都已經答應了，自己就算再有異議也沒用，是故只能不甘不願地點點頭。

太夫人見她這個樣子便知道她心中並不甘願，便把林家的事又細細道來。

晉安侯聽罷吃了一驚。「病逝任上的林大人？莫非他是原雍州巡撫林大人之子？」

太夫人點點頭。

大夫人也有點吃驚，當初議親時林夫人只說祖籍定州，夫君早逝，並不曾提起亡夫生前官職，自己也只道是個普通讀書人家，一心培養兒子光耀門楣，沒想到原是官宦之後。

「原來是林兄之後，難怪難怪……」晉安侯喃喃說，片刻，又對著太夫人道：「兒子當年與林兄一見如故，曾戲言說將來要做兒女親家，只可惜不久後林兄病逝，兒子趕至定州本想照料他的後人，沒想到去時卻得知林夫人母子已不知所蹤，如今兜兜轉轉，林、楚兩家還是做了親家。」

太夫人也甚為驚奇。

大夫人見到了這個地步，女兒的親事已是沒有回轉的餘地了，若深究起來這個林家也不算太差，倒不至於讓女兒過於委屈。

楚明婧得知父母要將自己許配給那晚之人，便哭鬧著不同意，被晉安侯痛罵了一頓後又發狠要尋死，氣得晉安侯將大夫人罵了一頓，說她「慈母多敗兒」，大夫人見女兒那副模樣，心中對始作俑者楚明涵越發痛恨了。

楚明婧原本寧死不從，但大夫人與楚明婉對她動之以情、曉之以理，又說了林家的事及林煒均的人品學識；而且她見祖母、父親都態度強硬，又聽說是祖父的主意，知道大勢已去，只能委委屈屈地認了，只不過她也堅決要求先見林煒均一面，否則就是死也不嫁。

大夫人見她鬆了口，雖覺得見面之事不合規矩，但此事原本就委屈了女兒，是故便與林夫人約定了見面的時間。

說起來當初大夫人原就是一心替楚明涵挑個將來有出息的夫婿，最後選中林煒均也是多番考察過的，自然知道林煒均本人是挺不錯的，就是門第低了點，雖說也算出身官家，但到底人走茶涼。

林夫人得知晉安侯府願與自家結親，並且許的不是庶女，而是侯夫人所出嫡女，心中也甚為詫異，她本以為經此一事，兩家不僅結親不成，反而可能結仇，沒想到……

林夫人嘆口氣。「其實比起這位率真嬌氣的嫡七小姐，母親更願你娶那位有幾分聰明的二小姐，畢竟日後……何況，這位七小姐年紀也小了點，原以為待春闈過後便能娶親，如今看來起碼要再等兩年了。」

林煒均沈默了，他對那位二小姐並沒有什麼印象，只是母親認定了便不欲拂她的意罷了，娶誰對他來說都一樣，只要母親喜歡便可。

兩家夫人最終選定了侯府位於京城南面的一處小宅子，作為楚明婧與林煒均見面的地方。

雖說兩家訂親勢在必行，但畢竟如今尚未最終決定，兩位夫人亦只能遠遠地避在一邊，既能將兩人置於視線內，又不會打擾到他們交談。

楚明婧原本是滿懷怒火而來，打算狠狠痛罵毀了自己名聲的登徒子，但一見眼前的始作俑者氣質儒雅、神情懇切，還一副任君發作的樣子，那滿腔怒火不知怎地就憋在肚子裡發作不出來了。

怒火發作不出來，自己又莫名其妙地被家人許給了這人，楚明婧越想越委屈，眼淚便直往下掉。

這一下倒把一向沈穩的林煒均弄得手足無措起來了，他原見這小姑娘怒氣騰騰的，又想到底是自己連累了她，本就做好了任打任罵的準備，誰知這姑娘眨眼間就掉起淚水來了，從未與姑娘家接觸過的林煒均慌得都不知如何是好。

「哎哎哎，妳、妳別哭啊……」

楚明婧不理他，只管把心中的委屈發洩出來。

遠處的大夫人見狀，本欲過來看看情況，卻被林夫人拉住了。

大夫人見她對自己搖搖頭，想了想，只好重新坐下來。

楚明婧自顧自地哭了一會兒，才抽抽噎噎地掏出手絹擦擦眼淚。

林煒均見她終於止住了眼淚，暗暗鬆了口氣。

「我是不願意嫁你的！」楚明婧邊擦眼淚邊道。

「是，我知道。」

「你害我被父親罵了一頓！」
「是我的不是。」
「你害我氣得吃不好、睡不好！」
「對不住，是我不好。」
「你害得我弄傷了手！」小姑娘控訴。
林煒均雖不知道自己什麼時候害她弄傷了手，但識時務者為俊傑。
「是我不好。」
楚明婧見對方一味誠懇認錯，心中的怨氣便不知不覺散了些，說到底她就是個吃軟不吃硬的人。
「而且，你太老了！」
林煒均嘴角抽了抽，剛過完二十歲生辰就老了？正要反駁，卻見對方一副不承認就繼續哭的架勢，只好無奈地暗嘆口氣。
「對不住，我真是太老了。」
「五哥哥說了，雖然你是老了些，但畢竟祖父和父親都認定了你，讓我就從了你。」
林煒均更深地感到無奈了。「多謝七小姐了。」
楚明婧低著頭，臉上慢慢飛起一絲紅暈，她在家中雖一向頗得父母寵愛，兄姊又讓著她，但胡鬧起來還是會被責備的；如今眼前這位溫文爾雅的男子，無論自己如何發作都是一臉寬容溫和、好脾氣的樣子，心中便不由得有點不好意思了，對這門親事的牴觸情緒亦不知不覺淡了許多。

「大姊姊說我是個笨丫頭，以後就算是被人賣了還樂得幫人數錢，你、你會不會……會不會……」楚明婧聲音越來越小，頭越來越低。

林煒均眼中不由浮起一絲笑意。「不怕，我還是有點小聰明的。」

楚明婧飛快地抬頭看了他一眼，又繼續低著頭小小聲道：「五、五哥哥說我應該是管不了家的，最……最多做條小米蟲。」

林煒均眼中笑意更盛了。「我家中人口簡單，家財不豐，不用怎麼管……不過，養條米蟲還是養得起的。」

楚明婧臉蛋越來越紅，心如擂鼓，話也說得越發結結巴巴了。「那……那你以後會不會凶人？」

「我性情還是挺不錯的。」

「哦！」楚明婧心跳得更厲害了。「那……」說完，便低著頭、紅著臉轉身朝大夫人坐著的地方跑過去。

身後的林煒均一怔，臉上笑意再也遮掩不住。

楚明婧最後那句話是——「那你便讓人來提親吧！」

未來有這樣一位單純率真的小妻子或許是件挺讓人期待的事。

林、楚兩家的親事就此訂下了，雖然楚明婧中途的抗婚在晉安侯府引起不少風波，但大夫人手段了得，眾人也只能心中嘀咕幾句便放下了。

楚明涵見過了這麼久都不見嫡母對自己與以往有何不同，心中想著大概她沒有查到自己身上，但到底還是作賊心虛，平日對大夫人更加恭敬謹慎了。

侯府眾人迫於大夫人的手段而不敢議論，但外頭可就不同了，畢竟作為妹妹的越過幾位姊姊率先訂了親事，而且還算不上是門當戶對，要說其中沒有貓膩，各家的夫人、小姐會相信才怪。

大夫人雖暗惱外頭如此議論她的女兒，但畢竟也阻止不了，想著與其讓人私下說出什麼難聽的話來污了自己女兒，倒不如大大方方地在明面上說清楚；於是趁著某日與眾夫人小聚時，某位夫人一時口快提及林、楚兩家親事，大夫人也不惱，大方地表示自己原本是想將庶女許給林家，沒想到侯爺得知林公子竟是有過口頭兒女婚約的故友林大人之後，吃驚之下便要兌現當日諾言，將嫡女許給林公子。

眾夫人原也以為林家只是普通讀書人家，沒想到原是官家出身，雖對晉安侯以嫡女許之的說法還存有一定懷疑，但也只能笑著稱讚侯爺一言九鼎，善待故友之後云云。

這日，大夫人受好友趙二夫人邀請往趙府作客，剛行至院門便聽裡面傳來一個洋洋得意的女聲。「我就說晉安侯要將嫡女許給那個林家嘛，偏你們還不信，這下相信了吧？」

大夫人如遭雷轟，雙眼噴火地循聲望去，見一眾夫人圍著的正是出名嘴碎的趙家三夫人。

跟她一樣被轟傻了的還有趙二夫人，她沒有料到這謠言的源頭竟然是自家三弟妹！

大夫人冷冷地望了她一眼，轉身拂袖而去。

趙二夫人有心想解釋幾句，張了張嘴卻什麼也說不出。

隔幾日，趙二夫人查明了真相後親自帶著趙三夫人上門向大夫人致歉。

原來那晚趙三夫人偶然撞見林家母子從屋裡出來沒多久，又見大夫人母女從同一間屋子裡出來，回到家後聽丈夫說起晉安侯對林煒均頗為看重，想來是有意結親，便聯想起晚上所見，以為晉安侯的確是想將嫡女許給林公子，一時嘴碎同友人提起，一傳十、十傳百地就傳開了。

第十七章

楚明涵得知楚明婧與林家訂了親事後越發坐立不安，她本以為那事不會對楚明婧造成什麼影響，沒想到卻越鬧越大，到如今連親事都賠了進去，一時又怕大夫人會查到背後是自己設計的，一時又為總尋不到機會見慕錦毅而煩惱不已。

楚明慧亦對林、楚兩家的親事感到大惑不解，明明前世林煒均娶的是二姊姊，今生怎麼變成了七妹妹？只是如今她也顧不上他人了，只因昨日她在門外意外聽到陶氏對楚仲熙提起自己與慕錦毅的親事。

父母果然還是有意將自己許配給慕錦毅！

只是，親事一日未訂，她就有辦法一日讓它成不了，關鍵就在夏氏母女身上。

這日，楚明慧接到慕淑瑤下的帖子，邀請她過府一聚，想來是因為即將出嫁，想在出嫁前見見閨中好友，但與她同齡的好友大多已嫁人，有的甚至已為人母，而近幾年她因名聲不怎麼好聽便一直待在家中，並不曾出來交際，認識的朋友十分有限，也就只在與陶家訂下親事後跟楚明慧有幾分相熟。

楚明慧欣然同意，對送帖子的慕國公府下人道：「勞你回去稟報慕姊姊，三日後我必將準時到。」

三日後，她與主動請纓的楚明涵及楚明嫻兩人一起到了慕國公府。

「楚三小姐吧？奴才是慕維，特來給您引路的。」

楚明慧有些意外為什麼是慕錦毅的小廝來給她引路，但她對慕維還是有幾分感激的，畢竟前世在慕國公府除了盈碧，就只有他對自己態度始終如一，不管自己是得寵也好，失寵也罷。

說起來這帶路的差根本用不著慕維，只是他一直遺憾從未見過主子始終心心念念的楚三小姐，今日聽聞大小姐邀請她過府，便十分積極地攬過這一差事。

「三位小姐請這邊走。」慕維十分殷勤地躬著身子引著楚明慧三人往慕淑瑤所在的方向去。

「三姊姊，妳看那好像是從屋頂冒出來的小樓，上次來的時候還沒留意呢。」楚明嫻輕輕拉著楚明慧的衣袖道。

楚明慧順著她指的方向望去，遠處沐浴在日光中的小樓，恰好被一方院落遮擋了下面一部分，遠遠望去還真像是從屋頂上冒出來的一樣。

「那是憶苦樓。」楚明慧替她解疑。

「憶苦樓？好奇怪的名字！」楚明嫻詫異道。

「據說是太夫人為了告誡兒孫勿忘過去那段艱難日子才取的名字。」

「噢，三姊姊怎麼知道的？」

楚明慧一滯，心中暗道不好，一時口快把前世知曉的事都說出來了。

「嗯，我也是上次聽慕姊姊說的。」楚明慧掩飾道。

幸虧楚明嫻沒有再追問下去，而另一邊的楚明涵也是一副心不在焉的樣子，並不曾留意她們說什麼。

只是原本躬著身子一心一意引路的慕維，聽了她的說詞後疑惑地抬頭看了她一眼，可惜楚明慧只在懊悔自己一時大意，卻不曾注意到慕維那一眼。

「明慧妹妹。」慕淑瑤一見她們進來，便迎上前來，她身後跟著慕國公府庶出的二小姐慕淑琪與四小姐慕淑怡。

眾人行禮互相見過後，楚明嫻笑嘻嘻地把一早準備的添妝遞給慕淑瑤。

「慕姊姊，這是添妝。」

「謝謝明嫻妹妹。」慕淑瑤微紅著臉接過。

「恭喜姊姊了。」楚明慧與楚明涵也把準備的添妝遞過去。

慕淑瑤又一一道過謝，再命婢女小心收好，眾人便圍坐在一起說話。

前世楚明慧一直對受慕淑穎欺負的慕淑琪與慕淑怡頗為同情，尤其是慕淑怡，生母早逝，嫡母與嫡姐又看她不順眼，時不時都要被訓上一頓；年長一點的慕淑琪雖然日子也不好過，但到底她的生母江姨娘原是夏氏陪嫁，夏氏母女雖不喜她，但也不會刻意為難。

或許是同樣受過夏氏母女的刁難，楚明慧對她們有幾分同病相憐的感覺，是故言語便不知不覺多了幾分真摯關懷。

慕淑琪與慕淑怡自小受盡夏氏母女與府中不少逢高踩低的下人們的白眼，心思自然十分敏感纖細，當然能感覺到她的善意，兩人雖不解這個僅有一面之緣的侯府三小姐為何對自己如此親切，但她們也不是不知好歹的人，是故在交談中亦加了幾分真心實意，一時間，房裡氣氛甚為溫馨和睦。

而楚明嫻早就被桌上擺放著的紅豆糕吸引住了，小心地拿過一塊輕輕咬了一口，好在她還記得自己是在別人府上作客，時不時也會插上幾句話。

楚明慧說話間注意到她那陶醉於美食中的小模樣，不由得心中好笑。

楚明涵強按下心中焦躁，偶爾心不在焉地附和上一句。

「原來姊姊這兒有客人，我還說呢，怎麼廚房把糕點全送到這兒來了。」楚明慧正與慕淑瑤小聲地說著話，便聽門外響起女子的聲音。

楚明慧不用回頭也知道來人是誰。

楚明涵見到慕淑穎出現時眼睛一亮！

楚明慧只好跟著楚明涵等人向她福了福。「慕三小姐。」

是的，來人正是慕國公府的三小姐慕淑穎——慕錦毅的同胞妹妹。

「原來請的是晉安侯府的小姐，我還奇怪呢，姊姊往年走得比較近的姊妹們不是遠嫁就是在養胎，哪會有時間到這兒來。」慕淑穎瞥了楚明慧三人一眼。

慕淑瑤對這個堂妹刻薄的話已經習慣了，只能抱歉地對楚明慧笑笑。

楚明慧回了她一個不必在意的微笑。

至於楚明嫻，她一向大而化之，根本沒有將慕淑穎的話聽進心裡。

而楚明涵，她正思量著怎樣結交慕淑穎，也好為將來入慕國公府多添一分助力。

慕淑穎見眾人都不理會她，而那日被祖母拉著問話的楚三小姐居然只顧著與慕淑瑤說話，心中就不舒服了。她一向是眾星捧月的，比她身分低的捧著她，與她同等身分的不願得罪她，而比她身分高的，看在慕國公府的分上也對她客氣有禮，是故慕淑穎才養成了如今這副以自我為中心的性情。

「妳就是晉安侯府的三小姐？」慕淑穎高傲地瞥了楚明慧一眼。

楚明慧端莊地對她一笑。「正是，不知慕三小姐有何指教？」

慕淑穎一堵，不知怎地覺得眼前之人十分礙眼，就跟那個裝模作樣的慕淑瑤一樣，尤其是祖母還總是在自己面前稱讚她，彷彿自己怎麼也比不上她似的，這種感覺就跟當年父親尚未承爵，外頭人老愛拿自己與慕淑瑤比較，把自己說得連慕淑瑤一根汗毛都不如似的。

楚明慧見她不說話，也不在意，照舊轉身溫言與慕淑瑤三人說話。

慕淑瑤雖擔心自己這個三堂妹又會鬧出事來，但畢竟客人是她請來的，也不願氣氛搞得太僵，故也柔聲回應。

慕淑琪、慕淑怡兩人平日活在慕淑穎的欺壓下，見她進來身體便條件反射地縮了一縮，現今更恨不得把自己縮成一團，生怕又礙了她的眼。

兩人的異樣楚明慧自然看在眼裡，畢竟她前世也是與這兩人相處過，知道她們對慕淑穎甚為忌憚。

楚明慧若無其事地繼續與慕淑瑤說話，時不時還會溫言問問慕淑琪、慕淑怡的看法，兩人初時還害怕慕淑穎又會發作，但見她只是一聲不吭地坐在一邊，而晉安侯府三小姐又不時親切地與自己說話，不知不覺便放鬆下來。

一時間，屋裡的氣氛又好了起來。

楚明嫻照樣是一心二用地插上幾句話，只有楚明涵一心想著討好慕淑穎，便主動上前與她交談，可惜慕淑穎卻對她愛理不理的。

楚明慧看到這一幕，心中大概也知曉楚明涵在打什麼主意了，只是向來心高氣傲的慕淑穎又怎看得上她一個小小庶女，前世與她走得近估計也是看在她是林煒均夫人的身分，畢竟那時的林煒均可是各方人馬都想拉攏的對象。

慕淑穎坐了半晌都不見楚明慧主動尋她，反而對庶出姊妹和顏悅色，一副言笑晏晏的模樣，倒是這位晉安侯府的庶出小姐湊到自己跟前來，心中越發對楚明慧感到不滿了。

慕淑瑤察言觀色，知道這位堂妹不高興了，畢竟平日她都是眾星捧月的，如今又怎會甘心被冷落？只是這會兒慕淑瑤也看出來，楚明慧對她並不怎麼待見。

慕淑瑤暗嘆口氣，不想好好的聚會鬧出什麼么蛾子，故也間或笑著對慕淑穎說上幾句有點示好的話。

只可惜慕淑穎不領情，只盯著裝作一無所知、時不時掩嘴輕笑的楚明慧。

對於慕淑穎灼熱的視線楚明慧當然有所覺，但她早就不再是前世那個必須照應她的慕國公府世子夫人了，現在的她不怕慕淑穎對她不滿，就怕她對自己太滿意，是故照樣若無其事地說說笑笑。

只是，一向敏感的慕淑琪、慕淑怡兩人還是察覺到了不妥，慢慢地又縮了縮身子，不敢再搭話。

楚明慧暗嘆口氣，到底是在慕淑穎的欺壓下長大的，這察言觀色的本領實在太強了，只是她也怕慕淑穎過後會發作在這對姊妹身上，是故只好笑笑端著桌上的茶抿了一口。

一時間，屋裡一片安靜。

慕淑瑤無奈，雖不知三堂妹為何執著於明顯不愛理她的明慧妹妹，但畢竟客人是她請來的，只好挾起一塊五色香糕放進慕淑穎面前的碗裡，笑著對她說：「三妹妹嚐嚐這五色香糕，味道與之前倒有些不同。」

慕淑穎也不理會她，只盯著楚明慧道：「聽聞晉安侯府的七小姐被許了個寒門學子，還是越過了好幾位姊妹率先訂親，也不知是這七小姐慧眼識才子呢，還是其他幾位小姐眼光太高，以致至今乏人問津。」

此話一出，屋裡的氣氛就有點緊張了，連一向大剌剌的楚明嫻都感覺到她的惡意，不由得皺了皺眉頭。

楚明慧心中冷笑。對嘛，這才是慕淑穎，刻薄跋扈！

「我們姊妹自然是愚鈍的，哪裡及得上慕三小姐豔名遠播、萬人追捧。」

「噗哧。」楚明慧話音剛落，楚明嫻便忍不住笑出聲來，想不到平日看起來溫柔的三姊姊，刻薄起來倒和這位慕國公府三小姐也不遑多讓，只是，自家三姊姊怎麼刻薄得那麼讓人痛快呢！

慕淑瑤、慕淑琪與慕淑怡也被楚明慧這一番話驚住了，豔名遠播？萬人追捧？

「妳！」慕淑穎自然也聽得出她的言下之意，一下子就怒了，陡地站起來一拍桌子。

「妳什麼意思？」

「慕三小姐方才的話是什麼意思，我這話自然也是什麼意思。」楚明慧施施然地喝了口茶。

「難道我還說錯嗎？晉安侯府七小姐堂堂一個嫡女，居然被許個寒門學子，若不是做出了什麼丟人的事來，哪會如此，想來你們晉安侯府的教養……」

「慕三小姐！」

「三妹妹！」

慕淑穎話音未落便被人厲聲喝斷了。

「晉安侯爺曾與先雍州巡撫林大人有過口頭婚約，願結兒女親家，林公子現今雖家世不顯，但侯爺不是那等勢利之人，自當履行當日約定。俗話說得好，心中有佛，看世間萬物自有佛相，到今日我倒是充分理解此話了。」楚明慧毫不相讓，這關係到整個晉安侯府姑娘的清譽，哪能容得了別人詆毀。

楚明嫻也拚命點頭表示強烈贊同，這位慕國公府的三小姐可是針對晉安侯府中所有的姊妹，而三姊姊雖字字帶刺，可針對的卻是她一人，相比之下，三姊姊還是厚道多了。

慕淑穎被她堵得滿臉通紅，從來都是別人讓著她、捧著她，哪裡遇過像楚明慧這樣毫不給她面子的人，她平日雖然言語刻薄，卻算不上口齒伶俐，是故現在雖知楚明慧字裡行間都是對自己的不屑，也說不出什麼話來反駁，只能被氣得胸口一起一伏。

慕淑瑤亦是滿臉尷尬，張口想出聲勸上幾句，但此事要怎麼勸？誤會？閨閣女子清譽何等重要，哪能隨意讓人拿來開玩笑，何況自己這位三堂妹一開口說的便是人家所有的姊妹。

「三小姐，舍妹言語不當，還請三小姐莫要見怪，明涵在此替她向妳賠禮了。」氣氛正緊張間，楚明涵站起來，對著慕淑穎微微福了福。

楚明慧不置可否，楚明涵愛做好人便讓她做唄。

「妳算什麼東西？一個小小庶出女也敢隨便插嘴？」慕淑穎一見又是剛才那位討好自己的庶女，心中的怒火便朝她噴去。

楚明涵暗惱，只能咬著下唇委屈地站著。

「庶出果然是庶出，從來都是一副泫然欲泣勾引男人的狐媚樣。」難得有人出來當替死鬼，慕淑穎把對楚明慧的不滿一股腦兒發作在她身上。

楚明慧皺皺眉頭，雖然自己也不待見楚明涵，但她好歹同是出自晉安侯府，哪能讓外人如此欺辱！

正欲出聲維護幾句，便聽楚明嫻清脆地道：「若名門嫡女是慕三小姐如此模樣，我倒樂意作個小小庶女。」

見楚四小姐也加入戰場，慕淑瑤頭痛不已，暗悔自己下帖子前應該挑個黃道吉日。

「好了，三妹妹，這會兒簡嬤嬤也快到了吧，妳不先行準備準備嗎？」見慕淑穎又要出聲，慕淑瑤急急道。

一聽「簡嬤嬤」三個字，慕淑穎只能不甘不願地嚥下要出口的話，又狠狠地瞪了一眼楚明嫻，才氣呼呼地走了。

慕淑瑤見她終於走了，心中不由得暗暗鬆了口氣。幸虧祖母請來了這位鐵面嬤嬤教導三妹妹，雖三妹妹的性子怕是難扭轉了，但好歹也讓她有點忌憚，行為有一定的收斂。

「今日之事還請各位妹妹莫要見怪，舍妹……」慕淑瑤本想替慕淑穎說幾句好話的，但喉嚨卻像是被什麼堵住了一般，那些好話怎麼樣也說不出口，只能歉意地對楚明慧三人笑了笑。

「姊姊不必這樣，倒是妹妹失禮了。」楚明慧急忙起身朝她福了福。其實說起來，她雖有與慕淑穎交惡的想法，卻沒想過在今日發作，畢竟自己是受了慕淑瑤邀請而來的客人，這樣在別人府上與主人起爭端是十分失禮的，而且說不定還會給慕淑瑤惹來麻煩；她到底還是高估自己的忍耐力了，想來若不是心中對慕淑穎有怨，估計今日自己也不會處處針鋒相對吧！是故楚明慧很是抱歉地再次給慕淑瑤行了一禮。

慕淑瑤大概也明白她的意思，親自扶著她坐下，搖頭道：「妹妹不必歉疚，說起來若別人那樣侮辱我家人，我也是會出聲維護的，今日之事到底還是舍妹不對在先，還請諸位妹妹莫要放在心上。」

「姊姊這樣說更讓妹妹無地自容了。」楚明慧有點羞愧地垂下頭道。

慕淑瑤輕輕捏了一下她的嘴角。「好了，都說不要放在心上了，我倒是看走了眼，以為妳是個嬌嬌弱弱的，沒想到這張嘴倒是利得很。」

楚明慧更不好意思地笑了笑。

「三姊姊好厲害！」楚明嫻瞪大一雙杏眼，滿臉崇拜地盯著她。

「明嫻妹妹也不遑多讓才是。」慕淑瑤笑著又擰了一下她的臉蛋。

一時間，屋裡的氣氛好了起來。

眾人又圍坐著說了大半天的話，楚明慧姊妹三人才起身告辭，慕淑瑤見時辰不早了，亦不多留，與慕淑琪、慕淑怡兩人親自送她們出了院門才依依不捨地告別。

楚明嫻挽著楚明慧的手臂，小聲地伏在她耳邊道：「三姊姊，那個慕三小姐好討厭是不是？」

楚明慧笑著對她點點頭，同樣小小聲地道：「是挺討厭的！」

楚明嫻見狀便捂著嘴「格格」地笑起來。

一旁的楚明涵望了兩人一眼，繼續低著頭想著自己的心事。沒想到這位慕三小姐那樣的狗眼看人低，庶出女、庶出女……若不是還要利用她入慕國公府……想到這，楚明涵眼中閃過一絲狠厲。

「楚三小姐請留步。」楚明慧正與楚明嫻手把手往二門方向走去，便聽得身後有人喚她。

轉頭一看，見梳著雙丫髻的青衣婢女急急朝她走來。

那婢女走到她身前，朝著三人福了福。「奴婢是大小姐院裡的，大小姐說有件要緊事忘了跟楚三小姐說，讓您隨奴婢回去。」

楚明慧一怔，倒一時想不出慕淑瑤有什麼要緊話要和自己說。

「那三姊姊妳就去吧，我與二姊姊在前面亭子裡等妳。」楚明嫻見狀，主動對楚明慧道。

而前方引路的小廝也道：「楚三小姐放心吧，奴才帶兩位小姐到亭裡歇息片刻，等三小姐回來了再走。」

楚明慧無奈地點點頭。「那有勞姊姊前面帶路。」

「不敢當，楚三小姐，這邊請。」

青衣婢女朝她福了福，便帶著她往另一方向走去。

楚明慧雖有點納悶為何不走回頭路，但也沒有細想。

「三小姐，大小姐就在前面竹林裡，奴婢就帶您到這兒了。」青衣婢女福了福，便躬身退了下去。

楚明慧見狀，心中疑惑更大了，卻也只能順著青衣婢女方才的指引往不遠處竹林裡去。

她踏上一座小木橋，又穿過遊廊，便見前方一個挺拔的身影背對著自己。

楚明慧一見這熟悉的身影便不由停住了腳步。

那人聽到身後腳步聲，緩緩地轉過身來……

正是慕國公府世子爺慕錦毅。

楚明慧皺皺眉，心道：難道是他借慕淑瑤之名將自己騙來的？

正沈思間，只聽慕錦毅有點不安地喚她。「楚三小姐。」

楚明慧定定神，朝他福了福。「不知慕世子在此，小女子失禮了。」她又朝他福了福身，就欲轉身離去。

「不，是我讓人請妳來的，不是大姊。」慕錦毅見她欲離去，急急開口道。

楚明慧眉頭擰得更緊了，深吸口氣。「不知世子有何吩咐，要假借他人之名將小女子騙來此處！」

慕錦毅見她神色不豫，急道：「不、不是的，我只是想為那晚的唐突舉動向妳賠禮道歉。」

「世子難道不知現今的行為也甚為唐突嗎？」

慕錦毅沈默了，他自知現在的行為也是十分唐突，但那晚楚明慧那恍似怨恨的眼神老在他腦裡閃現，若不親自與她解釋，自己又怎放心領兵外出。

「世子若只是要賠禮道歉的話，小女子接受了，若無他事，小女子便告退了。」楚明慧淡然地行了一禮。

「三小姐！」見楚明慧又要走，慕錦毅不得不再次出聲喚住她。

楚明慧有點惱怒地回頭看著他。「世子到底有何事？」

慕錦毅吶吶地道：「我、我過幾日便要領兵趕赴邊關了。」

楚明慧一怔，彷彿前世也是差不多這時候慕錦毅領兵抗擊西其人對邊疆的騷擾，只是，他出不出征又關自己什麼事？

「哦，那祝世子爺旗開得勝、大殺四方、早日凱旋。」楚明慧不太具誠意地隨口祝福道。

「妳放心。」終於從意中人口中聽到了好話，他露出濃濃的笑意，陽光從他背後照射而來，映得他整個人像沐浴在光輝之中。

楚明慧不由得有點恍神，他如此耀眼的笑容，好像自己前世未曾見過。

正恍惚間，又聽到對方那句「妳放心」，她一下子回過神來，不由暗惱自己又想起過去的事，而且什麼叫「妳放心」？自己根本沒替他擔心過！

她正想開口反駁他幾句，慕錦毅像是看穿她心思一樣，急急從懷中掏出一只錦盒塞進她手中。

「這是給府中兩位小少爺的賀禮，三小姐就說是大姊所送，以免另兩位小姐詢問。」言畢，也不等楚明慧有什麼反應，他就朝著竹林外喊了聲。「來人，送楚三小姐回府。」

楚明慧被他一連串的動作弄得心口犯堵，那些帶刺的話怎麼也說不出口，又見方才那位青衣婢女向她走來，她只得恨恨地瞪了他一眼，頭也不回地往來時方向走了。

她一路走一邊暗恨，自己方才堵得慕淑穎啞口無言，轉眼間就被對方兄長報復回來了，莫非是現世報來得快？果然這慕國公府與自己八字不合，日後堅決不能入這家門！

晉安侯府。

「妳慕姊姊可還好？今日到慕國公府上玩得可開心？」陶氏慈愛地摸摸女兒的額角。

「慕姊姊瞧著氣色不錯，今日還挺高興的。」楚明慧回答道。

當然高興，雖然後面有點堵，但能把慕淑穎氣得有火發不出，她還是十分開懷的，大有一吐前世憋屈的架勢。

「二伯母您不知道，慕國公府那位三小姐可討厭了，不只罵七妹妹，還把咱府中所有的姊妹都罵了。」楚明嫻不平地插嘴。

「這是怎麼回事？怎扯上妳七妹妹了？」陶氏皺著眉問。

楚明嫻立即嘰嘰咕咕地把今日發生之事對陶氏一一道來。

陶氏越聽眉頭皺得越緊。這個慕三小姐是怎麼回事？如此刁蠻任性不知輕重，還有囡囡又是怎麼回事，怎不分場合便與主人家爭執起來？

楚明慧見她神色不對，不由暗暗叫苦，娘親最重禮節，這下一頓罵免不了了。

果然，楚明嫻離去後，陶氏對著楚明慧一瞪眼。

楚明慧立即低頭垂眉認錯。「娘，女兒錯了，不該不分場合與人爭執。」

陶氏盯著呈現乖巧狀的女兒，忍不住伸手捏了她的臉蛋一把。「妳倒是認錯認得挺快啊！」

楚明慧偷偷打量了一下她的神色，見她並不像生氣的樣子，急忙上前挽著她的手臂撒嬌地道：「知錯就要改嘛！」

陶氏點點她的鼻子。「妳是有錯，錯在不應在別人府中與主人爭執，雖說是對方有錯在先，但妳這行為畢竟還是有點不妥的。但是，娘親也並不贊同妳忍氣吞聲，別人都欺負到頭上來了，只不過，君子報仇，十年未晚，只要忍一時之氣，日後加倍尋回來便是了。」

楚明慧愣愣地望著自家一向溫柔的娘親，實在沒料到她竟會說出這樣一番話來。

「怎麼？娘說的有何不對？」

「不，娘說得對極了，女兒今日方知以往竟是小瞧了您。」楚明慧撒嬌地直往陶氏懷中撲去，抱著她的腰。

陶氏失笑地拍拍她的後背。「妳以為娘是那種柔柔弱弱，把什麼委屈都吞下去之人？」

楚明慧有點不好意思地在她懷裡蹭了蹭。

「人總不能一直退讓，妳越退讓，對方越覺得妳可欺，必要時總要奮起一搏，讓人知道妳也不是好惹的。只不過，即使要反抗也要把理字占得穩穩的，讓人抓不到妳一點錯處，反倒認為全是因對方步步緊逼才導致妳忍無可忍。」陶氏溫柔地撫摸著女兒的長髮，細心教導。

楚明慧沈默了，前世可不就是因為自己步步退讓，才讓夏氏母女越來越囂張嗎？可嘆自己一心沈浸在男女情愛當中，對外事都採取不聞不問的態度，明明手中有無數好牌，比如強硬的娘家、夫君最初的寵愛、太夫人的支持，還有掌握在手中的管家大權，卻落得那番下場。倘若一開始就強硬點，憑夏氏那對無腦母女，自己要搓圓捏扁還不輕而易舉？就像娘親說的那樣，把對方壓得死死的還能占個理字，畢竟那對母女的小辮子實在是太多了！

慕淑穎今日的表現雖讓陶氏對兩家聯姻之事有了一絲說不清、道不明的陰影，但她認為也不過是一個被寵過頭的小姑娘意氣之爭，就算對方再刁蠻，日後也是要嫁到別人府中，是故陶氏對兩家聯姻還是比較贊同的。

而楚明慧原來打的主意就是讓陶氏慢慢察覺慕國公府並不是個好去處，今日她對慕淑穎那番回擊雖有點不妥，但她並不後悔。要毀了這門親事，她憑的就是父母不會讓自己受委屈的愛女之心，尤其是陶氏，在擇婿一事中表現出對後宅的看重，這一點對於要刻意挑起夏氏母女不滿的楚明慧來說，更是再有利不過了。雖說這樣做有點利用父母之嫌，或許對兩家的關係還有一定的影響，但她還是想自私一次，只希望以一次的自私換取這一生的安寧。

另一廂，慕國公府。

「母親，那晉安侯府三小姐實在是欺人太甚了，瞧把阿穎都說成什麼樣了！」夏氏氣憤地拉著慕淑穎的手對太夫人告狀道。

太夫人聽了夏氏母女的哭訴，心中也不自覺對楚明慧有了一絲不悅，慕淑穎無論怎樣都是她的親孫女，哪能被外人如此作踐。

「是嗎？怎麼我知道的卻與弟妹和三丫頭說的有些不同？」喬氏在一旁聽了半日，見夏氏完全不提慕淑穎的所作所為，單咬緊楚明慧反擊的話，不由得出聲道。

夏氏一聽，眼神就有點飄忽了。「難、難道我還騙母親不成？」

「弟妹說的話自然不假，卻未必是全部。」喬氏冷笑道。

太夫人見狀也明白了，敢情這二兒媳還藏著掖著一部分事實啊。

「老大媳婦，把妳知道的給我道來。」

喬氏點點頭，便把她從慕淑瑤口中得知的事實對太夫人全盤托出。

「看吧，媳婦也沒有騙人，那晉安侯三小姐的確是那樣罵的！簡直是太刻薄了。」夏氏急道。

太夫人冷冷地掃了她一眼，夏氏立馬噤聲了。

一旁慕淑穎抽泣的聲音也慢慢停了。

「弟妹的三丫頭自然是極好的，我只可惜我的大丫頭沒有一位像晉安侯府三小姐那般刻薄的姊妹。」喬氏恨恨地道。

當年二弟承了爵，自己女兒的地位自然也跟著降了，再加上又被退了親，一時間京中不少逢高踩低的夫人、小姐明裡暗裡沒少諷刺她，若當時隨著父親承爵而水漲船高的慕淑穎能當面出口維護一、兩句，女兒哪至於被傳成那般？可她不僅不出聲維護，反而還跟著那幫小人刺上幾句，一個既無生父又無同胞兄弟的女子，如今在府中還得罪了最有地位的堂妹，京裡那些小人哪還有顧忌啊，直管什麼話難聽便說什麼話來。

太夫人一聽喬氏那句話，也想起三孫女在長孫女壞名聲中不可或缺的作用，心中對楚明慧因維護自家姊妹而出聲反駁慕淑穎的做法也沒了那點不悅；正如喬氏想的那般，她也是認為若長孫女當年能得三孫女出面維護，何至於被傳揚得那般難聽？

「三丫頭的規矩還是十分欠缺，看來得讓簡嬤嬤加強一點。」太夫人惱怒地瞪了慕淑穎一眼，這個三孫女果真是被夏氏養歪了，難怪連一向不干涉內宅的長孫都要自己對她嚴加管教。若不是她行為實在太過於出格，長孫何至於對自己說出那番話來，虧自己還因當年抱走長孫而對夏氏心存歉疚，這才不再干涉她教養其他孫兒、孫女；如今看來，此人不單難為一府主母，甚至連當一位合格的母親都很成問題，把女兒養得刁蠻跋扈，將來還能落得什麼好！

「從今日起，三丫頭就搬到我這院裡來，也不用再置辦什麼，直接住西側間就好。」太夫人一錘定音。

「母親？」夏氏大驚失色，當年把長子抱走，如今還要把自己唯一的女兒搶走？

慕淑穎也驚慌不已，祖母一向不喜歡自己，如今搬到她院裡來，還住在她旁邊屋裡，這以後……

「此事就這樣定了。劉嬤嬤，立刻命人將三小姐的物品搬到西側間來。」太夫人一向雷厲風行，不免懊悔自己當年甫一發現慕淑穎的不妥就應該出手的，不至於如今她性子都定了，只盼今後嚴加管教能讓她收斂幾分。

「不、我不要，我不要搬到這兒來。」慕淑穎一邊哭喊，死拉著劉嬤嬤不讓她去叫人。

「來人，把三小姐拉開！」太夫人氣得渾身發抖，果然是欠管教，竟然連自己的命令都敢違抗！

屋外的丫鬟、婆子聽到太夫人的怒聲，急急進來拉開死纏著劉嬤嬤的慕淑穎。

「不要、我不要到這兒來，母親、母親救我！」慕淑穎被眾人生生拉開，急得朝夏氏大聲哭叫。

「妳們做什麼？還不把三小姐放開！」夏氏又驚又急又怒。

「把三小姐拖到祠堂去，沒有我的命令不允許她踏出祠堂半步！」太夫人更怒了。

「母親，都是媳婦的錯，求您放過阿穎吧！」夏氏「咚」一下跪在太夫人面前。

「妳的意思是我會害了妳女兒？倘若妳能認真教導她知曉禮儀規矩，何至於到今日這地步？妳也不想想妳那好女兒的名聲！」太夫人恨鐵不成鋼。

「媳婦今後一定好生教導她，求母親網開一面，阿穎一向膽小，若是讓她到祠堂裡去……」夏氏繼續哭求道。

「我就怕她不怕！會怕更好，讓她好好長點記性。」太夫人完全不為所動。「都愣著幹什麼，還不把三小姐送過去！」

「母親、母親……」慕淑穎拚命向夏氏伸出手。

夏氏一見女兒這模樣，心都快碎了，自長子被婆婆抱走後，自己身邊就這個女兒貼心點，小兒子雖好，但到底不及女兒。

正欲再開口求情，夏氏便聽太夫人森然道：「妳若再多話，我不介意將她直接送到家廟去，慕國公府聲譽容不得任何人玷污。」

夏氏直接癱軟在地上。她怎麼就忘了婆婆的手段，她可是把名聲看得比任何東西都要重的人，自己若再忤逆她的意思，說不定女兒就會像當年那位小姑子一樣了。

想到夫君唯一庶妹的下場，夏氏不由得打了個寒顫。

慕淑穎最終還是被送到祠堂關了起來，太夫人發話，先把她的日常用品搬到西側間來，待她出來後直接住到西側間，將其徹底置於自己的眼皮底下，希望能好好磨一磨慕淑穎驕縱的性子。

夏氏雖心疼女兒，但到底不敢拂婆婆的意，只在心中對始作俑者楚明慧越發痛恨起來。

夏氏的想法楚明慧自然不知曉，不過就算她知道也只會更歡喜，夏氏對她越不滿，她毀了兩家親事的可能性就越大。

「母親……」待眾人均退下後，喬氏有點遲疑地喚了喚太夫人。

太夫人長嘆一聲，拍拍她的手。「等楚二夫人身子索利了，妳便陪同老二媳婦一起登門拜訪吧，爭取在毅兒從邊疆回來之前把親事訂下來。」

喬氏點點頭，又見太夫人神情疲憊，也不欲打擾，便起身行禮告退。

太夫人朝她揮揮手，示意她退下。

喬氏離開後，太夫人顫顫巍巍地來到掛著丈夫與長子畫像的小屋子裡，「咚」一下跪坐在墊子上，然後定定地望著亡夫及長子的畫像老淚縱橫。

幼時的慕錦毅便十分聰明伶俐，頗得前慕國公喜愛，只是性情卻被夏氏養得十分任性霸道，恰逢當時在為大皇子選陪讀，慕錦毅入了大皇子的眼，太夫人生怕以他的性子進宮必會得罪貴人，從而給府裡惹禍，便強硬地將慕錦毅帶到身邊親自教養；只是一心掛念兒子的夏氏卻屢次偷偷慫恿年幼的慕錦毅撒潑耍賴，太夫人一怒之下下令不允許夏氏再接觸兒子，生生將母子隔絕開來。

只是，此事到底太夫人還是心有歉疚的，是故這些年來雖對夏氏教養子女的態度甚為不滿，但也沒有再出手干涉；若不是慕淑穎行為越來越出格，連一向被她教導「男子不干涉內宅」的慕錦穀也大為不滿，親自出聲讓她好好管教慕淑穎，或許她還未必會出手。

自慕國公府回來後，楚明慧一反過去總愛待在家中的常態，對來邀請她赴宴的帖子來者不拒，她不是拉著楚明嫻作陪，就是扯著楚明雅一道前往，目的就是盼著遇到慕淑穎時再刺她一刺，徹底把她撩撥起來，好讓她在夏氏面前鬧一鬧，說不定一向愛女心切的夏氏會為了女兒奮起爭取一番，徹底斷了兩家說親的可能。

只可惜，大半個月過去了，楚明慧都未能再見到慕淑穎。對此，她十分納悶，一向十分享受眾人追捧的慕淑穎什麼時候這麼安分了，居然接連推了好幾家的帖子，日日閉門不出。

雄糾糾、氣昂昂地衝上戰場，結果連對手的影子都沒有見著，楚明慧表示十分鬱悶，對這些閨閣小姐明裡賞花吟詩，暗裡爭風吃醋、互相攀比的宴會也沒了摻和的興趣，於是之後推了幾家小姐的宴請，每日只膩在陶氏房中逗弄越來越可愛的一雙幼弟。

陶氏本來還以為女兒看開了，願意出門結交些朋友，沒想到才過了半個月又打回了原形，心中一時詫異至極。

第十八章

京城醉仙樓，楚仲熙正與同僚對飲。

「楚兄果然好福氣，一下得了一對麟兒，來來來，兄弟敬你一杯。」

「周兄客氣了。」楚仲熙亦不推辭，舉起酒杯一飲而盡。

對方見他如此豪氣，不由得哈哈大笑。

兩人客套過後，周大人道：「沒想到皇上竟然派慕錦毅那小子領兵，這小子雖然功夫不錯，但畢竟沒什麼上戰場的經驗，讓他領兵……」

楚仲熙笑笑。「這些小打小鬧的，還犯不著用上朝中大將，像慕世子這種頗有些本事的年輕人最好不過了，就當是一番歷練。」

周大人點點頭。「說得也是，若是派大將去，說不定人家還覺得大材小用了；年輕人好，有些本事卻資歷尚淺，多多歷練，說不定將來就是軍中棟梁。」

楚仲熙笑笑也不接話，只端起酒杯又喝了一口。

兩人正閒話間，便聽外頭傳來一把有點氣急敗壞的聲音。「你也不過是個孬種，以前靠父兄，如今靠兒子……」

「那是我慕某人有福氣，年輕時有父兄罩著，老了有兒子護著，你老小子想要都想不來。」接著又響起一個有點洋洋得意的聲音。

周大人聽了不覺失笑。「這慕國公倒是個有意思的！」

楚仲熙一怔，循聲望去，見那得意地搖著扇子搖頭晃腦的中年男子正是慕國公。

「虧他看得開，若是既沒本事又愛抓權，慕世子就算再有本事也施展不開來。」周大人又笑著道。

楚仲熙點點頭。「周兄言之有理。」

名門貴族中才智平平卻又貪戀權勢之人不乏少數，像慕國公這種既有自知之明又不戀權的大家長確實不多見，關鍵是他本人心胸夠廣闊，旁人明裡暗裡地取笑他沒本事，他也完全不放在心上，照樣我行我素。

「你、你也別得意，說不定你兒子這一去就跟你父兄一樣，躺著回來！」對方被慕國公的神情語氣氣到了，開始有點口不擇言。

「你老小子說什麼？我兒子你也敢咒？」慕國公大怒，說他不要緊，左右他的確是沒本事的，父親、兄長在世時靠他們護著，父兄離去後幸得兒子爭氣，慕國公府才不至於後繼無人，如今對方竟然詛咒他最有本事的兒子！

慕國公越想越怒，掄起拳頭用力朝對方揮去……

對方沒想到一向笑嘻嘻任你怎麼罵都不在意的人竟然會動起手來，一個不注意便被擊中了右肩。

「你、你竟然敢打我？」對方也怒了，同樣掄起拳頭迎上來。

一時間，酒樓亂成一團。

楚仲熙兩人也沒想到事情竟然會發展到如今地步，一見場面開始失控，周大人連忙抓住圍欄，翻身一躍而下。「都給本官住手！」

這突然爆發且氣勢十足的大吼，一下子便把下面的人震住了，正拉扯間的兩人也不由得停下了動作。

眾人順著聲音望去，見一身便服的魁梧中年男子朝著這邊走來，仔細一看，竟然是黑面神京兆尹周大人！

兩人一驚，也顧不得動手了，急忙整整凌亂的衣裳，各自隨從也急忙上前幫忙整理扯歪了的頭冠。

「周大人。」慕國公率先上前討好地打招呼。與他對打的順邑侯府二老爺，人稱溫老二的中年男子也連忙上前拱手見禮。

周大人一臉正氣地道：「兩位也是大家公子，怎可帶頭鬧事擾民！」

「一場誤會，一場誤會。」慕國公不停地打著哈哈。

「什麼誤會！大人，明明是他先動手的。」溫老二不服。

慕國公見對方還死咬著不放手，也不禁惱了。「若你不口出惡言，我會揍你？」

「我難道有說錯？你父兄當年可不就是躺著回來的，你兒子……」

「溫二老爺慎言。」溫老二話未說完便被人打斷了。

扭頭一看，見晉安侯府二老爺——吏部侍郎楚大人踱步過來。

「慕世子尚未出征，溫二老爺就大放厥詞，這是要擾亂民心？我大商國難道還勝不了小小的西其人？」楚仲熙正色道。

溫老二聽他這樣一說，不禁有點慌亂了，這罪名可擔不起，若父親知道了還不剝了自己的皮？

「我、我可沒那個意思，只不過、只不過……」

「在下自然知道溫二老爺不是那個意思，只是這番話一旦傳揚出去，旁人會怎麼想就不得而知了。溫二老爺可曾聽過禍從口出？」楚仲熙好意地提醒。

「我，我……」溫老二結結巴巴地「我」了半天也說不出話來。

慕國公得意地掃了他一眼。「可不是，小心禍從口出，我兒必定會得勝歸來！」

「如今這事兩位打算如何處置？」周大人見率先挑撥的溫老二氣弱了，立馬將矛頭轉回到打架鬧事一事來。

「我們賠、我們賠，我們賠償店家一切損失，還請周大人網開一面。」兩人異口同聲地道。

周大人見兩人願意私了，也不欲多生事端，左右不過是一樁小事，若能和平解決自然最好，這些老紈袴最多不過鬧兩句口角，只要不鬧出大動靜來，他也懶得理會，嫌府衙事不夠多嗎？

於是他吩咐店家清點一下損失，再讓兩人立了字據，周大人便打發他們回去了。

慕國公府。

「世子爺，剛長喜來報，國公爺受傷了！」慕維急急推門進來，也顧不上行禮，直接對慕錦毅道。

「什麼？」慕錦毅大驚失色。「速帶我前去！」

慕維不敢耽擱，領著慕錦毅直奔慕國公外院的小書房。

「哎呦，你要痛死你家老爺啊？小心點。」剛走到門口，便聽到慕國公的痛呼聲。

「父親！」慕錦毅一把推開房門，直奔裡面去。

慕國公一見兒子進來，慌慌張張地就要把傷口遮住。

可慕錦毅是誰啊，三兩下就制住他的動作，順手把他身上的外袍撥開。

定睛一看，見慕國公後背、前胸全是一塊塊的瘀青。

其實慕國公只是身上有些傷，臉上卻完好無損，只因為這幾個老紈袴私底下也奉行打人不打臉的「君子之風」，畢竟他們也害怕被家人得知會有一頓責罵，是故慕國公雖受了傷也能一路無聲無息地回到府中來；若慕錦毅不是重生之後，出於避免將來那樁禍事的目的，提前將長喜送到他身邊伺候，今日也不會得知他受了傷。

「誰打的？」慕錦毅臉色一沈。

「兒子，沒事沒事，父親不小心摔的。」見兒子神情不對，慕國公急忙安慰道。

「摔的？」慕錦毅懷疑地望著他。

「哈……就是、就是摔的，老了，眼睛看不清楚，不小心摔的。」慕國公有點心虛地打著哈哈。

慕錦毅定定地望著他好半晌，才把手伸向拿著藥油垂手站在一邊的隨從長福。「把藥給我，你們都出去。」

「是。」長福雙手遞過藥油，躬身退了出去，慕維見狀亦跟著退了出去，並小心地關上門。

慕國公見兒子把藥油倒在手上，又對著手搓了搓，知道他要替自己上藥，便縮了縮身子。「這、這還是讓長福來做便好。」

慕錦毅不贊同地望了他一眼，慕國公縮縮脖子，不敢再有異議。

待上藥完畢，慕錦毅小心地幫他披好外袍。

「老大啊，這兵咱不帶了行不？讓別人去吧，咱一家人平平安安的就好。」慕國公輕輕側靠在靠墊上對慕錦毅道。

慕錦毅一怔。「父親為何這樣說？」

「你祖父與大伯父……唉！」慕國公長嘆口氣。「以往總想著要讓當初那幫狗眼看人低的傢伙知道，慕國公府還是當初威名赫赫的慕國公府，如今這麼多年都過去了，父親也不想那麼多了，名聲啊，權勢啊，哪比得上一家人平平安安、健健康康好。」

慕錦毅停下手中動作，眼眸裡閃著溫暖的笑意，父親終究還是那個最疼愛自己的父親，旁人總盼著兒子出人頭地，他卻只希望兒子一生平安順遂；無論旁人如何議論慕國公是怎樣不靠譜、沒本事，但在自己眼裡，他卻是世間上最好的父親，是小時候那個頂著自己滿府亂跑、爬樹的父親。

「父親放心，這只是一場小仗，目的是震一震這幾年越發猖狂的西其人，並不會有太大的危險。」慕錦毅安慰道。

「這……戰場上刀槍無眼，不怕一萬，就怕萬一啊！」慕國公還是不放心。

慕錦毅又溫言安慰一番，再三保證絕不會以身犯險。

慕國公見兒子這番模樣，也知道事情不可挽回，只是今日溫家老二那番話又讓他想起戰死沙場的父兄，心中一時有點惶恐罷了。他頓了頓，又不死心地道：「萬一，我說萬一有什麼危險，你一定要保住自己，打不過，咱就逃，千萬別學那些迂腐的搞什麼以死存義，留得青山在，不怕沒柴燒！」

慕錦毅眼中閃過一絲笑意，這才是父親，什麼大義在他眼裡都是狗屁，哪抵得過自家兒子一條命，難怪祖父生前總說他不是當官的料，真要當官也只能是個昏官。

「好，兒子答應您，一定平平安安、健健康康地歸來。」

陶氏坐滿了月子，又在楚仲熙的強烈要求下多歇了一個月，如今終於得到了夫君的赦令，能自由外出了。

想想大房即將出嫁的楚明婉及剛訂了親事的楚明婧，陶氏對自己寶貝女兒的親事也開始急了，雖說與慕國公府有了共識，但一日沒有落定總也安心不下來。

這日，陶氏接到點頭之交的方夫人所下的帖子，邀請她過府一聚，送帖子的婢女還傳達方夫人的話，說慕國公府兩位夫人皆會出席。陶氏一聽就明白了，想來兩家是要相看了，如今慕世子領兵遠赴邊疆，自然是自己帶著女兒一同前往了。

想明白後，陶氏欣然答應赴宴。

楚明慧也接到婢女的話，說二夫人要帶小姐一同往方府赴宴，讓二小姐好生準備。

楚明慧乍聽到消息也不甚明瞭，這方夫人是怎麼回事？從未聽過娘親與什麼方夫人有過深交，待又聽那婢女掩著嘴神神秘秘一笑，道了句「慕國公夫人也去」之後，楚明慧便明白這場宴請的目的了，敢情這是要相看呢！

只是，慕國公夫人夏氏也去？果然不出自己所料，夏氏在府中就算再沒話語權，作為慕錦毅生母的她，即使決定不了兒媳婦人選，但也得走走過場、裝裝樣子，如今可不就親自來「相看」了嗎？

她嗤笑一聲，想來夏氏現在心裡堵得很吧！上次慕淑穎肯定向她告狀了，如今這對母女對自己肯定是極為不待見的，可迫於太夫人的壓力還得出面訂下這門親事。

既然她無意，自己也無心，這正好，倒不如各人都如意。

「三姊姊，我也可以去嗎？」楚明嫻睜著大大的杏眼問。

「四妹妹想去嗎？」楚明慧不答反問道。

「嗯，方府我沒去過，不知他家的糕點味道比慕國公府如何。」楚明嫻沈思道。

「噗哧。」楚明慧忍不住笑出聲來。

「三姊姊！」楚明嫻嘟著嘴表示不滿。

「好好好，三姊姊不笑了。」楚明慧斂住笑意一本正經地道。

「那我就陪三姊姊一塊兒去吧！」楚明嫻決定了，片刻又問：「二姊姊也能和我們一起去嗎？」

楚明慧想了想，讓她一起去……也挺好的，看上次她對慕淑穎那股積極勁，若是見到更有決定權的夏氏，說不定會更加積極，反正自己對慕國公府無意，就助她一臂之力吧。

想到這裡，她點點頭。「自然也可以，就是不知道二姊姊願不願意與我們一同去。」

「不怕不怕，二姊姊肯定願意的，我親自去跟她說。」楚明嫻喜孜孜地道。

也不知楚明嫻到底是怎麼跟楚明涵說的，總之最後就是由陶氏帶著楚明慧、楚明涵與楚明嫻一起到方府赴宴。

「楚夫人。」

「方夫人，慕夫人，國公夫人。」

陶氏在婆子的引領下到方府正廳與方夫人袁氏、喬氏及夏氏相互見禮。

「這位便是三姑娘吧！」方夫人拉著楚明慧的手笑著問道。

「正是小女。明慧，還不見過方夫人？」陶氏叮囑。

「見過方夫人。」楚明慧依禮福了福。

方夫人笑著扶起她。

楚明嫻與楚明涵先拜見了方夫人，又與楚明慧一起見過喬氏與夏氏。

喬氏見到楚明慧自然又是一番親切詢問。

夏氏暗暗撇嘴，心中雖對楚明慧甚為不待見，可是出門前婆婆的再三警告還是讓她不得不裝出一副慈愛的笑容。

眾人又是一番客氣過後才依禮落坐。

楚明涵自見到夏氏後便不由暗暗心喜，得來全不費工夫，前些日子還苦惱著要如何接近慕國公夫人，沒想到今日就見著了；但，不是說二嬸是受了方夫人邀請的嗎？怎麼慕國公府兩位夫人也在？而且二嬸又怎偏要帶三妹妹一同前來？

再細細打量一下正拉著楚明慧說話的喬氏，見她滿臉笑容地對著楚明慧說著什麼，片刻又見慕國公夫人夏氏亦笑意盈盈地拍拍她的手背。

一個想法突然從她腦中冒出來，莫非慕國公府相中了三妹妹？

這想法一冒頭，楚明涵便有點坐立不安了，若是三妹妹嫁到慕國公府，父母是絕不可能再將自己送入慕國公府作妾的，晉安侯府從來沒有姊妹共事一夫的先例。

眼看著楚明慧一臉嬌羞地垂著頭任由慕國公府兩位夫人輕聲笑著說什麼，楚明涵將手中的帕子越擰越緊。怎麼辦？要怎麼做才能阻止三妹妹嫁入慕國公府？

楚明慧強忍著厭惡低頭作嬌羞狀，任由夏氏假惺惺地拉著她的手說些裝模作樣的場面話。

楚明慧正覺得自己的耐性就要到頭了，正想著找個理由離夏氏遠遠的，便聽得大門處傳來一把嬌俏的女子聲音。「母親，怎麼府裡來了好幾位姊姊都不叫女兒出來待客？」

她乘機抽回手，抬頭朝門口望去，只見一身穿領口對襟長褙子，下著淺紫紗裙，年約十二、三歲的姑娘款款而來。

方夫人有點歉意地朝眾人笑笑。「讓大家見笑了。」

陶氏等人連忙搖頭擺手。

那姑娘直接走到方夫人身邊，睜著一雙大大的眼睛好奇地望著楚明慧等人。

方夫人拍拍她的腦袋瓜子。「愣著幹麼，還不見過各位夫人及小姊妹。」

那姑娘笑嘻嘻地朝陶氏等人福了福，又直接跑到楚明慧身邊拉著她的手道：「我叫方青筠，姊姊叫什麼名字？」

楚明慧一怔，大概沒料到這姑娘如此熱情。

方夫人笑罵道：「潑皮猴，瞧把妳明慧姊姊嚇得。」

陶氏輕笑著提醒女兒。「那是方夫人排行第三的女兒。」

楚明慧急急起身見禮。

方青筠落落大方地拉著她的手，又向楚明涵與楚明嫻打過招呼，才對方夫人笑道：「母親，我與幾位姊姊到花園裡的小亭子坐坐。」

方夫人點點頭。「好生待客，可不能又胡鬧。」

方青筠拖長聲音應了聲，也等不及楚明慧三人行禮告退，便拉著她們直往花園裡去。

方青筠是個性情開朗活潑的女子，言行舉止落落大方，楚明慧與她聊了一會兒覺得這姑娘與自己脾氣相合，不由得心生親近之意。

方青筠上面有兩位姊姊，但年紀差得比較大，在她四、五歲的時候兩位姊姊就已經出嫁，府中僅剩她與一位庶妹。庶妹是個頗有幾分才情的女子，平日總愛捧著書冊靜靜坐在一邊看，方青筠與她相處不來，可府中又無其他姊妹，一時頗為遺憾；今日聽聞母親邀請了幾位夫人前來作客，同行的還有三位姑娘，早被庶妹悲秋傷春的詩句弄得鬱悶不已的方青筠一聽，便急急從庶妹院裡跑出來，直往正廳裡去。

如今見這三位姊姊，一個舉止可親，一個憨厚可愛，另一個雖話不多卻安安靜靜地坐在一旁，也不出聲打擾別人說話，一時間方青筠便如放出籠子的小鳥，興奮得嘰嘰喳喳說個不停，從東家姊姊做了首詩，欲與京城第一才女徐家大小姐比拚，到西家妹妹近日得了身霓裳館最新的紗裙，恨不得把自己知道的事一股腦兒說出來。

楚明慧笑咪咪地望著她嘰嘰咕咕地說個不停，時不時還點頭附和幾句，引得方青筠更興奮了，連自己六歲時在父親的畫上添了隻小烏龜並嫁禍給二哥的秘密都說出來了。

楚明慧有點哭笑不得，這姑娘也太實誠了點吧。

「哎呀！」方青筠突然驚叫一聲，然後陡地站了起來。

楚明慧以為她終於發覺自己無意中把自己出賣了，便聽她驚喜地道：「明慧姊姊是三小姐，我也是三小姐呢，我們都是排行第三的。」

楚明慧一怔，然後更加哭笑不得了。

「是啊，我與青筠妹妹都是三小姐呢。」

方青筠點點頭。「我認識這麼多姊妹裡面，就只有妳與我一樣是排行第三的呢！」想了想，又糾正道：「噢，還有慕國公府那位三小姐。」頓了頓，她有點嫌棄地撇撇嘴。「不提她，那慕淑穎討厭死了！」

楚明慧眼角掃到亭外不遠處被圍欄擋住的地方閃出一個身影，細細一看竟然是夏氏，便欲出聲提醒方青筠。

「那慕國公府三小姐怎麼啦？」楚明慧話還未出口，便聽原本一直不作聲的楚明涵開口問。

楚明慧一驚，不由得仔細觀察她，見她不動聲色地掃了一眼亭外，而夏氏的身影在她聲音響起後便一動也不動地停在原處。

楚明慧急了，也來不及去思考楚明涵意欲為何，就要阻止方青筠即將出口的話。

「青……」

「霸道又小氣，鼻孔朝天，看誰都像看螻蟻似的，彷彿這天下就她最高貴，別人都不如她！」方青筠一口氣將對慕淑穎的不滿發洩出來。

楚明慧大驚失色，這番話從自己口中說出倒也罷了，左右自己也不想討夏氏的喜，更不願自家一直與慕國公府聯繫過密，但從主人家方青筠口中說出就不妥了，說不定還會連累方家與慕國公府交惡。

「妳說什麼？方家果然好家教，堂堂嫡出小姐竟然在背後說他人是非！」夏氏滿臉怒容地從柱外閃出來。

方青筠一見她冒出來傻了眼，背後議論別人，卻被人家的母親當場逮個正著，天底下還有比這更倒楣的事嗎？

「國公夫人，方三小姐也是一時被人矇騙了，才如此誤會令嬡，還請夫人千萬莫怪罪。」楚明涵起身朝著夏氏走去，先朝她福了福，才柔聲勸慰道。

「受人矇騙？」夏氏餘怒未消，她好好的女兒怎能被人傳得那般難聽！

「方三小姐方才一直與舍妹說話，並不是有意……」楚明涵別有用意地道。

楚明慧眼神一冷，瞬間明白她的用意了，敢情她要把這罪名往自己身上推呢？夏氏本來就因慕淑穎而對自己不滿了，如今又聽楚明涵這似是而非的話，自然而然地就聯想到前不久剛與她寶貝女兒起過爭執的自己。

誤會便誤會吧，只要達到自己的目的便可，楚明涵，果真是自己的好二姊呢！

「楚三小姐果真好教養，前不久還義正詞嚴地教訓小女，沒想到自己背後卻如此卑鄙無恥，也不知妳小小年紀給太夫人施了什麼迷藥，竟然讓她欲聘妳為我兒正妻，還說什麼人品貴重，呸！如此下作之人也配說人品貴重？想來晉安侯府無人了吧！竟然把這樣的貨色送到我慕國公府上？快快把妳那小心思收起來，有我在一日，妳休想踏入我慕國公府半步！」

夏氏今日本就是帶著濃濃的怨氣而來，只不過迫於婆婆的壓力才裝模作樣了一陣子，原本她就對楚明慧十分不喜，方才又見她與喬氏親近；要說夏氏生平有三大怨，一怨長子被抱走，二怨不能掌中饋，三怨喬氏壓頭上，喬氏當年為世子夫人時便壓了她一頭，如今她都是國公夫人了，可在府中的地位還不如喬氏，難道將來娶進門的長子媳婦還要與喬氏親近？

想到這裡，夏氏心中越發不待見楚明慧，說出的話也越發惡毒難聽了。

「晉安侯府也忒會教養女兒了，前不久才把嫡女許給個門不當戶不對的破落戶，說什麼曾有婚約。呸，說不定是那賤丫頭自己爬床，如今又想把人往我慕國公府上送，當慕國公府是那等破落戶呢！想也別想，此等下作之人，也不怕弄髒……」

「弟妹！」夏氏話音未落，便被一聲怒吼打斷了。

夏氏一驚，理智瞬間回籠，臉色「刷」的一下全白了。完了完了，這下婆婆肯定不會輕易放過自己了……

第十九章

方青筠自夏氏痛罵出口時便欲上前替楚明慧辯解，可惜卻被楚明慧死死抓住右手，方青筠疑惑地望望她，不明白明慧姊姊被人如此冤枉了怎麼還不讓人替她說明真相。

楚明慧自然顧不上方青筠那點疑惑，她只是牢牢握住她的手，不允許她上前去替自己辯解，從剛才夏氏跳出來指責的時候，她就已經見到有婢女往正廳方向去了，是故她在等，等喬氏與自己娘親出來親眼目睹這一幕，夏氏罵得越難聽，娘親怒火就會越盛，只要娘親堅決反對，這一門親事也成不了。何況夏氏話中還牽扯了七妹妹楚明婧，以大夫人對女兒的維護之心，楚明芷不過是平日與七妹妹多有些小兒女爭端而已，前世都得到那樣的下場，更何況眼前這個明言詆毀她女兒的夏氏？

陶氏不同意，大夫人也不喜歡，只要大夫人在祖母面前稍稍挑撥一下，慕、楚兩家親事還能成？但凡對自家姑娘有一點愛護之心的人家，都無法接受這樣一個明言辱罵自家的姻親吧！

而且此事根本就是夏氏無故冤枉他人，若真相大白，慕、楚兩家即使斷了來往，慕國公府在自家面前也得低一下頭，畢竟錯在他家。

「弟妹！」隨著喬氏一聲怒吼，楚明慧露出一個不易察覺的笑容。

夏氏還未罵完的話便生生卡在喉嚨裡。

「慕國公夫人好氣性啊！」陶氏雙眼噴火，死死盯著夏氏。

「我晉安侯府的姑娘清清白白，如今竟遭人如此詆毀，堂堂一位國公夫人竟然如此無中生有，口出惡言，毀人清譽，不是貴府太夫人看走眼，倒是妾身有眼無珠。想來貴府吾等有眼無珠之人是高攀不上的了。明慧，還不向慕國公夫人道謝？旁人恐怕一輩子也得不到一品夫人的當面『教導』呢！」

楚明慧輕輕鬆開緊握著的方青筠右手，一步一步地走下亭子的階梯，直到了夏氏面前才停下腳步，朝著她恭恭敬敬地行了大禮。「多謝慕國公夫人賜教，明慧必將謹遵教導，絕不敢污了貴府門第。」

喬氏一見便急了，急急上前扶起楚明慧。「妳這丫頭說什麼呢？什麼叫污了門第？快別這樣說了。」

言畢又拉著陶氏的手誠懇地道：「楚夫人，都……」

「慕夫人不必多言，之前商議之事就此作罷。」陶氏直接打斷她的話。

喬氏急得還想再說什麼，便聽身後方青筠清脆的聲音響起。

「慕國公夫人，此事都怪小女子，與明慧姊姊毫無關係。」

一直在旁邊不作聲的方夫人一聽便大吃一驚，急忙拉過女兒的手問：「妳說什麼？」

方青筠便清脆地將事情經過一一道來，末了又對夏氏請罪。「事實便是這樣，與明慧姊姊沒有任何關係，都是小女子口無遮攔，才引致這場誤會；小女子方才就打算道明真相的，可明慧姊姊愛護小女子心切，不願再生事端，還請夫人莫再怪罪明慧姊姊，所有的過錯與責罰小女子願一力承擔。」

夏氏一聽，臉色又白了幾分，若是對方有錯在先，自己回去就算被婆婆責罰也不會太過於嚴重，如今……

喬氏這下也明白了，又驚又怒地死死瞪著夏氏，恨不得上前劈開她的腦袋，看裡面都裝什麼，如此不分青紅皂白就口出惡言之人竟然是位國公夫人！

陶氏冷笑一聲，親自扶起方青筠道：「妳明慧姊姊愚鈍些，多受點教導也是應該的，三小姐不必放在心上。」

夏氏臉上又青又白，張口結舌的也說不出話來。

方夫人恨鐵不成鋼地瞪了女兒一眼，滿懷歉意地對夏氏道：「慕國公夫人，都是妾身教女無方，才導致今日一場誤會，來日妾身親自上門賠禮道歉。」

楚明涵見事情到了如今這地步也有點始料不及，雖然高興楚明慧與慕錦毅的親事作罷，但對兩府交惡又有隱憂，尤其是方才慕國公夫人言語中還牽扯上楚明婧，若嫡母知道……還可能把自己許給慕國公府嗎？

她原本計劃著讓夏氏對楚明慧心生不滿，從而拒絕聯姻一事，卻並不知道在慕錦毅的親事上，夏氏其實根本作不了主，而且不用她多此一舉，夏氏原就對楚明慧不待見，如今她這橫插一腳只不過是如了楚明慧毀親之願。

一想到自己先是毀了與林家的親事，現在又如願毀了三妹妹與慕世子的親事，如果最後自己進不了慕國公府門……

想到這，楚明涵不由得打了個寒顫。

「國公夫人，此事都怪舍妹未能及時說清楚，才引致如今地步，還請夫人莫要怪罪，兩府原就是親戚，若是因這一小事生了嫌隙，那豈不是惹人笑話？」楚明涵也顧不得思考太多，只要想到自己可能竹籃打水一場空，便不由起了破釜沈舟的勇氣，直接越過陶氏等人親自對夏氏行禮道。

陶氏有點不敢置信地望著這個往日瞧著溫柔安靜的二姪女。

楚明慧暗自冷笑。二姊姊大概是急了，急得都忘記自己身分了……

「對對對，不過一樁小事，不不不，只是一場誤會、誤會……」見有人給自己開脫，夏氏對來人送上個感激的眼神。

楚明涵羞澀一笑，有點不好意思地站立一旁。

「二丫頭。」陶氏冷冷地喚了她一聲。

楚明涵剛還得意歡喜的心情瞬間回歸現實，心也「怦怦」地跳個不停。壞了，一時心急竟然犯了此等不應犯的錯。

「二嬸嬸。」楚明涵忐忑不安地走到陶氏身邊。

陶氏冷然地掃了她一眼，轉身對著方夫人道：「今日之事讓夫人見笑了，妾身改日再親自上門賠禮。」

方夫人連道不敢。

陶氏也顧不得滿臉焦急欲賠禮道歉的喬氏，直接帶著楚明慧姊妹三人告辭回府了。

回到晉安侯府，陶氏吩咐三人各自回房，自己便直接到太夫人院裡去，將今日發生的一切詳細地向太夫人回稟。

太夫人聽罷又驚又怒，一掌拍在靠椅扶手上。「簡直欺人太甚！」

一旁的大夫人也是滿臉怒色。

「媳婦也認為慕國公府的確是欺人太甚，是故已經直接表明了兩家親事作罷的態度，還請母親原諒媳婦自作主張。」陶氏誠懇地跪下請罪。

「妳做得對，我晉安侯府嫡出小姐如此遭人作踐，難道還要送上門去再受辱？兩家親事不必再說！」太夫人怒道。

陶氏起身行禮告退前偷偷地朝大夫人打了個眼色，大夫人心領神會，也起身告辭。

「大嫂，請恕妾身多事，只是如今大丫頭與七丫頭親事都訂下來了，二丫頭年紀不小了，親事也應該早些落定才是。」陶氏對著大夫人道，片刻，又意味深長地說：「而且，晉安侯府可從來沒有姊妹共事一夫的先例……」

大夫人臉色青紅交加，強笑著道：「多謝弟妹提醒，二丫頭的親事我早有決定。」

「那就好。」陶氏點點頭，向她福了福便往自己院裡去了。

「夫人，二夫人這話是什麼意思？什麼姊妹共事一夫？」紅繡疑惑地上前問道。

「若不是那小賤人做了什麼噁心她的事，她會多管閒事？妳派人細細詢問今日跟隨二夫人一同往方府的下人，看看那小賤人到底做了什麼事！」大夫人陰狠地道。

「奴婢這就去。」

幾個時辰之後，紅繡將查到的事細細向大夫人回稟。

大夫人冷笑。「果真是不知廉恥。」頓一頓，又聯想到之前一事，她恍然大悟。「我道她是瞧不上林家才設計了那樣一齣戲，沒想到原來是看上了慕國公府的世子爺，心倒是挺大的，也不想想自己的身分！」

而楚明涵自回到府中就一直忐忑不安，陶氏之前那意味深長的一眼讓她有股不祥的預感，今日自己還是太急切了，只要一想到她忘了身分場合不顧一切地對夏氏示好，如今雖是入了夏氏的眼，可也讓二嬸起了疑心，若她把今日之事對嫡母提起……

她越想越不安，若嫡母知道自己對慕世子起了不該起的心思，萬一她聯想到七妹妹與林家的親事，會不會直接懷疑到自己頭上來？

陶氏自太夫人那兒回到自家院子，便喚來楚明慧。

「囡囡，妳告訴娘，今日之事妳是不是有意的？」陶氏盯著楚明慧雙眼直接問道。

楚明慧一驚，下意識就要開口反駁，但見陶氏直直地盯著自己，喉嚨裡的話無論怎麼都吐不出來了，只能沈默地低下頭。

陶氏了然，知女莫若母，女兒若要阻止慕國公夫人口出惡言也不是沒有辦法，可是她卻安安靜靜地站在一邊任由對方痛罵，若說不是有意的，恐怕連她自己都騙不過自己。

陶氏暗嘆口氣。「妳是不是不願嫁入慕國公府？」

楚明慧沈默了片刻，才緩緩地點點頭。

「慕世子是入了妳祖父母的眼，妳爹爹對他也頗多讚譽，娘親瞧著他也是個良配，假若今日不是見識到慕國公夫人的為人，無論妳再怎麼不願意，娘親都不可能替妳回絕這門親事的，妳可明白？」

楚明慧點點頭，她就是再明白不過才自己設計毀親，爹娘再疼愛自己，也不會任由自己無緣無故地拒絕一門得了長輩認同的親事，難道要自己跟他們說，慕錦毅將來會辜負自己，慕淑穎會害得自己終身無子，而夏氏最終會謀了自己性命？恐怕此話一出，他們會以為自己為了退親而胡言亂語。

至於娘親認為慕錦毅是良配，不錯，即使他前世三妻四妾，但旁人看來也是天經地義，正妻無所出，納妾是正道；而且他也不寵妾滅妻，正妻無寵，可妾室一樣無寵，至於說他對妻子不聞不問，可自古以來男主外、女主內，男子若過多干涉內宅是要被人恥笑的，嚴格說起來，說他是良配也不全錯。

可是，自己重活一世，只希望能平靜過一生，難道還要重陷入那泥潭裡掙扎一輩子嗎？

而夏氏回到府中如何承受太夫人的怒火，楚明慧一點也不關心，雖然因私自作主毀親一事被陶氏教訓了一頓，但只要一想到今生與慕國公府再無半點瓜葛，她便十分開懷，對陶氏那點教訓也完全不放在心上，只覺得到現在她才算是真真正正地重生了，前世種種悲歡離合、恩怨情仇都徹底地化成一縷青煙離她而去了。

對於將來的親事，楚明慧一點也不擔心，完全任由父母作主，只要對象不是慕錦毅，任他是誰家男兒，她都能平平靜靜、安安穩穩地度過餘生。

慕錦毅趕赴邊疆後，帶領兵士連續擊退好幾次西其人對邊疆民眾的騷擾，又親自率領士兵一舉殲滅幾個強盜團夥，徹底踹了他們的老巢，短短不到三個月的時間就使得邊疆民眾飽受盜賊與外敵騷擾的情況得到了好轉。

這日，慕錦毅與守城的將領交接了手頭上的工作後，就帶著兵馬啟程回京覆命。

馬不停蹄地趕了好幾日路來到金州一帶，見兵士馬匹都勞累不堪，他便下令暫且休整半日。

「世子，前方有條河，屬下去取些水來？」近身侍衛劉通建議。

「不必，我親自到前面看看。」慕錦毅搖搖頭，轉身又吩咐屬下看守營地，便帶著劉通往前方小河走去。

待痛快地喝了好幾口水，他才感覺舒暢了不少。

他洗了把臉，正欲整整衣袍，便聽到女子的怪責聲。「看吧，都怪你眼皮子淺，若不是得罪了崔家小娘子，說不定咱家大虎也能跟著崔娘子到京城唸書了。」

「崔騰浩那小子忒沒意思了，當年若不是老子救他一條小命，他如今哪能那樣風光地當舉人老爺。」接著又是男子不滿的聲音。

崔騰浩？聽到這熟悉的名字，慕錦毅便制止了欲出聲驅趕閒雜人等的劉通。

「呸，你還好意思提當年？若是當年你救他一命之後，不把他們家所有值錢的東西搜刮走，這會兒咱家也能沾點他們的光。你沒看到，上回來的那幫人，就是護送崔娘子上京的那幫人，那穿著用度啊，哎喲喂，夠咱家全家老小用好幾年了。」女子又道。

「那些人是怎麼回事啊？崔騰浩哪來的錢請人護送崔娘子上京啊？」

「你懂什麼？京裡貴人多，說不得他入了貴人的眼。你瞧來的那人，那氣度，比縣太爺還要強些，說不定是什麼王府、侯府裡得臉的管事。」

「還王府、侯府的管事哩！」

隨著兩人的聲音越來越遠，慕錦毅神色越來越凝重。

崔夫人是被人護送著上京尋夫？到底是崔騰浩人脈廣還是有其他內情？只是，從前世他的騙婚可知，他根本不會希望崔夫人上京，這樣說來那幫人就不可能是他請來的，那到底是怎麼回事？

前世並無她上京這一齣啊！什麼人才會希望她這樣一位普普通通的婦道人家上京呢？

慕錦毅越想越覺得心驚，一個不祥的想法就要冒出來了，他死死壓抑住自己不要再胡思亂想，只是一顆心卻無論怎樣也平靜不下來。

接下來的日子，慕錦毅下令加速趕路，自那日聽了那兩人的話後，他總覺得有些自己承受不住的事情要發生了，只盼著回京的路程再短一點，行軍速度再快點……

又過了大半個月，慕錦毅終於帶著兵士趕回了京城，待他向當今皇上覆命，又交接好人馬，婉拒了幾位同僚的邀請，便馬不停蹄往家中趕。

回到府後也顧不得沿路向他請安問好的下人，先急急洗漱一番，就喚來慕維細細詢問他不在府中這段日子可曾發生什麼事。

慕維吞吞吐吐地將慕淑穎被移居太夫人院落，夏氏得罪晉安侯府，兩家親事告吹的事詳述了一遍。

待聽到「兩家親事告吹」六個字後，慕錦毅腦袋便「轟」的一下炸開了！

親事告吹？那他謀算了這麼久都為了什麼？

「娘親到底做了什麼而令親事告吹？」慕錦毅死死盯著慕維，一字一頓地問。

慕維低頭小聲道：「奴才不知，只是聽說夫人惹惱了楚二夫人，還把整個晉安侯府都得罪了，具體是因何事便不得而知，太夫人嚴令府中不得再談論此事，世子爺要知內情，不如問問大夫人？」

慕錦毅強自壓下心中急怒。「太夫人與大夫人可在府中？」

「太夫人帶著大小姐到廟裡上香了，大夫人還在府裡。」

慕錦毅越過慕維，抬腳急往大夫人院落方向而去。

「大伯母。」慕錦毅滿臉焦躁地喚了喬氏一聲。

喬氏一見他進來，雙眼一紅，滿臉羞愧地垂首道：「大姪兒，大伯母對不住你，慕、楚兩家的親事……」

「大伯母，到底發生了什麼事？為何說是母親得罪了晉安侯府？」慕錦毅也顧不得勸慰她，直接將心中疑惑問了出來。

喬氏便將那日發生的事詳細地對他說了一遍。

慕錦毅一個踉蹌，差點站立不住。他沒想到自己苦心經營了那麼長時間，如今只不過稍稍離開幾個月，回來一切都徹底脫離了他的掌控，而且這個毀了他苦心經營之人不是別人，正是他的親生母親！

他跌跌撞撞離開喬氏房裡，直奔夏氏院落去。

慕錦毅來到夏氏院裡，一把推開欲行禮問安的婢女，又用力推開夏氏房門，大步踏了進去。

進門便見夏氏滿臉憔悴地坐在房中央的圓桌旁，一見到他進來便露出驚喜的神情。

「毅兒，你幫幫母親，母親並不是有意的，只是一時被怒火遮了眼，你幫母親向你祖母求求情，最多我親自到晉安侯府去向楚三小姐提親！」夏氏直撲過來一把抓住他的手臂，哀求道。

慕錦毅失望地望著這個給了他生命的女子，久久說不出話來。

「毅……毅兒？」夏氏被兒子那陰沈的表情嚇到了，期期艾艾地喚了他一聲。

「妳以為晉安侯府是什麼地方？楚三小姐是什麼身分，能讓妳想要就要的？堂堂侯府嫡女遭人如此羞辱，怎可能……」慕錦毅合了合雙眼，把眼中淚意逼回去。

「母親，我真的是妳親生兒子嗎？」

「你這話是什麼意思，你不是我親生的還能是哪個生的？」夏氏惱了。

「若我是妳親生兒子，怎麼妳就見不得我幸福呢？妳毀了我這一生的希望，妳可知道？」慕錦毅紅著眼，死死盯著夏氏，字字控訴，句句悲戚。

夏氏被他眼中的怨恨驚得連連退後幾步。「你這是什麼話，我哪裡就毀了你一生希望？」

「在妳眼裡，除了權勢，就只有三妹能入得了妳的眼，若我今日不是世子，妳可還會多望我一眼？妳怨恨祖母將我奪走，痛恨大伯母得祖母歡心，妳不滿身為國公夫人卻掌不了國公府的權，甚至還不如大伯母在府中說得上話，妳怨的、恨的都是旁人對妳的不公，但妳可曾反思過自己，為何祖母要將我抱離妳身邊？為何她寧願親自管家也不願將權力交到妳手上？為何眾人覺得大伯母比妳要可靠？」慕錦毅步步緊逼，將夏氏心底最深處那些怨恨不滿全倒出來。

「你、你胡說！」夏氏被他說中心事，不由得下意識反駁。

「我倒寧願是自己胡說！」慕錦毅深深望了她一眼，轉身往門外而去。

夏氏望著他的背影喃喃地道：「我沒有……」

慕錦毅從夏氏房裡出來後便回到自己的內書房裡，把收藏的畫冊翻出來，小心翼翼地攤開，輕輕撫摸著畫上或微笑或嬌嗔的女子，心中那股絕望一點點湧上心頭。

若此生與她再次錯過，那他重活一世又有何意義？或許前世就不應該瞞著她外頭的事，更不應該只顧著賭氣，顧惜臉面，自己做事不坦白，哪能怪她對自己不信任？一步錯便步步皆錯，前世悲劇固然有母親與三妹的錯，但始作俑者卻是自己，她們能傷明慧三分，自己卻傷了她七分。

如今將一切的錯歸咎於母親頭上又有何用？

是自己缺乏魄力，不僅辜負了妻子的情意，還辜負了祖母的殷切期望，前世自己扔下一切，估計就連九泉之下的祖父也對自己極為失望吧？

恍恍惚惚中耳邊似是響起幾個聲音……

「毅兒，慕國公府的擔子便全交託予你了，唯願你繼承你祖父遺志，光耀我慕氏一族門楣，以慰你祖父在天之靈。」

「你乃堂堂慕國公府世子，如今竟為了一女子一蹶不振，你就算再痛苦，她也活轉不過來！」

「祖母，妳答應過我的，妳答應過替我照應她的……」

「我難道還不夠照應她？是她，一味沈浸在兒女私情當中，自怨自艾，諸事不理，才落得如此下場！還有你，堂堂男子漢卻被個婦人綁住手腳，早知今日，我當初就不應該聘這禍星進門！」

「世子爺，太夫人回來了，讓您去一趟。」慕維小心翼翼地推開書房門，試探著回道。

慕錦毅緩緩將畫軸捲起，如待珍寶般將它們放回原處，這才慢慢地從椅子上站起來，默默越過慕維朝門外走去。

慕維見狀急忙跟上前去。

太夫人細細詢問了這次領兵的事，慕錦毅也只是挑了些好話來說，當中的艱險卻隻字不提。太夫人自然知道自己這個孫兒是個報喜不報憂的，只是如今見他平安歸來也放下了這段日子一直懸著的心。說到底，如今的慕國公府全靠這個孫兒撐起來，若他有個什麼不測，慕國公府的榮耀也就到頭了；二孫子是個庶出，就算不看他的身分，單憑他那點能力還不足以支撐整個國公府，三孫兒就更不用說了，完全被老二媳婦寵壞了，活脫脫一個小霸王，日後不給府裡招禍她就心滿意足了。

「還有一事，是關於晉安侯府的，你若有空便親自到侯府去替你母親賠禮道歉。」太夫人斟酌了片刻，還是將夏氏的事對慕錦毅說了。

自那日夏氏闖禍後，太夫人為了緩和兩家的關係，親自到晉安侯府向侯府太夫人道歉，侯府對她甚為禮遇，言行中也看不出什麼不滿，但太夫人卻清楚，正是這種過分的客氣才充分表示了侯府的不滿，雖遺憾兩家好不容易拉近的關係如今全泡了湯，但也無顏再提什麼親事，畢竟人家侯府嫡女可不愁嫁，沒必要綁死在慕國公府上。

「如今晉安侯府二老爺深得聖意，祖母本想著聯姻的話能給你添幾分助力，只可惜……」太夫人長嘆一聲。

慕錦毅沈默不語。

太夫人與他說了一會話，便讓他回去了。

第二十章

次日，慕錦毅親自上門替生母向晉安侯府賠禮道歉，太夫人等長輩自然不會為難他，一如既往的客氣周到，只是言行舉止間卻沒了以前的親切。

而一向與他交好的楚晟彥就沒什麼好臉色了，慕錦毅心知他對自己恐怕也有了微詞。這叫什麼？母債子償吧，誰讓闖禍的人是自己生母呢？

慕錦毅又央求凌佑祥作中間人，主動約了楚晟彥好幾次，而且態度誠懇，言語中又充滿濃厚的歉意，楚晟彥冷了他幾次後也慢慢緩和了臉色，畢竟此事並不是他的錯。

見楚晟彥態度有所緩和，慕錦毅才暗暗鬆了口氣，如今兩家親事雖暗裡表態著就此作罷，但只要楚明慧一日沒訂下親事，自己就還有挽回的機會，雖然過程會比之前更為艱難些，但總好過後半生又處於遺憾悔恨當中。

這日，他與楚晟彥等人小聚過後，便有點醺醺然，推開欲攙扶他回屋的下人，獨自一人慢慢朝自己院落方向走去。

慕錦毅剛走到院門，便聽到院裡傳出慕維有點疑惑的聲音。「那不是叫憶苦樓嗎？」

「什麼憶苦樓，那是馨華樓。你小子年紀輕輕的居然腦子這樣不好使。」接著便是侍衛劉通有點鄙視的聲音。

「可……可是楚三小姐說了那叫憶苦樓，因太夫人為了訓導少爺、小姐們不要忘記早些年那些艱辛，她還說是從大小姐那兒聽到的。」慕維更疑惑了。

「怎麼可能，我怎麼從來不曾聽過這事？明明還是叫馨華樓啊！」劉通被他言之鑿鑿的話也弄得有點糊塗了。

外頭的慕錦毅一聽，腦袋像被轟炸了一般，整個人如墜冰窟。

憶苦樓？楚三小姐？

現在明明還是叫馨華樓，憶苦樓這名字是一年之後祖母生辰那日才改的，大堂姊又怎麼可能會對明慧說出那樣的話來？

霎時，晉安侯府那對前世本沒有的雙生子、崔騰浩夫人上京一事，還有唐家京郊莊園那晚楚明慧恍若怨恨的眼神便交替在他腦海中閃現。

若現今的明慧也是重生的……那，一切便能說得通了！

可是，倘若現今的明慧也如他是重活一世，那……那她還有可能再接受自己嗎？

想到這，那種前所未有的絕望感洶湧地向他襲來。以明慧的性子，就算對自己不再有恨，可要重新接受自己也是絕無可能的吧？更何況……

慕錦毅一個踉蹌，一下子就跌倒在地上。

裡面的兩人聽到響聲，急急跑出來一看，見是自家世子爺，連忙上前來扶起他。

「憶苦樓也好，馨華樓也罷，從今以後不許你們再對任何人提起，尤其是憶苦樓三個字，你們現在開始就把它徹底爛在肚子裡。」慕錦毅強穩住心神，各望了兩人一眼，沈聲道。

「是。」兩人連聲稱是。

「下去吧，我要一人靜一靜。」推開兩人扶著他的手，慕錦毅跌跌撞撞地往屋裡去。

慕維有點擔心地望著他的背影，總覺得今晚的主子有點不大對勁，他雖然擔心，但也不敢違逆主子的命令。

兩人對望一眼，又再望望前方剛合上的房門，便各自散去了。

慕錦毅在書案前坐下，強按下心中的驚懼與絕望，一遍遍地替那些異樣之事尋找合理的解釋，可無論怎樣解釋，最終還是只有一個結論，那便是如今的楚明慧正如他一般，是死過一次又重活回來的楚明慧，是前世被他辜負過、死在後宅中的楚明慧。

在這之前，他為聘娶楚明慧所做的種種努力，無一不是以「重新開始」為前提，是故他才能那般自信滿滿地認為她是逃不掉的，這一生，這世上，再無人能像自己那般珍惜她。

可是，倘若重生並不是感情的重新開始，而是怨恨的延續，那又當如何？

慕錦毅大口大口地喘著氣，那排山倒海般的悲切與絕望，正如前世他護送岳父往流放地回來後得知妻子離世那般，彷彿未來全是一片陰沈沈的看不到一絲光亮，忍了那麼久，努力了那麼久，可最想要的、最想護的卻留不住。他以為重活一世後萬事均能掌握在自己手中，所以他一步一步地接近楚晟彥、謀算陶博綸，繼而打入晉安侯府內部，進一步謀得侯府長輩們的認同，這一切也如他預期那般，只是最後的結果卻是他始料不及的。

如果是重活過來的明慧，她怎麼可能眼睜睜看著自己又被嫁到慕國公府來，這樣想來，之前兩家親事作罷說不定也有她的謀算在內，母親想來是被利用了。

慕錦毅越想越絕望，枉費他以為憑自己之前在晉安侯府打下的基礎，只要再誠懇一點、積極一點，那重議兩家親事也並不是沒有可能，如今……

他實在是太自以為是了，自以為重活一世便能扭轉前生悲劇，自以為憑他的身分地位加上滿腔熱情，楚明慧仍會如前世最初那樣與他做一對恩愛夫妻，曾經失去的幸福能再回來。

如今殘酷的現實狠狠給予他最沈重的一擊，徹底讓他從那些美好的臆想中清醒過來。

「妳下去歇息吧，今晚不用妳值夜，有外頭的丫鬟在便可。」楚明慧輕柔地梳著滿頭青絲，側頭對著正替她整理床鋪的盈碧說道。

「哎，那奴婢就先下去了。」盈碧點點頭，將錦被鋪好，然後福了福便退下了。

楚明慧將桃木梳子放回妝匣裡，朝著雕花大床走去。

時間一點一點地流逝，遠處隱隱傳來打更聲，一下、兩下、三下……

她在床上翻來覆去怎麼也無法入睡，總感覺有點心神不寧，隔著帷幔透進來的點點燭光，照得她更是心煩不已。

正煩躁間，突然發現帷幔處映出一個人影來，她嚇了一跳，一把坐起來把帷幔一掀。

「誰？」

帷幔掀開後，只見一高大的身影靜靜立於梳妝檯旁，她強壓下心中那股想大聲尖叫的恐懼，努力朝來人望去……

見那身影赫然是慕國公世子——慕錦毅！

「是你？」楚明慧十分詫異，但心中那股恐懼倒是消失了，隨之而來的是深深的惱怒。

「慕世子當真是好教養，三更半夜的私闖女子閨房，你到底意欲為何？」生怕驚動守夜的丫鬟、婆子，從而惹來不必要的麻煩，她壓低聲音怒聲質問道。

慕錦毅癡癡地望著她，久久不語。

楚明慧見他不說話，心中不由得更惱怒了。「你再不走，就別怪我不客氣了！」

「明慧，這一生我一定會好好待妳的，妳莫要拒我於千里之外可好？」慕錦毅壓下心中那些絕望感，垂死掙扎般替自己爭取最後一絲希望。

「你到底要做什麼？再不走的話……」

「她們都睡著了，聽不到的。」慕錦毅低低地出聲打消她的顧慮。

楚明慧暗自鬆了口氣，但瞬間又怒上心頭。「慕世子，你到底來這做什麼？難道在你眼中我就是那等可以隨意被人輕待欺辱之人……」

「不！」慕錦毅急急打斷她的話，喃喃道：「妳怎會是那等女子……」

「那你今夜如此作為又是為何？」楚明慧更怒了。

「我只是、只是求妳莫要拒絕……我今後一定會好好待妳，絕不會像過去那般……」慕錦毅再不抑制內心深處那濃濃的愛戀，任它在眼中流淌。如今的他，像是最後一搏的賭徒，贏了，他便會是這世上最幸福之人；輸了，等待他的只會是再不見光明的未來。

楚明慧強自壓下心中的厭煩，忽略了慕錦毅話中的深意。「我不懂你為何一再糾纏於我，就算你我兩家之前曾有意結親，但如今兩府再無此意，你說的那些話我不想追究，只求你今後離我遠遠的，不要在我生命中出現。」

楚明慧這話如同壓死駱駝的最後一根稻草，徹徹底底斷了他那微薄的希望。

慕錦毅感到整顆心如同被鈍刀割著般，一點一點的痛深入骨髓，再慢慢傳遍全身。

果然如此！重活一世的明慧哪會輕易原諒自己，前世種種她都不願再想，只求自己離她遠遠的，永不要出現在她生命裡。在這一場恩怨情仇中，她早就放下一切走了出來，唯留下自己在原處糾結，並且妄想著把人挽回，塑造一個想像中的幸福未來。

兜兜轉轉，原來走不出的只有自己！還能再說什麼？還能再期盼什麼？慕錦毅慘然一笑，一滴豆大的淚珠落到地上。

「是在下唐突了！」言畢，他深深地再望了一眼這個愛了兩世、遺憾了一世，未來也許還要再遺憾一生的女子，然後輕輕推開窗門，縱身一躍，便消失在黑暗當中。

楚明慧定定地望著窗外他消失的地方，久久都無法從方才慕錦毅那滴淚珠帶給她的震撼中回過神來。

慕錦毅，他，哭了？軍中鐵漢慕錦毅，竟然哭了？

她也不知為何，突然覺得有一股沈重的壓抑感壓得她渾身無力，頹然跌坐在床上，只覺得心裡慢慢地透出一絲絲的酸澀感，並且這酸澀感越來越濃，濃烈到讓她有種喘不過氣來的感覺，眼前的一切越來越模糊……

她伸手往臉上一擦，感覺手上一片濕，然後一大滴一大滴的淚珠滴落到衣服上，渲染出些許水痕。

她拚命擦去不斷洶湧而出的眼淚，不清楚自己為何會這般模樣。

「為什麼要哭呢？我到底在哭什麼呢？」她一邊擦眼淚一邊不斷地在反問自己。有什麼好哭的，今生不是早就決定離他遠遠的嗎？如今眼看這希望就要成真了，難道不應該高興嗎？還哭什麼？到底在哭什麼？

另一頭，慕錦毅從楚明慧房裡出來後，一路疾奔著往城西樹林中去，街上巡邏著的兵士只覺一股涼風迎面撲來，似有什麼從自己身邊一閃而過，待要定睛細看時，卻什麼也沒看到。

慕錦毅直衝進樹林中，一棵棵高大的樹木急速從他身旁閃過，直到不遠處出現一條清幽的小河，他縱身一跳，直接躍進河裡。

冰冷的河水慢慢淹過他的頭頂，他沈入河中，無聲落淚……

偶爾漂來的幾株水草輕輕掃過他的臉，像是要把他眼中湧現的淚水抹去一般。

「世子爺能耍得了銀槍，舞得動大刀，卻偏偏用不得我這小小眉筆。」

「連夫君都敢取笑，簡直是反了妳！」

「左邊的是妳，右邊的是我，中間這幾個分別是咱們以後的老大、老二、老三和老四！」

「你當我是豬呢？一胎能生好幾個。」

「等咱們以後老了，就把爵位扔給兒子，咱們老倆口只管去踏遍千山萬水，看盡天下風光。」

「哪個跟你是老倆口，也不怕人聽了笑話！」

「自然是我的世子夫人……」

……

前世那些恩愛甜蜜不停在他腦中閃現，一幕又一幕，曾經有多幸福，如今就有多絕望！這一生，或許他就只能抱著前世那些美好的回憶在無盡的悔恨中度過這漫長歲月。

如今想想，當初那些為聘娶明慧所做的謀算是多麼可笑，難怪她每次見自己都是一臉不耐，虧自己自負聰明，卻屢屢自欺欺人，從不敢深究對方態度蘊含的深意，仍一意孤行上竄下跳，做盡了讓她厭煩不已之事。

寂靜的樹林中偶爾響起一陣蟲鳴聲，陣陣清風吹過，樹葉沙沙作響，似是為他奏著一曲關於求而無門、愛而不得的悲傷樂曲。

慕維靠坐在榻邊，左手肘撐在大腿上，手掌托著一點一點的腦袋在打著瞌睡。

「嘎吱」的一聲開門聲徹底把他驚醒了，順著聲響望去，見原本應該在屋裡睡覺的主子居然渾身濕淋淋地從門外走進來。

慕維以為自己看錯了，使勁揉揉眼睛，再定睛一看，見來人果然是他的主子慕錦毅。

「世子爺，你怎會從外頭回來？」顧不得其他，慕維從地上爬起來，連忙迎上前。

慕錦毅也不搭理他，直直往耳房裡去。

「世子爺，裡面沒熱水，奴才讓人給你燒些熱水來？」慕維急道。雖說如今天氣不算冷，但夜晚氣溫比白日裡還是要低上許多的，這時辰用冷水的話說不定會染上病來。

「不必了。」慕錦毅從裡面應了一句，接著便聽裡頭傳來「唰」的一下沖水聲。

慕維急得直跺腳。「哎呀，這怎麼行，萬一有個好歹，太夫人還不剝了奴才的皮！」

正著急間，又聽裡面傳來幾聲「唰唰唰」的沖水聲。

慕維也顧不得其他了，直接往耳房裡衝進去。

一進去便見慕錦毅手裡拿著個木勺子，勺子裡裝滿了水，正舉到頭頂上。

慕維阻止不及，眼睜睜又見他右手微動，勺子裡的水便「唰」的一聲從頭落下。

「世子爺，不要再沖了，當心著涼，您就算是不為自己著想，也得為太夫人與國公爺想想，若您有個好歹，他們可怎麼辦啊！」慕維急忙上前死死抱著他的右手，生怕他又是舀起一勺冷水沖下去。

慕錦毅也不在意，任由他奪去手中的木勺。「替我更衣吧。」

慕維見他不再像不要命一樣使勁沖冷水，不由得暗暗鬆了口氣。「奴才命人給您做碗薑湯……」話音未落，便見主子理也不理他就往外走去。

慕維急得又跺了幾下腳。「哎喲，這到底鬧的是哪一齣啊！」

生怕對方做出什麼不顧身子的事來，他只好快步跟上去。

進到裡間便見慕錦毅正坐在榻上有一下沒一下地絞著頭髮。

「世子爺，還是先更衣吧，當心著涼。」慕維翻出乾淨的衣服，雙手捧到他面前，低聲說。

「嗯。」慕錦毅輕輕應了聲，任由慕維上前替他更衣。

好不容易將異樣的主子服侍躺下了，慕維才徹底鬆了口氣，片刻又像想起什麼，使勁一拍腦袋。「哎呀，忘了讓人準備薑湯。」

慕維轉身看了看睡下了的主子，嘆口氣。「還是算了吧，吵醒他又不知會鬧出什麼事來。」

次日，到了慕錦毅起床的時辰，慕維在外間喚了好幾聲都不見裡面有響動，便不由得有些急了，提高音量又朝著裡頭喊了一聲。「世子爺，該起了。」

靜靜待了小半晌，隱隱聽到裡面傳來細細的一聲。「嗯。」接著又沒聲音了。

慕維耐著性子等了一會兒，見裡面還是沒有響動，只好往裡面走去邊輕聲喊著。「世子爺，奴才進來了……」

進到房裡，慕維見床前掛著的帷幔與昨晚無二，裡面的人仍舊好好地躺著。

「世子爺？」慕維試探著又喚了聲，見裡面的人沒有任何反應，心中不由得一陣緊張，幾個箭步上前一把掀開帷幔，見躺在裡面的慕錦毅滿臉通紅。

慕維有些驚慌地伸手探探他的額頭。「哇！」

感覺到觸手處一陣灼熱感，慕維立刻喚人去找來大夫，並遣人稟報太夫人。

稍後，終於盼來老大夫前來替慕錦毅診脈，而聞訊的太夫人也前來探望孫兒。

「世子邪風入體，待用過藥，再歇息一段時日便無大礙了，只是這段時間一定要注意休養，千萬不能再勞累，老夫瞧他有點心神俱傷的模樣，想是平日裡耗費心神過多所致。」老大夫邊整理藥箱，邊對著太夫人道。

「多謝先生。」

「太夫人不必客氣。」

老大夫又仔細叮囑了一些注意事項，便帶著醫僮告辭了。

「你是怎麼伺候世子的，好好的怎會著了涼？」太夫人怒瞪著慕維，厲聲質問。

慕維嚇得「咚」一下跪倒在地。「太夫人饒命，都是奴才伺候不周，才……」

「拉下去打五十板子，讓他長點記性，若再有下次，直接轟出府去！」

慕維也不敢求情，「咚咚咚」地叩了幾個響頭後，便要隨著欲架著他往外走的僕人出去受罰。

「太夫人，世子醒了，說讓慕維去伺候呢！」從裡面出來的青衣婢女朝太夫人稟道。

太夫人狠狠瞪了慕維一眼。「愣著幹什麼，還不快去。」

慕維急急躬身行禮後便往裡間走去。

「也不知毅兒怎會瞧上這愣頭愣腦的小子。」太夫人搖搖頭，無奈地對著喬氏道。

喬氏微微一笑。「許是他合了大姪兒的眼。」

太夫人長嘆一聲。「只能盼著他能多多盡心伺候了，畢竟，如今毅兒是咱府裡唯一的希望……」

與此同時，慕錦毅房中。

「昨夜之事，你可曾對祖母說起？」慕錦毅掙扎著要坐起來，盯著慕維問道。

「不曾，奴才不曾說過。世子爺您還是躺著吧，大夫說了讓您休養一陣子，莫要耗心神了，方才太夫人已經命人替您向太子殿下告過罪了。」慕維急忙上前制止他的動作。

慕錦毅一把抓住他的手。「昨夜之事，絕不能對任何人說起！」

「奴才懂得，世子爺放心吧！」慕維拚命點頭保證。

慕錦毅鬆了口氣，身子一軟又跌回床上。

饒是他一向身強體壯，經過昨夜又是泡河水又是沖冷水也受不住了，昨夜就開始有點不舒服，只是因他內心的不舒服遠勝於身體的不適，是故也沒留意，直到早上聽到慕維在外頭連喚了他好幾聲，他聽得清清楚楚，可就是全身無力起不來，一時又覺得頭痛欲裂。

第二十一章

「太子殿下，如今五皇子那邊已經通過盧大人在好些重要的位置上安插了他們的人，再這樣下去，只怕……」一位幕僚憂慮地道。

「我何嘗不知，他們雖做得十分謹慎，但哪能瞞得過我，那些位置目前瞧著不顯山露水，待過些年便是關鍵之處，那位德母妃果真不容小覷啊！」

「殿下，盧大人如今年事已高，遲早會退下來，殿下當前最重要的就是要防止五皇子那邊將吏部侍郎楚大人拉過去，臣瞧了這些日子，皇上對楚大人頗為讚賞，說不定是為接手尚書一職準備的。」另一名穿著官袍的中年男子提醒道。

太子點點頭。「那依諸位所見，要如何防止他們將楚大人籠絡過去呢？」

「不如直接把楚大人拉到咱們這邊來！」

「閣下所言極是。」

「那諸位有何辦法可以將楚大人籠絡過來？」太子問。

眾人沈思了一會兒，首先提議籠絡的那位青年文生率先開口道：「最為有效的莫過於聯姻了，楚大人膝下有兩女，長女乃嫡出，次女為庶出，兩女如今均未婚配，殿下不如將那位嫡小姐納為良娣。」

「下官認為不妥。」著官袍的中年男子搖頭道。

「大人有何高見？」

「五皇子剛娶了吏部尚書盧大人孫女為正妃，殿下馬上又納吏部侍郎楚大人嫡女為良娣，這會讓皇上覺得殿下對兄弟過於……況且，在皇上眼中，德妃娘娘這些年一直對殿下照顧有加，五皇子與殿下又是兄友弟恭，殿下若納了楚氏女……」

眾人沈默了，不得不說德妃這些年隱藏得極深，朝中上下無人不知她對太子殿下關愛有加，所出的五皇子與太子殿下亦是兄友弟恭，若太子納了楚大人嫡女，還真說不定讓人覺得他平日對德妃、對五皇子都是惺惺作態。

「納與不納，此事待我再考慮些時日。」太子揉揉額角。

今日，依例進宮向太后請過安的眾命婦，亦到永慶宮見過代掌鳳印的德妃。

德妃笑意盈盈地拉起朝她行禮問安的陶氏。「是楚夫人吧，聽聞妳前不久得了一對麟兒，本宮也來沾沾福氣。」

「娘娘言重了。」陶氏急忙回道。

「楚夫人不必如此，放眼望去，不說在京城，就是在整個大商國內，也極少有人能一舉得兩男的。」德妃笑著道。

「妾身惶恐。」陶氏把身子彎得更低了些。

德妃仍是笑盈盈地拉著她的手，直把陶氏拉到她下首左邊第一張椅子上坐下。

其他各府的夫人見德妃如此禮待陶氏，都不禁在心中各自思量一番。

「聽聞夫人還有一子一女，不知可都訂了人家？」德妃又對著陶氏道。

「回娘娘，犬子已訂了禮部尚書凌家大小姐，小女暫未訂下。」陶氏急忙站起躬身回道。

「原來如此，聽聞楚小姐是個孝順嫻靜、德容言功俱佳的女子，也不知誰家兒郎有這等天大的福氣能娶回去。」德妃別有深意地道。

陶氏心中一跳，強壓下那絲驚慌，低頭垂眉道：「娘娘謬讚了，小女生性愚鈍，實在當不起娘娘誇獎！」

德妃微微一笑，也不再對她說什麼，轉頭與另一位夫人說起話來。

慕國公府太夫人眼神複雜地望著陶氏，沒想到晉安侯府那位三小姐竟然入了德妃的眼。德妃雖不是太子生母，但太子一向對她敬重有加，將來太子登基後她也會是這後宮中最有地位的人。如今德妃那番話，誰娶了那三小姐就是有天大福氣，她都這樣當著這麼多誥命夫人說出這話來了，誰家敢與她爭啊？

又想想原來慕、楚兩家商議得好好的親事最終泡了湯，生生讓自家折了晉安侯府這一助力，太夫人對始作俑者夏氏更惱上幾分。

會後，陶氏忐忑不安地出宮返回府中，先向今日因身子不適沒有進宮的婆婆請了安，然後回到自己院裡，剛進入房門就命人急忙尋楚仲熙來。

楚仲熙回到房中，陶氏急急將今日德妃的異樣對他說起，楚仲熙聽罷便沈默了。

「你說德妃娘娘這是何意？咱們家明慧也不過這兩、三年才回到京城裡，平日裡又是個不愛出門的，哪有什麼德容言功俱佳這樣的美譽。」陶氏有點擔憂地道。

楚仲熙長嘆一聲。「只怕德妃另有想法啊！」言畢，就要抬腿往門外去。

陶氏一把抓住他的右臂。「你別話說一半就走呀，把話說清楚些，別讓人心裡著急！」

楚仲熙回頭看妻子急得都要飆出眼淚的樣子，輕輕拍拍她的手安慰道：「莫要擔心，萬事有我，我絕不會讓人把主意打到咱們慧兒身上來。」

「你倒是說明白些啊！德妃到底要對囡囡做什麼？難道……她想將囡囡納為五皇子側妃？這、這怎麼可以，我的女兒哪能給人當妾！側妃再好聽也不過是個妾。」

楚仲熙見妻子急得連這些平日裡絕不敢說的話都說出來了，不由上前抱著她。「莫怕莫怕，五皇子才剛娶了盧大人孫女為正妃，是不會再納慧兒為側妃的。」

「那、那她想做什麼？」陶氏眼淚汪汪地望著丈夫道。

楚仲熙微嘆口氣。「德妃娘家的大嫂譚夫人半月前帶著小兒子上京來了，她許是想替她娘家姪兒拉線。」

「什麼？」陶氏大驚失色，旁人也許對德妃娘家譚家不熟悉，她可是一清二楚的，歸因德妃娘家在與錦州相鄰的興州，當年她隨楚仲熙到錦州時可沒少從錦州官家夫人口中聽過譚家幾位公子的事。

如今譚家當家的人是德妃同母兄長譚宗耀，娶妻江氏，膝下共有三兒一女，長子早已婚配，次子是庶出，若德妃要牽線的話說的應該是譚家三少譚誠林，可此人卻是個男女不忌的色中餓鬼，當年可沒少仗著家勢欺男霸女，引得興州百姓怨聲載道，只是迫於譚家勢大不敢聲張而已。

若德妃想替她三姪兒聘娶自己女兒……想到這，陶氏不由得打了個冷顫，若女兒嫁進譚家，還不知被人如何作踐呢！

楚仲熙見妻子神情驚恐，知她想起了譚家之事，不由安慰地拍拍她的後背。「莫怕，這只是我的猜測而已，就算德妃有此想法，也得看那譚家配不配得上晉安侯府。」

一個破落戶而已，早些年憑著與先皇后那丁點兒遠得不能再遠的親戚關係謀了個小官職，如今仗著家中女子在宮中有幾分聖寵便橫行霸道，就算外頭穿得人模人樣，也掩不去滿身的惡臭，如今竟敢妄想自己女兒，也得看他答不答應！楚仲熙臉上一片陰狠。

「早知會惹來那家豺狼，倒不如應了與慕國公府的親事呢，慕國公夫人再不著調，只要世子與太夫人看重囡囡，她也不敢胡亂作踐人。」陶氏不由得起了絲悔意。

楚仲熙暗嘆口氣，誰說不是呢！慕世子總比那譚家三少好得多了，最起碼人品端方，單這一點那譚家三少就遠遠不及，只是如今千金難買早知道。

經過德妃今日那番言行，誰家還敢求娶慧兒，這不是明目張膽地要與德妃搶人嗎？

皇宮內。

「娘娘既然覺得楚大人前程更好些，為何當初不替五殿下求娶他家的姑娘，反而娶了盧大人家的小姐？」德妃的貼身大宮女秀春問道。

「本宮等不及楚大人升任尚書，只能先借著盧家的勢謀取一番。」德妃嘆道。「若不是皇兒鬧了那一齣，說不定本宮不用那樣著急，如今動作頻頻，也不知會不會引起皇上與太子的注意。」

想到迷惑了兒子的那位劉氏女，德妃眼中一片狠辣。「那姓劉的賤人竟然還活蹦亂跳的，他們到底是如何辦事的？」

「回娘娘，五殿下護那劉氏護得緊，他們也總找不到時機。」秀春解釋道。

「護得緊？難不成還是時時刻刻護在她身邊？總有落單的時候吧？」德妃惱道。

「殿下府中的人來回，許是殿下派了人暗中保護劉氏，是故我們的人總不能得手。」

「真真是本宮的好兒子，若他把這心思用到正途上，何愁大業不成！」

努力平復了一下心中怒氣，她又對秀春道：「妳傳本宮命令，讓大嫂這段時日好好約束三兒，絕不能再讓他做出那種事來，京城可不同興州，若他行事再不收斂，本宮也護不了他。」

秀春應了聲便行禮退了出去。

慕錦毅自被楚明慧那一頓斥罵後便徹底死了心。他深知，若是沒有前世記憶的楚明慧，不管前方有多少阻礙，他都會拚盡全力將她拘在自己身邊，但如今的楚明慧不僅有著前世的記憶，且在她的記憶當中，自己是背叛她的人，母親是奪了她性命的人，而三妹則是害得她無法擁有自己孩兒的人，滿門皆仇人，她又怎能在慕國公府中平靜生活下去？更何況，前世她的死也的確是受了自己所累……

況且以她的性子，就算明知道那些人是前世害過她的，她也做不出先下手為強的狠毒事來，只會不停地將自己拘在仇恨當中，苦苦掙扎，卻怎麼也避不開、逃不掉。

罷了罷了，今生欲將她拘在身邊，除了是自己想要彌補前世的遺憾外，更因覺得世間上再無人能比他更珍愛她。可是如果自己成了她的噩夢之源，那再將她強留身邊只會害了她一生，前世都已累了她一生，今生又怎忍心再拖累她！

他不停在心中勸說自己該放手了，應該徹底放下那點執念了，只有自己徹底放下，明慧才能平靜度過餘生，一個沒有怨恨的餘生。

或許上天讓他重活一世，不是要讓他圓前世美滿的姻緣夢，而是讓他繼續前世未能光耀門楣的事業。在兒女私情與家族大業兩者間，前世自己均是個不折不扣的失敗者，今生既然無法得到自己最想要的人，那只能拚盡全力去成全祖母最想要的事。

左胸傳來一陣隱隱痛意，慕錦毅下意識伸手捂住，半晌才反應過來，現在的他活得好好的，沒有為了保護楚晟彥而死於暗箭之下。

長嘆口氣，他將心中的鬱結壓下去。就這樣吧，既然得不到，不如就此放手，也許放手才是自己給她最大的幸福！

這日，慕錦毅覺得身子比早些日子好了點，便堅持著到太夫人院裡請安，與太夫人說了一會兒話後便告辭離開了。

剛行至自己院門，便見慕淑穎站在房門前，身旁幾位婢女像是勸說她進屋裡坐，她卻固執地仍然站在那裡。

慕錦毅皺皺眉頭。「這是怎麼回事？怎站在門口處，不到裡面坐著等。」

慕淑穎一見他回來，便上前扯著他的衣袖哭著控訴。「我真是你親妹妹嗎？你要如此害我！我到底做了什麼讓你討厭的事，明明前些年還好好的，為何現下你就處處看我不順眼，每次見到我不是瞪眼就是大罵，弄得跟仇人一般；如今還跑去跟祖母說，讓她好好管教管教我，我到底哪裡招你、惹你了？」

慕淑穎越想越委屈，明明早些年兄長還對自己和顏悅色的，就連出門歸來都會給自己帶點小禮物，雖說比不得三弟與自己親近，但到底也不像現在這般處處看自己不順眼，動不動就大聲斥責，如今明知自己最怕的就是祖母，偏還跑去祖母處讓她對自己嚴加管教。

慕錦毅沈默地望著她，久久說不出話來。

慕淑穎哭了好一陣子，見他既不安慰自己也不像前些日子那般責罵，便不由得哭得更大聲了。

「別人家的兄長就算不處處維護親妹妹，也不會如你這般動不動罵人的，如今我瞧著你對慕淑瑤比對我還要好上許多，難不成她才是你同胞姊妹，我就不是了？」

慕錦毅任她哭了半晌，見她哭聲慢慢小了，才將帕子遞上去。「擦擦吧！」

慕淑穎推開他，只管拿著自己的帕子擦眼淚。

「妳總覺得我對妳苛責甚多，可怎麼不想想我為何那般？沒有任何事是無緣無故的，妳在家不友愛姊妹，任意打罵下人，就連對著父親也無多少敬意，如今在家中自有母親維護妳，可有朝一日她再也護不住妳了呢？京城達官貴人眾多，總有一日妳會遇到不給慕國公府臉面之人，到那時，妳又該如何？是哭著鬧著讓家人替妳報復回來？再者，若有朝一日我不在了呢……」說到這，慕錦毅心中一痛，前世自己那般死去，慕國公府後繼無人，也不知祖母與父親會如何！

慕淑穎呆呆地望著他，連臉上的淚水都忘了擦。「什麼叫有朝一日你不在了？」

慕錦毅嘆口氣。「戰場上刀槍無眼，倘若我如祖父與大伯父那般戰死，妳認為這府中還有誰能護得住你們？還是妳覺得只要掛著『慕國公府』四個字便能橫行京城了？」

慕淑穎打了個寒顫，她自然知道如今她能在京城貴女圈中吃得開，是因為有位入了皇上與太子眼的兄長，若是靠父親，人家不當她是瘟疫一般避著就好了，哪裡還會處處讓著她、捧著她。

此刻她才深刻地意識到，她的榮耀與底氣全是繫在眼前的兄長身上，若有朝一日他對自己不管不顧，那自己……

「妳回去好好想想，看我今日這番話有無道理。」慕錦毅不再理會她，輕輕推開房門走了進去。

一向不願干涉夏氏教養女兒的太夫人為何會突然發難，皆因那日她在慕錦毅面前提起慕淑穎親事時，慕錦毅頗具深意地對她說了句。「兩家是要結親，不是結仇，三妹那性子……」

這話一出，之前對長孫總是有意無意干涉內宅而有點不滿的太夫人瞬間醒悟過來，難怪孫兒會那般……

是故太夫人才雷厲風行地請了位出名嚴格的箇嬤嬤來教導慕淑穎，後來又將慕淑穎移居她眼皮底下，就連對夏氏所出的小兒子慕錦康也管得比以往嚴格了許多。

陶氏那日被德妃一番舉動嚇得惶惶不可終日，雖說楚仲熙要她不必擔心，但德妃怎麼說也是當今皇上寵妃，若是向皇上求了賜婚聖旨，或是用些見不得人的手段，自家就算再不願意也只能認了……

想到這，陶氏又深悔沒有早點訂下女兒親事，以致今日女兒被豺狼盯上，若是女兒被嫁到那等人家去，自己就算死也無法原諒自己。只是，夫君說得對，如今一切尚未有定論，趁著還未到不可挽回的地步，自己得抓緊在旨意下來之前將女兒親事確定下來才是。

心中有了主意，陶氏又燃起鬥志，連聲吩咐翠竹準備筆墨，她要給幾位相熟的夫人下帖子，盡早將女婿人選確定下來。

可惜結果並不如人意——

「姊姊來得正好，妹妹正想請姊姊做個中間人，替犬子和張大人家五小姐牽牽線……」

「三姑娘德容言功俱佳，是個福澤深厚的，將來必有一番遠大前程……」

「慧丫頭我是極喜歡的，只是德妃那裡……此事算妹妹不厚道，還請姊姊莫要氣惱！」

陶氏連見了幾家之前有意結親的夫人，可對方卻以諸多理由推搪，生怕自己賴上她們家兒子似的，讓陶氏氣得心口發痛。

對妻子連日所為，楚仲熙自然看在眼中，只是他也期望著在德妃明言之前能將女兒親事訂下來，是故也由著陶氏到處奔走。
可是這日見陶氏氣呼呼地坐在榻上由翠竹幫她順氣，楚仲熙便知她又碰壁了，暗嘆口氣，示意翠竹退下。
翠竹微福了福便出去了，還順手輕輕闔上了門。
「可是說親之事不順遂？」楚仲熙在她身邊坐下，擁著她的肩膀柔聲問道。
陶氏順勢倒在他的懷裡。「實在是太氣人了，當初使勁地往我跟前湊，恨不得將兒子一個個拉到我跟前任我挑選一般，如今卻生怕我賴上她們家一樣，可惡極了！」
楚仲熙安慰地拍拍她的後背。「趨利避害，人之常情，妳也莫要太在意，這結果也是意料之中，不是嗎？」
陶氏默然。是的，去之前就有被拒絕的心理準備了，只是真的被拒了，內心仍是十分不好受，她的寶貝女兒啊，如今竟然被人如此嫌棄。
一想到這裡，她又不禁對始作俑者德妃恨上心來！
「其實這事也並不是沒有轉圜之地，德妃就算去請旨，皇上也不見得會應的，畢竟譚家門第與侯府還是差了些。」
「可是，就怕她有其他招數，要知道，毀一個閨閣女子名聲實在太容易了，到時候我們就算不願……」陶氏抬頭望著他擔憂道。
楚仲熙沈默了，陶氏的擔憂他何嘗沒有想過，就算皇上不應，德妃那一番舉動，京中也沒什麼人家敢主動上門求娶女兒了，更何況她若使其他暗招……

陶氏見夫君的神情也知道形勢並不像他說的那般輕鬆，不由得身子一軟，徹底癱在他懷中。

楚仲熙用力抱緊她，心中又痛又恨又悔，痛妻子連日來的寢食難安，恨自己能力不足，悔自己拖延女兒終身大事，以致引來豺狼窺伺。

第二十二章

父母的擔憂楚明慧並不清楚，這日，她應方青筠的邀請，與楚明嫻一同到念慈庵去品嚐有名的素麵。

三人見面後，楚明慧因之前夏氏大鬧一場之事對這位率真的方小姐頗有歉意，今日相見自然又更加親近一些。

三人嚐了一碗素麵後，方青筠與楚明嫻依依不捨地放下空碗。

「念慈庵的素麵果然名不虛傳，可惜就是少了些，每日都限量供應，若不是母親有法子，咱們也沒這口福。」方青筠回味了一下味道，頗為惋惜地道。

楚明嫻點點頭。「的確如此，我早就聽說這裡的素麵好吃，就是一直找不到機會來嚐一下，如今可算是如願了。」

楚明慧笑望著這兩個貪吃鬼，心中不覺好笑。

「明慧姊姊，聽說這念慈庵的姻緣籤甚準，咱們也去求一籤？」方青筠眨著大眼期待地望著她。

楚明慧捏捏她的臉蛋。「青筠妹妹想嫁人了？」

方青筠嘟著嘴巴不滿地道：「母親老說我日後是嫁不出去了，我才想著求支籤看看。」

楚明慧失笑。「那好吧，咱們去看看。」

三人結伴來到大堂，方青筠一手拉著一個直往裡面去。「妳們也要求一支。」

楚明慧姊妹兩人無法拒絕，只得又陪著她跪在佛前。

「信女楚明慧，不求美滿姻緣，只願平靜一生，無悲無喜，無怨無恨。」楚明慧心中默唸，恭恭敬敬地拜了幾下，才拿起一旁的籤筒，輕輕搖了搖。

待籤筒中掉下一支籤後，她隨手撿起，又被已經求完籤的方青筠拉著去找師太解籤。

輪到楚明慧時，慈眉善目的師太接過籤後瞧了一眼，然後頗具深意地對她道：「施主此籤頗有些玄機。」

「什麼玄機？是上上籤呢？還是其他？」楚明嫻好奇地湊上前問。

「既可以說是上上籤，又能說是下下籤。」

楚明慧不明白。「還請師太明言。」

「對旁人來說是上上籤，可對施主來說可能是上上籤，也可能是下下籤，純看施主如何作為了。」

楚明慧仍舊不明白，正欲再問，便見那師太朝她雙手合十道：「貧尼言盡於此，施主日後便知。」

楚明慧無奈，只得起身道謝，將位子讓予下一人。

「三姊姊，妳說那師太說的話是什麼意思，什麼又是上上籤又是下下籤的？」楚明嫻不明所以。

楚明慧搖搖頭。「我也不知。」

只有方青筠一直喜孜孜地沈浸在那師太給她的解籤中。

楚明嫻視線掃到她的樣子，忍不住「噗哧」一下笑出聲來。「青筠妹妹在想著未來良人呢！」

方青筠一聽，臉蛋便紅了。「胡說！」

「方才那師太的話我可全聽到了，她說妳日後必有良緣。」楚明嫻掩嘴笑道。

方青筠不依了，追著要打她。「讓妳說出來羞人。」

楚明嫻格格格地笑著逃開了。

方青筠跟著追了上去，兩人邊笑邊鬧往不遠處林子裡跑去了。

楚明慧先是好笑地看著她們鬧，待見兩人往林子裡越跑越遠，便不由得擔心了，急急追上去欲喚回兩人……

當她越走越深入，卻見不到那兩人的身影，她急得有點手足無措，正不知如何是好，就聽得不遠處隱隱傳來說話聲。

她心中一喜，朝著聲音響起的地方走去。

一個年輕男子的聲音響起。「雲妹妹，今生今世我心裡就只有妳一人，若食言，便天打雷劈，不得好死……」

楚明慧一驚，暗道糟了。她輕輕地一步一步往後退，希望離那處遠些，旁人的秘密她可沒興趣知道。

「衛大哥，我相信你，你不必如此，今生今世我寧雅雲心裡也只有你一人。」接著，又響起女子的聲音。
待楚明慧聽到「寧雅雲」三個字，腦中便炸開了。
寧雅雲？前世慕錦毅納的貴妾？
她心如擂鼓，原本後退著的腳步不知不覺停了下來，反而朝著另一隱蔽處輕輕移過去，透過樹枝往外望去。
見一華服女子依偎在一名年輕男子懷中，男子摟著她的纖腰，正低著頭在她耳邊輕聲說著什麼，便見那女子嬌羞地捶了他胸膛一下，男子一把抓住她的手，然後快速在她臉上親了一口，引得女子更羞澀地往他懷裡鑽去。
楚明慧如遭雷轟，雖無法看清女子的正面，但她依然一眼便認出那正是前世慕錦毅納的貴妾寧雅雲。慕錦毅正是為了她毀了對自己的誓言，她又怎會認不出來！
如今瞧那對男女情意綿綿，分明是郎情妾意，那後來寧雅雲進慕國公府又是怎麼回事？這個「衛大哥」又是打哪兒冒出來的？與寧雅雲，或者說與寧家有何關係？前世寧雅雲進了慕國公府後兩人是否還有聯繫？兩人這段過往，慕錦毅到底知不知道？
種種疑問湧上心頭，楚明慧心口一陣犯堵，想到慕錦毅竟為了這樣一位水性楊花的女子背叛了自己，心中不由得越發替前世的自己不值了。
看吧，你一心納進門的貴妾，原來早已與人有染，堂堂世子爺被戴了好大一頂綠帽子啊，說不定前世寧雅雲懷的是別人的孽種！她惡意地猜測道。
那兩人又柔情密意一番便相攜離開了。

楚明慧走出來，望著他們離去的背影，不由露出一個深深鄙視的冷笑。最好今生這寧雅雲還是進慕國公府的門，然後給夏氏生個父不詳的孫子，看她還怎麼誣衊別人害了她孫子。

楚明慧剛從林子裡出來，便見楚明嫻正站在原地急得滿頭汗，一見她的身影直衝上前來扯著她的衣袖問道：「三姊姊，妳去哪裡了？」

「還不是去找妳們了。妳們怎麼在這裡？我分明見妳們兩人往林子裡去了。」楚明慧奇道。

「姊姊不知，前面林子右拐有條小道，直通到庵裡大堂那邊，我們就從那頭出來然後回到這裡，見妳不在，明嫻姊姊都快急死了。」方青筠上前道。

楚明慧不由得有幾分歉意。「對不住了，我見妳們往林子裡去，擔心會出什麼事，便想跟上前瞧瞧，沒想到一時走岔了，如今才找到回來的路。」

「人回來了就好，我們走吧，母親她們在前面等我們了。」方青筠道。

楚明慧點點頭，三人便朝庵外走去。

「慕維，你過來。」慕國公朝著不遠處的慕維招招手，示意他過來。

慕維三步併作兩步地來到他跟前。「國公爺。」

「來來來，我問你，你家主子這些日子是怎麼回事？怎一副陰沈沈、冷冰冰且心事重重的模樣？」慕國公問道。

慕維長嘆口氣，苦著臉道：「國公爺，奴才也不清楚，自世子爺從邊疆回來後一直是這樣。前段日子還偶爾與楚二少爺及凌大少爺聚一聚，這些日子就只把自己鎖在內書房裡，也不准旁人進去打擾。」

「難道他在邊疆辦的事出了什麼差錯，皇上與太子怪罪他了？」慕國公摸摸花白的鬍子，沈吟道。

「應該不是這樣，奴才前些日子還見唐大人稱讚他什麼『英雄出少年』。」慕維搖搖頭，否定道。

「這就怪了，難道這小子遭受了別的什麼打擊？可又不是差事辦得不好，那能是怎麼回事啊？」慕國公疑惑了。

慕維也托著下巴拚命回想。半晌，他才試探著說：「難道是因為與晉安侯府的親事？」

「什麼親事？」慕國公皺眉問道。

「就是世子爺與晉安侯府三小姐的親事啊！」慕維提醒道。

「哦，我想起來了，母親的確曾經跟我提過，但不是說兩家親事作罷了嗎？」慕國公奇道。

「就是因為親事作罷，世子爺才不高興的。」慕維一拍大腿，自己怎麼現在才想到呢？以世子爺對楚三小姐的心意，如今求娶不得意中人，肯定不痛快了，是故這段時間才一直陰沈沈的。

「你這話是什麼意思？」慕國公盯著他問道。

慕維一驚，猛然醒悟自己差點把主子的心思說出來了，急忙雙手掩嘴，拚命搖頭道：

「沒、沒什麼意思。」

慕國公瞪大眼睛，氣呼呼道：「你小子皮癢了是不？敢瞞著你國公爺？快說！」

「不不不，沒什麼事，真的沒事。」慕維還是拚命搖頭。主子的心思哪能輕易外道，連太夫人處都不許自己透露一星半點兒，如今若把它透露給國公爺，說不定主子會剝了自己的皮。

慕國公見使硬的對方還是寧死不屈的模樣，眼珠一轉，做出一副憂心忡忡的樣子朝著慕維說：「爺也是想找出讓你主子不痛快的根源，若不把這事解決了，你主子又怎開懷得起來，難道你忍心看他整日一副心事重重十分壓抑的模樣？」

慕維急忙搖頭。「奴才自然不忍心。」

「那就對了，有句話怎麼說來著，治病還得……還得什麼，總之意思就是說要治好病就要先找出病根，然後對症下藥，這樣才能藥到病除。」慕國公繼續忽悠。

慕維認真想了想，才點點頭道：「國公爺說得對，只不過此事非同一般，世子爺若是知道是奴才傳出來的肯定會剝了奴才的皮。」

「放心放心，有你國公爺在呢，他不敢的。」

「那您保證不再對任何人說起。」慕維不放心。

「好好好，我保證，絕不對任何人說起。」

慕維這才附在他耳邊竊竊私語。

慕國公聽罷皺起眉頭。「你的意思是說，老大他對晉安侯府三小姐……」

慕維點點頭。「是的，世子爺好久之前就有那樣的心思了。」

慕國公捋著鬍子沈思，兒子若是對晉安侯府三小姐有意，那這次兩家親事作罷定讓他大受打擊，說不定還真因為此事才弄成如今這副模樣。

他又想起之前偶爾在院裡聽到母親長吁短嘆，感慨好好的一樁親事就這樣報廢了，再想想至今還被母親關在屋裡不得外出的妻子，慕國公就更肯定了這個想法。

他捋了捋鬍子，心中暗道：我還道是什麼了不得的大事，無非就是一樁親事嘛，至於那樣憂心忡忡嗎？

「老大既然有意，讓母親再派人上門提親便是了，何必弄成這副樣子？」慕國公搖搖頭，對慕維小聲道。

「國公爺您不知道，夫人之前惹惱了侯府，如今只怕人家都不樂意再將女兒嫁到咱府裡來了。」

「母親之前不是親自上門賠禮道歉了嗎？難道侯府還怪罪？」

慕維撓撓頭。「聽跟著太夫人去的人回來說，侯府太夫人還挺客氣的，應該不怪罪了吧！」

「那便是了，既然人家不怪罪，那再去提親就行了。」慕國公不以為然，想了想，又道：「不如我去求個恩典，就當是給兩家聯姻一個大大的驚喜。」

「什麼恩典？什麼驚喜？」慕維有點不明白。

慕國公神秘一笑。「你等著瞧吧！」

慕國公在心中又將主意想了一遍，越想越覺得這主意甚好，外頭的人不是老說他是個沒用的老紈袴嗎？這回得讓他們瞧瞧，老紈袴也不是沒用的；還有母親，如今自己替她了了這樁心事，說不定她不會再覺得自己整日無所事事了。

慕國公越想越美好，整個人都不禁飄飄然起來。

「殿下，屬下探知德妃有意替娘家姪兒聘娶楚大人嫡女。」

「此話當真？」太子大驚。

下屬點點頭。「千真萬確。」

「殿下，如今看來，納楚氏為側妃之事不能再拖了，否則讓德妃得手……」幕僚憂心地道。

「以譚家的家世，楚大人怎會答應此樁親事？就算德妃想讓父皇賜婚，門不當戶不對的，父皇也未必能應。」太子還是猶豫不決。

「殿下，再過半個月就是萬壽節，皇上心情大好，德妃再小意奉承一番，皇上未必不應，不怕一萬，就怕萬一啊！」

「你讓我再想想。」太子心想，納了楚氏女的確不錯，可若是因納了她而讓父皇對自己有了別的看法，這也是得不償失的，畢竟自己能有現在的地位全是父皇所賜。

沈思片刻後，太子點點頭。「我決定了，明日便將納楚氏為良娣一事稟明父皇，你等一會兒就將我的意思傳達給楚大人。」

「皇上那裡，殿下可有應對之詞了？」

太子微嘆口氣。「有倒是有，卻不敢保證父皇心裡會沒有一丁點兒其他想法。」

幕僚們沈默了。

「殿下，慕國公求見。」小太監來報。

太子有點詫異，這慕國公從不理事，怎會今日來求見自己？

只不過慕國公雖不著調，卻不抓權，能讓慕錦毅施展全力替自己辦事，憑著這一點，太子也很待見他。更何況，太子深知自己的得力助手慕錦毅對他父親的感情，可是比親手帶大他的慕國公太夫人都要深厚，就憑這點，太子也得禮遇慕國公。而且，幼時的太子時常能見著這位慕國公頂著兒子爬樹，甚至學馬讓兒子騎在身上，每每讓他羨慕不已。

「快快有請！」

待慕國公進來後，先向太子行了國禮，然後又與在座的各位見過禮。

「錦毅身子休養得怎樣了，可還有大礙？」太子關切地問。

「託殿下的福，犬子已經好多了，不日便能回來繼續效力。」

太子點點頭。「那就好，我近日新得了些養身的藥材，原想著讓人送到國公府上，沒想到你倒親自來了，待會兒我便讓人將它們送到府上。」

「多謝殿下。」慕國公又躬身行禮後，直接說明來意。「殿下，臣來是想讓您替犬子向皇上求道賜婚聖旨的。」

「哦？錦毅要成親了，不知太夫人與國公相中了誰家姑娘？」

「是晉安侯府楚二老爺家的嫡女，侯府排行第三的那位。」

太子吃了一驚，與方才商議納側妃的幕僚對望一眼。

「這門親事是太夫人決定的？」太子問。

慕國公點點頭。「正是家母決定的，侯府那邊也有結親的意思。」

當然，自己妻子做的魯莽事就不必說了，總之侯府既然不怪罪，想必對結親一事也是無異議的，如今自己又求來了恩典……想到這，慕國公臉上不由露出一絲得意的笑容。

太子微微一笑，果真是瞌睡有人送枕頭啊！慕錦毅是自己的人，他娶了楚氏也就等於整個晉安侯府站在自己這邊，既不用擔心德妃將人籠絡去，又為自己添了助力，果真是一舉兩得之事！況且慕、楚兩家門當戶對，總比那個譚家要好得多，父皇既然看重楚大人，就不會在兒女親事上讓他犯堵，自己之前怎麼就沒想到呢？

太子越想越高興，下座的幕僚也想到了其中深意，亦不由得面露笑容。

翌日。

慕錦毅接到賜婚聖旨時整個人便愣住了，他明明都決定放手讓明慧過平靜的生活了，如今這莫名其妙而來的賜婚聖旨又是怎麼回事？

太夫人也被這道聖旨給轟傻了，德妃不是看中侯府三小姐的嗎？怎麼如今皇上竟替孫兒與她賜婚？

只有慕國公喜孜孜地接過聖旨，再三跪謝天恩，這才笑呵呵地對傳旨太監道：「公公一路辛苦了，先到府裡喝杯茶歇息歇息。」

太監接過慕國公府中下人遞來的荷包，暗自掂量了一番，笑容滿面地道：「多謝國公爺，只是咱家還得往晉安侯府去傳旨。」

慕國公客客氣氣地送他出了正堂門，這才喜氣洋洋地回到正堂裡。

「到底是怎麼回事，為何皇上會突然賜婚？德妃不是看中了那三小姐嗎？這聖旨從何而來？」太夫人回過神後一把抓住慕國公的手臂連聲問道。

慕國公得意地道：「自是兒子為毅兒求來的。」

太夫人身子一軟，差點站立不穩，幸得慕錦毅一把扶住她。

「你個孽障啊！那三小姐可是德妃娘娘看中了的，雖不知她是想替何人所求，但終究也是她看中的人，你這樣一來不是擺明著要跟她爭嗎？我已經不求你能光宗耀祖，但求你老老實實別為家裡惹禍，如今你惹了皇上寵妃，你可知道？」太夫人沈痛地指責道。

慕國公徹底傻眼了，他還以為母親是非常樂意與晉安侯府結親的，如今這……

而慕錦毅則被太夫人的話震住了，在他休養的這段時日，明慧竟然被德妃瞧中了？太子與五皇子將來總會有一爭，自己身為太子黨，若晉安侯府被五皇子那邊拉了過去……

想到這裡，他不由得萬分慶幸父親為他求來的這道聖旨。雖說之前屢屢勸自己應該放手了，但到底意難平，兩輩子的執念哪能說放就放，是故方才雖被突如其來的聖旨嚇了一跳，內心卻有絲如願以償的歡喜。

太夫人回到房後仍止不住憂心忡忡，自己家搶了德妃看中的人，萬一德妃懷恨在心……

慕錦毅見祖母這模樣，深怕她會將那些怨氣發洩在未來將進門的楚明慧身上，便示意周圍的下人退下，自己在太夫人身邊坐下，將太子與五皇子之間的明爭暗鬥緩緩道來，末了，還鄭重地道：「德妃娘娘並不像表面看來對太子那樣關愛，他們之間遲早會撕裂開來，如今太子既然肯替父親求了這道聖旨，說明他也是十分贊同孫兒迎娶晉安侯府家的姑娘，說不定父親此舉正如他所願。您再試想下，德妃為何會瞧上侯府三小姐，還不是因為楚大人嗎？五皇子妃祖父盧大人年老，而楚大人正得聖眷，德妃此舉說不定是打算拉攏侯府，如今咱們率先求了賜婚聖旨，何嘗不是替太子殿下解了圍。」

太夫人怔怔地望著他。「太子與五皇子？」

慕錦毅點點頭。

太夫人長嘆一聲。「若是這樣的話，迎娶這侯府三小姐倒也算不上什麼壞事，如今你替太子殿下解了難題，又得了侯府助力，反正五皇子那邊是遲早要翻臉的，道不同，咱們就算再迎合德妃，她也依然會將慕國公府視為眼中釘。」

慕錦毅見她想明白了其中關節，也不由得鬆了口氣，如今聖旨已下，明慧進門是板上釘釘的了，做為國公府後宅最大的掌權者，祖母的支持是十分重要的，否則就算大伯母時刻照應，明慧也落不到什麼好來。

「只是，之前兩家商議親事時，你母親得罪了侯府，他們早已表態親事作罷，如今你父親又求來賜婚聖旨，侯府那邊會不會覺得我們仗勢強娶？他們會不會更樂意與德妃那邊結親？」太夫人又有點擔心地問。

慕錦毅沈默，侯府長輩的意思他不清楚，但他知道楚明慧是絕對不願與自家結親的。

太夫人見孫子不語，想起兩家親事的波折，又對夏氏惱上幾分。「早知道兜兜轉轉的還是要娶他們家的姑娘，當初就不應該讓你母親去。如今你父親這一插手，咱們府以後在侯府跟前再也立不起來，人家明言親事作罷了，我們卻硬去求賜婚聖旨！」

想想兒子夫婦倆造下的孽，太夫人一陣氣堵。這孫媳婦娶進門來，除非她犯了大錯，否則府中誰都得客客氣氣地供著她，誰讓你不顧人家意願強娶呢！

慕錦毅安慰完祖母後，便起身告辭離去。

「世子爺，楚三小姐要嫁進來，您不高興嗎？」慕維小心翼翼地看了看主子陰鬱的神情，輕聲問道。

慕錦毅長嘆一聲。他怎會不高興，這是他畢生希望，如今得償所願，他只會欣喜若狂，又哪會不高興！

只是，一想到楚明慧接到聖旨後的反應，他又不禁忐忑不安起來，她會有什麼反應？震怒？絕望？悲痛？是最終認命，還是奮起反抗？

一想到對方可能做出的種種反應，慕錦毅心口一痛，那些最終抱得佳人歸的喜悅便被沖淡得無影無蹤了。

「父親怎麼突然想到要去向太子那裡求賜婚聖旨的？」慕錦毅沒有回答慕維的問題，而是反問了他一句。

慕維心虛地移開視線，不敢接話。

慕錦毅皺著眉頭盯著他。「是你背後搞的鬼？」

慕維嚇得一下跪倒在地。「世子爺饒命，奴才、奴才……」

「我當日是怎樣囑咐你的？」

「讓奴才絕對不能將關於楚三小姐之事對任何人說起。」

慕錦毅靜靜地望著他，也不出聲。

慕維被他盯得一顆心七上八下，連連叩了幾個響頭。「奴才自知有負世子囑咐，不敢有怨言，但求世子千萬別將奴才趕走，奴才願受一切處罰。」

慕錦毅垂眸說了聲。「到劉通那兒領罰吧！」

「多謝世子。」

還能怎麼做？慕維雖然違背了自己命令，但也是出於一片好心，何況自己對最終的結果也是樂見其成的。

慕錦毅又長嘆一口氣。明慧，她會有什麼反應呢？

第二十三章

「小姐，聖旨來了，夫人讓您一起去接聖旨。」盈碧急匆匆地跑進來對著替雙胞胎弟弟做小肚兜的楚明慧道。

楚明慧一驚，也不敢拖延，趕緊讓盈碧替她更衣梳妝，匆匆趕到大廳。

「侯爺，人可都到齊了？」傳旨太監問。

晉安侯掃了眼身後的人群，便對那太監點頭道：「都到齊了，請公公宣讀聖旨。」

太監清清嗓子，便取出明黃色的聖旨大聲宣讀。「奉天承運，皇帝詔曰：『晉安侯府嫡出三女楚氏，品行端方……特指婚於慕國公府世子慕錦毅，擇日完婚，欽此！』」

楚明慧跪在陶氏身後，那太監尖銳的聲音刺得她微皺眉頭，但那「晉安侯府嫡出三女」八個字一下子就把她弄糊塗了，中間那段話她迷迷糊糊的也聽不清楚，可後面那句「特指婚於慕國公府世子慕錦毅」卻讓她猛地抬起頭來，死死盯著那傳旨的太監，只盼著是對方看錯了！可當她看見爹爹領旨謝恩時，還透著點微薄希望的心便徹底被打入黑暗當中。

指婚？與慕錦毅？

她只覺得方才還陽光明媚的天空剎那變得陰陰沈沈的，耳邊響起眾人的恭喜聲、驚嘆聲、疑惑聲，種種聲音交織在一起，讓她一顆心越來越沈，絕望感越來越濃，眼前的一切不停地在晃動，她只覺眼前一黑，伴隨著楚明婧的一聲驚呼「三姊姊暈倒了」，便「咚」的一聲倒在地上。

當她掙扎著睜開雙眼時，便見陶氏坐在床邊抹著眼淚，楚仲熙攬著她的肩膀輕聲安慰著。

「小姐醒了！」一旁的盈碧見她醒來，不由得開心喊道。

陶氏一聽，連忙轉過身來一把抓住她的手，紅著雙眼道：「妳這丫頭，身子不舒服為何不說，妳知不知道方才可嚇壞娘了。」

楚明慧反手抓住陶氏雙手，然後掙扎著坐起來。「娘，爹爹，你們想想辦法，我不想嫁到慕國公府去！我不想，嫁到那裡的話我會生不如死，真的會生不如死的！」

陶氏大驚，一把捂著她的嘴。「妳胡說什麼呢！什麼死不死的，這哪能胡說。」

楚明慧任由她捂著自己，眼淚卻大滴大滴地落下，讓陶氏心疼不已，她知道女兒不想嫁到慕國公府去，卻沒想到她對慕國公府排斥至此。

楚仲熙也被女兒激烈的反應嚇到了，輕輕地拍拍陶氏肩膀，示意她讓開。陶氏見狀，鬆開捂著楚明慧的左手，抹去眼淚，讓到一邊。

「告訴爹爹，妳為何不願嫁到慕國公府去？可是因上次國公夫人……失態之事？」楚仲熙坐在床邊，柔聲問道。

楚明慧仍只是掉著眼淚，直哭得上氣不接下氣，恨不得將前世在慕國公府中受的委屈全部哭出來。夫君的背叛、婆婆的刁難、小姑的找碴，還有孩兒的流失、爹爹的流放、娘親的去世、兄長的失蹤、嫂嫂姪兒的孤苦無依……

前世她強忍著不願讓人看笑話，也不願親人擔憂，更不願輕易示弱於人前，所以她未曾將心中的苦楚道出。自從失去孩子那晚，她未再流過一滴眼淚。

如今在慈愛的爹爹、溫柔的娘親面前，她再無顧忌，前世吞回肚子裡的淚水便如決堤的洪水般，一下子全都傾洩出來了。

楚仲熙見她只是哭，並且越哭越厲害，聲聲悲戚，直哭得肝腸寸斷，聞者落淚，一向穩重的他，如今見女兒這副模樣也不由得紅了雙眼。

陶氏見女兒那悲痛欲絕的模樣，再也顧不得其他，直撲上來一把將楚明慧摟在懷裡，嗚咽著道：「好好好，我們不嫁，不嫁！不管他聖不聖旨的，我們都不嫁！」

一直在外間候著的楚明嫻等人，本在聽到盈碧那聲驚叫時就打算進去看看楚明慧，只是剛抬起腳就想起楚仲熙在裡頭，眾姊妹只好繼續候在外面。

如今聽得裡面傳來楚明慧的痛哭聲，眾姊妹們妳望我，我看妳，全都詫異不已。平日三姊姊一向端莊，何曾見她如此失態過？又想起她在賜婚聖旨下達時突然暈倒，眾人一時心中各有想法。

楚明涵自聽了聖旨的內容後，整個人就處於極度不甘當中，為什麼會這樣？明明兩家親事都已經作罷了，如今這賜婚聖旨是怎麼回事？一想到自己謀劃了這麼久，付出那樣大的代價，甚至可能引起了嫡母的警覺，可最終仍落得一場空，她就越發不甘了。

這會兒聽到裡面楚明慧的哭聲，楚明涵也不禁陷入沈思。對於三妹妹來說，當初慕國公夫人那樣當面羞辱於她，以她的脾性，是肯定不願再進那家門的；如今一道聖旨強硬將她與慕國公世子綁了起來，以前對慕國公夫人那番「絕不敢污了貴府門第」之話霎時成了笑話，她又怎會沒有怨？

雖不知這道賜婚聖旨是怎麼回事，但只要三妹妹對慕國公府有了心結，自然對慕世子也不會有什麼好臉色，或許……自己還是有機會的，至於府中那姊妹不事一夫的傳統，若是到了不得已的地步，難道父親他們還會不依她嗎？

楚明涵越想越覺得可行，因楚明慧被賜婚引起的驚慌不知不覺便散了許多。

一向與楚明慧關係甚好的楚明嫻聽到她的哭聲，眼睛也不知不覺地紅了，眨眨眼，一滴淚珠便滲了出來。

楚明婧見她的模樣，本來也有的那點心酸感一下子就消散了。「四姊姊，妳這又是哭什麼呀？」

楚明嫻抹抹眼淚。「我也不知道，就是覺得三姊姊哭得讓人聽了心酸，不知不覺也想哭了。」

楚明婧本欲再取笑她幾句的，聽了她這話後也不禁沈默了。若是大姊姊還在就好了，她那麼聰明，那麼會勸慰人，一定能讓三姊姊不再哭了的。

大小姐楚明婉兩個月前便嫁到衛郡王府去了，楚明婧初時不覺得有什麼，但隨著時間越來越長，對那位溫柔可親的長姊越發思念了，只是女子出嫁從夫，她就是再想念姊姊也不能如以前那般容易去尋她了。

大姊姊嫁了，三姊姊被賜了婚，自己也許了人，其他姊妹的親事估計亦快要訂了，想來不過這兩、三年時間，姊妹們便要各自嫁人了，這樣一想，楚明婧也不由得紅了眼。

內屋裡的楚明慧不知哭了多久，才在陶氏懷中沈沈睡去了。

陶氏輕輕將她放在床上，幫她整整錦被，才掏出手帕擦擦臉上的淚水，再吩咐一旁抽抽噎噎的盈碧好生照顧小姐，這才與楚仲熙出去了。

外頭的楚明嫻等人見他們出來，便迎上來問楚明慧的情況，陶氏強扯出一絲笑容道：「妳三姊姊她睡下了，大家還是先回去歇息吧，等她好些了再請大家來說話。」

眾人雖有點擔心，但聽了陶氏的話也不好再說什麼，只好福了福便告辭各自回去了。

「你看，慧兒對慕國公府那樣排斥，若是真要她嫁進去……」陶氏憂心忡忡地對楚仲熙道。

楚仲熙長嘆一聲，女兒的反應也是大大出乎他的意料，那哭聲，彷彿蘊含著無盡的絕望與悲痛。只是，他不明白，慕國公府或者說慕國公夫人到底對她做了什麼，讓她對嫁進慕國公府排斥至此，而且，那種種的絕望又是從何而來？就算嫁進去後慕國公夫人對她有諸多挑剔，只要她做好了本分，旁人也說不出什麼來；再說，自己的寶貝女兒受委屈，難道自己會袖手旁觀嗎？為何女兒哭聲中會蘊含著濃濃的絕望？

想到這裡，楚仲熙不由得揉揉額角。

「那日在方府，妳再將慕國公夫人對慧兒做的事詳細與我道來。」

陶氏點點頭，又將那日之事詳細對他說了一遍。

楚仲熙聽罷便陷入沈思當中，慕國公夫人雖口出惡言，但也不至於讓女兒生出絕望感啊？難道她對女兒還做了其他事？

楚明慧自不知因她一場痛哭引起了爹爹的擔憂與懷疑，她大哭一場後便陷入了絕望當中。

做了那麼多，原以為徹底告別過去，沒想到兜兜轉轉又回到那地方，自己到底是哪一世欠了他，還了一輩子還不夠嗎？還要將今生賠進去！殺子之仇、奪命之恨她都不計較了，只求平靜度過今生，如今卻又不得不踏入那糟心地。

眼淚又一滴滴地掉落下來，楚明慧只覺得萬念俱灰、了無生趣，若不是不願父母擔心，她只恨不得一頭撞死，也好過今後日日對仇人笑臉相迎。

皇帝的一道賜婚聖旨在晉安侯府中若激起千層浪的石子，楚仲熙夫婦之前雖覺得與其嫁譚家三少，倒不如嫁慕國公世子；但如今真要將女兒嫁到慕國公府時，兩人心中卻百感交集，一為前段日子兩家親事作罷之事，二為今日女兒的強烈反應。一向端莊有禮的女兒哭成那般模樣，讓夫妻兩人都不禁懷疑是不是慕國公府，或者是慕國公夫人對她做了什麼過分之事，才引致她今日這般強烈的反應。再者，兩人對這突如其來的聖旨也有點丈二金剛摸不著頭腦的感覺，實在想不明白為何皇上會突然給兩府賜婚。

之後，兩家長輩為談親事見面時，晉安侯府太夫人充分表現了對親事的重視，只是言語間提到慕國公夫人夏氏時總會有所遲疑。

慕國公太夫人心知是兒媳婦上次所為讓侯府對她有了看法，心中暗惱夏氏成事不足、敗事有餘，加上她也因為兒子私下求賜婚聖旨一事，在面對侯府時總有些底氣不足，是故言辭懇切地道：「不瞞老姊姊，我原已看中貴府三小姐，若不是中間生了波折，妳我兩家早已成了親家，如今得聖上隆恩……可見咱們兩家的確是有緣分。三小姐為人我是信得過的，是個極好的，我向妳保證，日後必會好好待她，絕不讓她再受些無端的委屈。」

兒媳婦夏氏的為人，國公太夫人自然清楚，她既然不喜楚明慧，日後楚明慧進門也肯定會挑些事端來擺擺婆婆的威風，若是沒有她中途鬧的那齣，太夫人也會睜隻眼、閉隻眼，畢竟誰年輕時沒受過婆婆的委屈啊，這些事根本不值一提。只是如今楚明慧尚未進門，侯府就已經認定她會是個刻意刁難媳婦的惡婆婆，若太夫人如今不表態，這親事到底是結親，還是結怨啊。

而慕錦毅一聽聞楚明慧因勞累過度而暈倒的消息後，他就陷入沈默當中。

因勞累過度而暈倒這說詞他根本不相信，明慧為擺脫與國公府的親事做了那麼多努力，如今一道聖旨就讓她所有心血化為烏有，她又怎會……再加上前生關於慕國公府的記憶，這慕國公府對她來說是龍潭虎穴也差不多吧？歸根究柢，還是因為前世自己辜負了她，才引致後面一系列的事。

他垂眸望著攤開在桌面的畫像，絲絲痛意從心臟處蔓延開來。如今只是得知婚訊都如此抗拒，若是嫁入府中，她又當如何？而自己又應該怎樣化解她的怨恨？後宅之事從不是他所長，更不是他應插手的，若是他多加干涉，即使不去理會有什麼不好聽的名聲，就算是祖母也不會允許的，而且說不定還會讓祖母對身為世子夫人的明慧大為不滿。所以，當前他所能做的僅僅是替她尋大伯母這一得力幫手，以及爭取祖母的支持，其他，他就是有心，也無能為力。

他總說著今生不會再讓人欺她辱她，但能為她做的卻十分有限，百行孝為先，若是母親有意刁難她，自己再怎麼不滿，也插不得手，如果又是因婆媳不和招致後禍，那與前世又有何區別？

想到這，慕錦毅不由得又添了幾分絕望。

這日，剛與太子等人商議完政事的慕錦毅正打算回府，便聽到有人在身後喚他。「慕世子。」

回頭一看，見楚仲熙站在他身後不遠處望著他。

慕錦毅急忙上前見禮。「楚大人。」

楚仲熙朝他點點頭。「世子可得閒？若得閒的話不如到前方酒樓一聚？」

慕錦毅躬身道：「自然得閒，大人，請。」

兩人一同往前方酒樓而去。

「聽聞賜婚聖旨乃國公爺求來的，不知世子對這門親事有何看法？」兩人對飲一杯後，楚仲熙便問道。

「得娶三小姐，乃在下之幸，在下深感上蒼厚愛。」慕錦毅真摯地道。

是的，上蒼對他實在仁厚，死過一次又能重活一遭，讓他得已迎娶生平所愛，彌補前世遺憾！

楚仲熙當然不清楚他的言下之意，但見他態度誠懇，知他此話不假，心中便不由得安心了些，女兒有個看重她的夫君總歸是極好的。

「只是，令堂前段日子所為，讓我對小女嫁入貴府一事甚為擔憂，倘若將來令堂又有意挑事，不知世子要怎麼做？」楚仲熙一針見血地說出今日目的。

那日楚仲熙見女兒哭得淒慘，他就不由得懷疑是不是慕國公夫人做了什麼，畢竟之前楚明慧受慕淑瑤所邀到慕國公府作客回來都還是好好的，要說在慕國公府受了委屈也實在算不上，所以關鍵還是在那日於方府受了慕國公夫人欺辱。

畢竟是尚未出閣的小姑娘，被人當面辱罵，心中一定會有些陰影，再加上未來要與曾經欺辱過她的人日日相處，一時無法接受從而強烈抗拒也是有可能的。

心中有了定論，楚仲熙便決定來尋慕錦毅，他雖也清楚自古以來男主外、女主內，男子不應過多干涉內宅，就算夏氏再怎麼拿捏楚明慧，只要她死守著禮節，旁人也說不得什麼；但那日女兒那番痛哭帶給他的震撼實在太大了，若是什麼也不做就將她嫁進去，他怎麼也無法安心，是故今日才魯莽地來尋慕錦毅，只盼著將來他就算不會為妻子而忤逆生母，但至少不要隨著生母一味苛責妻子。

慕錦毅輕輕放下手中酒杯，沈默不語。

楚仲熙也不催他，只靜靜地拿過酒壺，把面前的酒杯斟滿。

「她若傷她一分，我自傷己十分。」慕錦毅低低地、一字一字地道。

楚仲熙一怔，拿著酒杯的手便頓住了。

「只要她還在乎我這世子身分，她就不會眼睜睜看著我有任何不測。」慕錦毅又道。

楚仲熙怔怔地望著他，只覺得心頭有一股異樣感慢慢升起，他本只覺得慕國公夫人就算對女兒不滿，也不過是責罵一番，最多不過立立規矩，刻意刁難，但聽慕錦毅這語氣，彷彿清楚自己生母會對明慧做出更過分之事似的。

「你……」楚仲熙張張嘴，想說些什麼，卻又不知自己能說什麼。

「子不嫌母醜，她再怎樣也是給了我生命之人，無論她做了什麼，我都無法對她下手，母債子償，我只能將自己賠進去……」慕錦毅又低低地道。

楚仲熙張口結舌半晌才嘆息道：「你這又何必，若是大錯已成，你將自己賠進去又能改變什麼？」

慕錦毅沈默了。

楚仲熙還想說些什麼勸慰的話，但總覺得有點不對勁，只好又替自己斟滿一杯酒，一飲而盡。

而另一頭，陶氏還在勸慰女兒接受這樁親事，其實就算她不說，楚明慧也深知事已至此，早就沒有轉圜的餘地，只是心中總有點怨氣，畢竟要她心平氣和地接受，總覺得強人所難。

但經過這幾日的平靜，加上也聽陶氏說了家人為她做的種種，甚至祖母還替她明言已求得慕國公太夫人的支持，就算將來進了門，夏氏再不喜歡她，也不敢如前世那番為難她。

還能怎樣？父母、親人都已經為她做了最妥善的安排，能想到的都替她想到了，家人都做到了這地步，她又怎能再推三阻四？況且，無論是哪一個人，都會覺得兩家親事門當戶對，自己若再哭鬧，只讓人覺得不識抬舉、矯情至極。

更何況，前世自己那番下場固然有旁人的因素，自己卻是要負大部分責任的；娘親說得對，管理後宅是女子本分，若前世自己能盡職盡責，就算得不了婆婆與夫君歡心，但要保住自己還是可以的，何至於落到那般下場！

自己總說要徹底放下前世種種，若真的徹底放下了，嫁今生的慕錦毅與嫁別家男兒又有何區別？他們都不是前世那個給了妳美好希望又親手打破的慕錦毅，而自己也不是前世那個男女感情至上的楚明慧！

至於難纏的婆婆與小姑，她又敢保證嫁到其他家就沒有嗎？日子是要靠自己過出來的，再好的條件、再多的籌碼，若不知道珍惜、不懂得運用也落不到好，正如前世的自己。

事到如今，不如就將慕國公府當成其他府，總歸現在裡面的人還沒有真正傷害過自己不是？總不能將前世人做的事安在今生人頭上吧！既然他們未像前世那般待妳，那現在的他們與其他府中人又有何區別？嫁到慕國公府與嫁到他府又有何不同？

楚明慧心中如此勸慰自己，把內心深處那絲不安深深打壓下去。

陶氏見女兒想通了，也不禁暗暗鬆口氣。

這晚，楚仲熙便將今日與慕錦毅之間的對話跟陶氏說了。

陶氏皺著眉頭，也想不清慕錦毅那番話是何意，聽著好像是如果慕國公夫人傷害了明慧，他就會更深地傷害自己，可是有那麼嚴重嗎？

陶氏不禁懷疑了，其實只要他不偏頗，立場公正，那根本不會有什麼大問題，慕國公夫人就算再怎麼不喜明慧，但這可是皇上賜婚，而且自己家也不是泥捏的，哪能讓別人隨意作踐女兒。

想到這裡，陶氏便將這些事丟開了。

第二十四章

「如今三丫頭親事已訂，二丫頭那邊妳得抓緊了，總得在三丫頭之前出嫁，而且老二家的彥兒親事也近了。」太夫人叮囑長媳。

大夫人笑道：「說到二丫頭親事，我這裡倒真有個人選，就是不知母親意下如何。」

太夫人有點意外。「選中了哪家？」

「是安郡王，安郡王妃過世後，郡王太妃欲聘一世家女子為繼郡王妃，只是安郡王府如今畢竟有些勢弱，加上娶的又是續弦，是故郡王太妃也不苛求嫡庶，只求對方溫順賢良；媳婦瞧著二丫頭頗符合郡王太妃要求，且這安郡王府雖無當年顯赫，但郡王爺手中也有一點權力，而且上個月接手的差事與侯爺如今職務有些關聯，媳婦想著兩家聯姻，又能給侯爺日後辦差添幾分方便。」大夫人將相中安郡王的緣由娓娓道來。

太夫人沈默了一下，最終還是點頭應允了，畢竟庶女嫁為繼室實為平常，而且對方家世也不差，對兒子及侯府又有幫助，既如此，何不就此訂下呢？

「既然如此，媳婦便將母親的意思傳達給郡王太妃，也好儘早將親事訂下。」

太夫人點點頭。

大夫人福了福便告退了。

當楚明涵還在思考著要如何將自己願作媵妾，將來替楚明慧爭寵的意思向她道出時，便被安郡王府派人來提親的消息驚住了。

她的親事來得突然，事前並沒有一點風聲，大夫人不顧她的意願便將她軟禁在房內，美其名曰繡嫁妝。此時此刻她才猛然醒悟，嫡母想要拿捏她簡直易如反掌。

二小姐楚明涵親事一訂，府中姊妹就剩四小姐楚明嫻、五小姐楚明芷及六小姐楚明雅三人尚未有著落了。

陶氏一邊忙著長子娶媳婦之事，一邊又要準備楚明慧嫁妝之事，只忙得她暈頭轉向，索性將小兒子們扔給楚明慧照顧，一來減輕自己負擔，二來也分散一下女兒精力，至於庶女楚明雅的親事，倒一時顧不上了。

沒多久，楚明慧也得知楚明涵的婚事。

「安郡王府？」她手中的動作停住了，惹得她懷中的小晟遠不滿地拍拍她的手背，楚明慧只得繼續揉著他的小肚子。

「是的，說是嫁給安郡王當繼室。」楚明婧一邊輕輕抱了抱小晟澤肉乎乎的小身子，一邊應付地回了句。

楚明慧徹底怔住了。安郡王？這不是前世五妹妹楚明芷嫁的對象，怎麼今生娶的是二姊姊楚明涵？原應該是二姊夫的林家公子今生卻成了七妹夫，這錯亂的關係到底是怎麼形成的？

其實如果可以，她還是希望今生自己家不要和安郡王府扯上關係，那般亂糟糟的郡王府，裡面掩蓋了多少見不得光的醜事，萬一將來事發，說不定還會連累自家。

只是，大房的事也輪不到她一個晚輩多事，況且，楚明涵前世對自己做的那些事，就算今生自己不會主動出手對付她，可要讓自己替她出頭也是絕無可能的，她再不計較，也沒有大度到那等地步，乾脆各安天命吧！

四小姐楚明嫻的親事如前世一樣，三夫人將她許給了娘家姪兒，如此一來，侯府眾姊妹中就只剩五小姐楚明芷與六小姐楚明雅尚未訂親了。

「劉夫人命人送了帖子，說邀請您到府上一聚。」紅繡道。

「嗯。」大夫人點點頭。

「劉四公子那日估計也會在，夫人如果要相看的話倒是一個機會，相信以劉家家世，配五小姐也是可以的了。」

「這也是我為什麼選中劉家的原因，任憑是趙姨娘也挑不出一點不好來，高門庶女配低門嫡子，正好。」大夫人冷笑道。

「母親，妳要將五姊姊許給那個劉四公子？」楚明婧推門進來問道。

「姑娘家哪這麼多事，怎麼來了也不讓人通傳一聲？」大夫人皺眉道。「以後嫁人了也這般沒規矩，看人家怎麼說妳。」

「母親，這劉四公子要不得，五姊姊嫁給他的話一輩子就完了。」楚明婧也顧不上母親的責怪，急道。

大夫人望了紅繡一眼，紅繡心領神會地退了出去，順手關上了門。

「妳不是一直很不喜歡妳五姊姊的嗎？」大夫人問女兒。

「是啊，眾位姊姊妹妹當中，我最討厭的就是她了；可是，我再討厭她也沒想過讓她一輩子過得不好啊！」

大夫人一怔，倒沒想過女兒竟會說出這番話。

「假若，將來她過得比妳要好，妳要怎麼辦？」

「自然是努力過得比她更好。」楚明婧不以為然，然後又氣憤地道：「母親，那劉四公子真的是嫁不得，女兒那日親眼見他打傷了一位賣菜的老婆婆，還踹翻了人家的菜籃子，人家也只不過是來不及給他讓路而已，簡直是太壞了。五姊姊若嫁了他，將來一定會受苦的！」

大夫人怔怔地望著這個小女兒，彷彿有點不認識她了，她自己沒有親姊妹，堂姊妹倒有幾個，不過一向不親近，但在她記憶中，那些嫡庶小姐間的爭鬥，均是恨不得將對方往死裡整，是故這些年來她眼見著楚明芷處處針對女兒，心中自是恨得不行，只想著先讓她囂張幾年，將來再連本帶利討回來，只是，女兒如今這番話，倒讓她有點遲疑了。

「妳五姊姊往日那般對妳，妳都不記恨？」

「當然記恨！」楚明婧氣呼呼地道。「她老是針對我，可我也不是好惹的，自然會討回來。」

「那妳為何還要關心她以後過得好不好？」

「她是我姊姊啊，雖然不是一個娘生的，可到底也是親姊姊啊！我又怎麼會盼著她不好？」楚明婧不解地望著大夫人。

大夫人微嘆口氣，女兒今日這番話徹底打翻了她以往的認知，但是，自己的女兒是心善的，就算再討厭庶姊也沒想過讓對方將來過得不好，但未必別人也這樣對她啊！這世上恩將仇報的事可多了！

本欲教導女兒防人之心不可無，但見她還是一副替楚明芷不平的模樣，罷了罷了，暫且這樣吧！

大夫人又冷眼旁觀了一段日子，見楚明芷雖仍時不時與楚明婧有些爭執，但到底也沒做過什麼過分之事，細細回想了這些年兩人間的相處，也是這般吵吵鬧鬧的，比起她知道的那些互相下刀子的異母姊妹倒要好上許多。

她嘆口氣，算了，隨她去吧，自己看在女兒面上就做個盡責的嫡母，以後的事就看楚明芷自己的命吧！

大夫人想明白後便又重新選了幾個人選，直接扔給趙姨娘，讓她自己替楚明芷挑選，並且也不阻止她多方打探幾家人選的實情，甚至暗示紅繡給她大開方便之門，總之是好是壞都是她們自己選的；趙姨娘礙了她這麼多年的眼，要她掏心掏肺地替她女兒挑好人家，她自問做不到，現在中規中矩挑出幾個還是看在女兒的面上。

趙姨娘最終替楚明芷選了個低門嫡子，中規中矩的人家，大夫人也不為難她，直接將人選報到太夫人那裡，太夫人稍問了一下男方情況就同意了，如此楚明芷的親事便也算是訂下了。

春闈過後，晉安侯府迎來了二少夫人凌氏，陶氏看著曾經小小一團的長子如今也成家了，不由得感慨時間過得快。只是她的感慨僅是小半晌，因為女兒的親事也不遠了，加上如今府中就剩二房庶女楚明雅親事至今無著落，她心裡頭也急得很。看在林姨娘這些年都循規蹈矩的，她並不欲在庶女親事上為難她，也打算替楚明雅挑個合適的人選，就當是全了林姨娘小心服侍這麼多年。

而慕國公府那邊，慕錦毅因親事一事算是徹底得罪了德妃，但他也不放在心上，道不同不相為謀，五皇子一系自己都是要遠離的，早得罪、晚得罪還不是一樣？

夏氏自從得知兒子最終還是得娶晉安侯府那位三小姐，心中又驚又怒，沒想到繞了那麼大一圈，還是得娶那人，再加上前幾日太夫人又因上次議親一事發作了她一番，她對楚明慧的不滿越發濃了。

慕淑穎的感覺與她相差無幾，自上次被慕錦毅教訓了一頓後，她便清楚地認識到兄長才是她未來最大的靠山，如今見未來長嫂竟然是那位毫不給她臉面的晉安侯府三小姐，心中就不由得惱怒起來。

只是這段日子她被太夫人死死拘在屋裡學規矩，教導她規矩的簡嬤嬤可不管妳是不是國公嫡小姐，犯了錯照樣戒尺拍過來，痛得她眼淚狂飆，也不敢再發小姐脾氣，生怕再惹了祖母生氣，自己受的懲罰會更重。但是，每被打一次，她心中對楚明慧的恨就更深一分。

春闈成績公告後，林煒均位列二甲第六名，名次算是很好，若殿試上表現得好，一甲也不是不可能，大夫人得知後自然十分歡喜，而林煒均這段日子便忙著應付殿試。

楚明慧倒不大關注林煒均，皆因她知道這個人前途不可限量，她詫異的倒是那位崔騰浩，竟然是二甲最後一名，堪堪上榜，前世他好像是排到六十五名。

只是如今他家夫人上京，眾人皆知他早已娶親，自然與六妹妹牽扯不上關係了，是故楚明慧也只是詫異了一下便拋開了。

又隔一個月，晉安侯府眾人焦心地等待林煒均殿試成績。

「太夫人，大喜大喜，林公子高中狀元！」報喜的小廝一路跑來。

「果真是大喜！哈哈哈，重重地賞！」太夫人大喜，其他女眷也喜出望外。

楚明慧更是詫異，前世這位林煒均可不是狀元。

林夫人得知兒子高中狀元的消息後不禁喜極而泣，終於熬出頭了，也算是對得起死去的夫君。

當日，林煒均辭過友人後回到家中，見母親淚光閃閃，眼眶不禁亦有點濕潤，如今這一切實在太不容易了，父親的早逝，族人的欺凌，若不是母親堅強，帶著自己遠離老家，自己也不會有今日這番成就。

「孩兒今日總算不負母親一番心血。」他跪在林夫人跟前，嗚咽道。

林夫人急忙扶起他。「你這是做什麼？」

林煒均順著她的力道站起身。

「只可惜侯府那七小姐尚未及笄，要不還能雙喜臨門……」林夫人惋惜道。

見母親提起自己那位未過門的小妻子，林煒均不由得露出一絲笑意。

日子一日一日過去，楚明涵最終還是被迫坐上了安郡王府的花轎，正式進了安郡王府的門，成了第二任安郡王妃。

自親事訂下後，陶氏每日都抽些時間出來專門教導楚明慧處理內宅之事，雖然這些前世她也教過，但楚明慧仍是認真地聽進心裡去，只是她越聽就越覺得前世自己真的是一位相當不合格的掌家主母。正如母親教導那般，真正聰明的女子會懂得為自己爭取最大的優勢，讓自己過得更好，哪會像自己前世那般一遇挫折便心灰意冷，把自己困在消極情緒中，任由外界怎麼說、怎麼做都不管不顧。

楚明慧苦笑，果真是自作孽不可活啊！

而這日陶氏又教導她一些關於夫妻相處之事。

「娘，爹爹當年納了林姨娘，妳難道就不會不高興嗎？」楚明慧猶豫了半晌，最終還是問出這個糾結了她好久的問題。

父母情深意重，可中間卻仍多了個林姨娘，她一直想不明白其中的原因，既然情深，那怎麼還有他人呢？而且，有了他人，又怎會還如斯深情？

陶氏一怔，倒想不到女兒會問出這種問題。

「是女兒唐突了，不該問這種問題的。」楚明慧見她不語，有點不安地道。

「自然會不高興。」陶氏微嘆口氣。「可是那時大夫斷定娘親的身子恐難再有孕，而妳爹爹當時只得妳兄長一個兒子，娘就算再不樂意，也不能耽誤了子嗣啊！」將深愛的丈夫分一半給別的女人又怎麼會高興，可是綿延子嗣之事何等重要，就算再不樂意也別無他法；所幸自家夫君也是有情有義的，見林姨娘只生了個女兒便不願再納妾，一心一意守著他們三人過日子。

楚明慧低著頭，心中苦澀。娘親當時都已生下了兄長，可因大夫說她難再有孕，之後即主動替夫君納了妾，而前世一無所出的自己，又憑什麼仗著夫君情到濃時許下的那些諾言，要求他守著自己過一輩子呢？

不孝有三，無後為大，慕錦毅身為慕國公府唯一支柱，他膝下又怎能無子？或者易地而處，若是將來自己的兒子娶了個不能生，而且還不許夫君納妾的媳婦，自己能對她有好臉色？

如今再想想前世事，竟是自己有錯在先，甚至到後來更是執迷不悟，一味怨責他人，自怨自艾，最終落得那個下場也算是咎由自取。

陶氏見女兒黯然的神情，以為她是擔心日後夫君納妾之事，便輕柔地撫著她的長髮道：「男兒三妻四妾實屬平常，若他不是寵妾滅妻之徒，旁人根本挑不出什麼錯來。對於女子來說，最忌諱就是身心全放進男女情愛當中，一旦對方身邊另有他人，只怕苦的便是自己了。雖說拿得起、放得下並不是那樣容易之事，但至少得先有放下的心思，只要心中想要放了，就算一時半刻做不到，來日方長總會看開的。但是無論在什麼情況下，都得好好保護自己，讓自己過得好些。」

這番話聽來雖有點消極，但陶氏覺得年輕女子易情熱，尤其自己女兒又是那般執拗之人，既然問出那樣的問題，若不事先提點一番，怕她將來會吃大虧。

楚明慧沈默了，若是前世出嫁前娘親也這般告誡自己，自己後來是不是就會過得更好一點？只是仔細想想，她仍是搖頭否認了，前世的自己出嫁之前就已經心儀慕錦毅了，滿腔熱情投放在對方身上，就算娘親也如今日這般教導，自己未必放在心上，如今這番話能帶給自己震撼，皆因她曾經在這上面吃過大虧而已。

出嫁前一日，她一早到陶氏屋裡請安，見父母兄嫂都在，眼眶不由得紅了。

陶氏拉著她的手在椅上坐下，慈愛地道：「過了今日便是別人家的媳婦了，日後要好好服侍夫君，孝敬長輩。」

楚明慧嗚咽著點了點頭，將視線移至楚仲熙處。

楚仲熙目光柔和地望著她。「好好照顧自己。」

「嗯！」她只覺得視線更加朦朧，喉嚨堵得更厲害。

片刻又聽楚晟彥叮囑道：「若是慕錦毅那小子對不住妳，妳千萬莫忍氣吞聲，萬事有二哥在。」

她再也忍不住，淚水滴滴答答地掉落下來，長嫂凌氏上前幾步擁著她，溫柔地替她拭去淚水。

屋裡頓時陷入一陣感傷當中。

這一日，她便一直留在陶氏屋裡，珍惜與家人不多的相處時光，直至府裡掌起了燈，陶氏催促她早些回房歇息，她這才依依不捨地離去了。

「小姐，早點歇息吧，明日還得早起呢！歇息得好些，做個美美的新嫁娘。」盈碧笑嘻嘻地上前道。

楚明慧輕點了她腦門一下。「要不我也早日讓妳做個美美的新嫁娘？」

「再怎麼美也美不過我家小姐！」盈碧繼續打趣她。

楚明慧失笑，知道她是故意逗自己開心。隨著婚期越來越近，她內心的不安與惶恐便越發濃了，那畢竟是前世她喪命之地啊，若心中沒有半點害怕那是假的。

雖知今生自己形勢一片大好，但畢竟曾失敗過一回，心裡又怎會不擔憂？

第二十五章

大婚之日，陶氏親自前來替楚明慧梳頭化妝，但見銅鏡中女子青絲如雲，面如芙蓉，一雙翦水秋瞳隱隱閃著淚光。

陶氏嗚咽著道：「可不能哭，否則這妝可就白費了。」

楚明慧含淚點頭。「好，女兒不哭。」

陶氏輕輕擁著她的肩膀，心中一片不捨，自己嬌養了十幾年的女兒如今要成為別人家的媳婦了，為人媳婦哪是那般容易之事，不說她那未來婆婆性子，就算是遇到個慈和的，也免不了受些小委屈，哪能如在家做姑娘一般得家人萬般寵愛。

縱然母女倆再不捨，隨著吉時越來越近，楚明慧便在喜娘的引導下前去拜別家中長輩。

老太爺、太夫人先後勉勵了她一番，輪到楚仲熙時，他本也想依禮俗說些勉勵之話，但喉嚨卻像突然被什麼堵住了一般，最後只能草草叮囑了幾句「好生侍奉夫君」便接過紅蓋頭，親手將它蓋在楚明慧頭上。

當那一片大紅徹底擋住她的視線之後，楚明慧一直強忍的淚水便滑落下來了，除了對未來的徬徨外，更多的是對父母與家人的不捨，從今往後再不會有人那般包容自己，前方的路只能她一人獨自前行。

陶氏看著紅蓋頭落下之後，忍不住抽噎起來，而楚明嫻等姊妹也跟著掉起眼淚，一時間，屋裡充滿濃濃的離愁別緒。

大夫人抹抹眼淚，正打算開口提醒她們注意吉時，便見從外頭突然跑進來兩個紅通通、圓滾滾的小身影，然後直往楚明慧撲過去，一邊一個扯著她的大紅嫁衣放聲大哭。

這突如其來的嚎啕大哭徹底將眾人震住了，一時間大家也顧不上抹眼淚，直往哭聲處望去——

見那對雙胞胎小兄弟一左一右站在楚明慧身邊，兩人手上均緊緊抓著她的嫁衣，正仰著頭扯開喉嚨哇哇大哭，眾人一見，都忍不住「噗哧」一下笑了，就連老太爺也搖頭失笑。

「兩位小姪兒也捨不得三姪女出嫁呢！」三夫人笑道。

太夫人擦了一下眼角的淚水，亦笑著朝小兄弟們招招手道：「祖母的小心肝們，到祖母這兒來。」

誰知那兩個小傢伙誰都不理，只管哇哇大哭，偶爾打個嗝後還蹦出一句。「三姊姊不走！」

紅蓋頭下的楚明慧長長的睫毛上還掛著一滴淚珠，心中卻一片暖洋洋的，嘴角也跟著彎了起來，這兩個小壞蛋。

陶氏又好氣又好笑地罵了句。「這兩個小活寶怎麼跑來了，奶娘呢？怎不看緊他們？」

話音未落，便見兩位奶娘氣喘吁吁地跑了進來。「夫人恕罪……」

陶氏打斷她們的話。「好了，大喜日子別說那些有的沒的，快把兩位小少爺抱下去吧。」

奶娘應了聲，便一人一個將小傢伙抱起來，可他們卻將楚明慧的嫁衣抓得死死的，邊哭邊掙扎，奶娘們不敢用力，一來怕弄疼了他們，二來也怕會扯壞楚明慧的嫁衣，最後只能僵在那裡。

陶氏無奈，只得親自抱過小七，柔聲哄著，而這些日子老逗著小傢伙們玩的楚明婧則上前抱過小六，也輕輕哄著。

好不容易才將楚明慧的嫁衣從小兄弟倆手上解救出來，陶氏不敢再耽擱，催促喜娘趕快帶著楚明慧離開。

楚明慧強忍著不捨，微不可見地朝著眾人福了福，便轉身跟著喜娘往門外走去……

「啊！你這小壞蛋，又撒在我身上。」剛走出門口，便聽身後傳來楚明婧的尖叫聲。

楚明慧悶笑，知道肯定是小弟又在七妹妹懷裡放大水了。

這幾個月來，楚明婧總愛往二房裡跑，與楚明慧兩人逗弄雙胞胎，可每次她抱小六的時候，都被對方一泡尿淋在身上，讓人不禁懷疑小傢伙是不是故意忍著等楚明婧抱他時才釋放；而每次做了壞事的小六都對著欲哭無淚的楚明婧拍著小手掌格格格地笑個不停，把她氣得哇哇大叫，發誓以後不再抱他了。可下一次，小六眨巴眨巴著一雙大眼睛對她露出一個大大的討好笑容，張著手要抱時，她仍會不知死活地抱起他，當然，後果還是一樣的，如此往復……

久而久之，侯府下人都習慣在七小姐與六少爺相處時準備一套七小姐的乾淨衣裙以備不時之需。

這意外的小插曲徹底驅散了楚明慧心中的不安，她伏在兄長背上出了門，再上花轎，這一路上，楚明慧臉上都帶著淺淺笑意，直到花轎停下，轎門被一隻腳踢開……

「噼哩啪啦」的喜炮聲中夾雜著眾人的道喜聲、歡笑聲，楚明慧低著頭，由著喜娘牽著她下轎，再接過一條紅綢，跨過火盆。

她僵著身子順著指示拜了堂，在「送入洞房」的聲中來到新房的喜床上坐下，身邊的喜娘似是笑著說些喜慶話，她恍恍惚惚的也沒留意聽，直到眼前一亮……

楚明慧下意識地抬起頭，便望進一雙洋溢著濃濃喜悅的眼眸中。她定定地望著眼前穿著喜袍的慕錦毅，見他整個人都沐浴在喜氣當中，雙眼正溫柔地望著她。

她突然心裡一慌，連忙低下頭來。

慕錦毅癡癡地望著他的新婚妻子，這一生終於又能名正言順地擁她入懷了！

一旁的喜娘見這對新婚兒女情意綿綿的樣子，不由得又笑著說些類似「郎才女貌、天作之合」之類的喜氣話。

楚明慧心中百感交集，只是繼續垂著頭，任由那喜娘又祝賀了幾句離開後，這才緩緩抬起頭望了望坐在身側的慕錦毅。

這個男人，自己這輩子最終還是得耗在他身邊。怨嗎？還是怨的，縱然前世悲劇有自己的錯，但眼前之人亦有不可推卸的責任。恨嗎？仍是有恨的，滿腔的愛戀最終付之一炬。如今兜兜轉轉又回到這個地方，她也想不清楚到底該如何面對他，既無法如前世最初那般柔情相對，也無法像後來那樣冰冷以待，或許，只能不遠不近、不熱不冷地做個盡職盡責的世子夫人。

「妳好生歇息，我已命人到廚房替妳端些飯菜過來，這會兒我得到外頭敬酒去了。」慕錦毅有點不敢與她對望，微微移開視線柔聲囑咐，聽到對方輕輕「嗯」了一聲後，才離開了新房。

身後的房門合上後，慕錦毅苦笑，明慧的態度比他想像中好得多了，起碼沒有冷冰冰地對他，至少與她說話還給點反應；只不過到底還是自己心虛，總覺得有著前世記憶的她會像以往那般待自己冷若冰霜，卻忘了她亦是個恩怨分明之人，在不知道自己其實就是前世那個辜負過她的慕錦毅的前提下，又怎會如前世那般待自己。

屋裡的楚明慧用了些飯菜，又在盈碧的伺候下沐浴更衣過，這才靠坐在床頭上想著心事。

盈碧見她這副完全不像新嫁娘的樣子，不由得十分奇怪，正想開口詢問幾聲，便聽外頭傳來丫鬟的請安聲。「世子爺。」

楚明慧亦聽到響聲，心中一慌，突然意識到今晚是自己與慕錦毅的洞房花燭夜。

「世子爺，您小心點。」外頭傳來慕維的聲音。

楚明慧強抑著慌亂的心，吩咐盈碧去準備醒酒湯與熱水。

「你們都出去吧！」慕錦毅吩咐道。

「是。」

隨著腳步聲越來越近，她整顆心跳得越來越快，直到高大的身影出現在她的眼前。

「我、我已經命人去準備醒酒湯與熱水了，你先……」她有點不安地道。

「不忙，我們還未喝過交杯酒呢！」慕錦毅柔聲打斷她的話，然後倒滿了兩杯酒，將其中一杯遞到楚明慧面前。

楚明慧下意識地接過來，便見對方長臂一彎，勾住了自己的手臂……

兩臂接觸間，楚明慧感到對方似是顫了顫，然後更用力地勾住自己，仰頭將酒喝了下去。

她無法，亦只好將酒一飲而盡。

將手中空酒杯放下後，慕錦毅定定地望著他的新婚妻子，楚明慧被他灼熱的目光看得十分慌亂，正緊張間，便聽外頭響起盈碧的聲音。「小姐，熱水準備好了。」

楚明慧如蒙大赦，急忙道：「那……那個，熱水都準備好了。」

慕錦毅低低地「嗯」了一聲，深深望了她一眼，才往耳房裡走去。

楚明慧暗暗鬆了口氣，她現在還沒辦法面對他，縱然知曉他不是前世那個辜負自己的人，卻頂著一模一樣的臉，看著這張臉，她就不由自主地想起往事，要她像個普通新嫁娘一般實在是為難了些。

慕錦毅心不在焉地擦洗著身子，一顆心七上八下的，有絲期待，又有點害怕，洞房是一定要的，否則明日無法應對家中長輩，可是，明慧她願意嗎？前世兩人鬧翻後，她連房門都不許自己進，更別說行什麼周公之禮了，如今……

饒是他再怎麼不安，就算將身上擦出一層皮來，還是得出來面對現實。

從耳房中出來便見楚明慧垂著頭坐在床上，慕錦毅坐在她身邊，兩人靜靜坐了半晌，慕錦毅才低聲說了句。「歇息吧！」

楚明慧心中一慌，亦只能強作鎮靜地應了聲。「嗯。」

兩人並排躺在床上，燭光透過帷幔照進來，慕錦毅不動聲色地向著楚明慧的方向移近一點、再一點……

楚明慧心有所感，亦不動聲色地往外移開一點，直到覺得兩人間的距離安全了，她才稍稍放下心來。

正鬆口氣間，左手便被人抓住了，楚明慧一驚，下意識就要抽回，對方似是有所意料一般，抓得更緊了。

她更為驚慌，正欲用力抽回手，便覺眼前一片陰影，竟是慕錦毅翻身伏在她身上。

「明慧。」慕錦毅雙手捧著她的臉，呢喃般在她耳邊嘆息道。

楚明慧只覺頭皮一陣發麻，恨不得一腳將身上的人踢開，自前世兩人鬧翻後，她每次被慕錦毅觸碰都會覺得厭煩不已，她實在不想那雙碰過別人的手再來碰自己。

然而此時此刻，她卻只能僵著身子任由對方一點一點地脫去她身上的衣服，強忍著身體異樣任他擺布。

慕錦毅盼了兩世，如今心心念念之人柔順地躺在他身下，他只覺心中有團火正不斷地燃燒，手上的動作越來越急、越來越重，直到最後尋到了發洩之處。

楚明慧閉著雙眼，死死咬著唇抵抗那一陣強烈痛楚，待察覺對方正一點點親著她的額頭，然後慢慢往下，眼見那溫暖的唇瓣就要落到她唇上，她下意識地偏過頭，避開了那溫暖之源。

楚明慧感覺對方動作一頓，片刻又動作起來，只是那唇瓣卻避過了她雙唇，直往下而去。

當身體的異樣感越來越濃，濃烈到讓她覺得就要被俘虜了，她用力一咬舌頭，強行喚回一絲清明，強作鎮靜地問了句。

「還沒完嗎？」

正沈浸在美妙當中的慕錦毅，恨不得將滿腔的熱情一股腦兒發洩出來，卻被這突然的清冷聲音一下打擊得僵住了動作，那種感覺恍若在火光中歡騰的乾柴，被一盆冷水潑過來，然後滿滿的熱情便「噝」的一下，全部熄滅了……

慕錦毅默默地退出，心中那抱得佳人歸的喜悅一下子跑得無影無蹤了。

楚明慧見他離開，心中亦暗暗鬆口氣，順手撿起方才掉落地上的衣服披在身上……

這之後，兩人便相安無事地度過了。

次日一早，楚明慧由翠竹伺候著梳妝好，才默默地跟在慕錦毅身後去向慕國公府長輩敬茶。

一路上，慕錦毅都忍不住偷偷打量她，見對方只是微垂著頭走路，臉上神情一時看不出悲喜，心中不禁有點不安。

新媳婦敬茶是必須的，若是她見了母親與三妹，可會……

想到可能會出現的狀況，慕錦毅心中越發不安了。

饒是他再不安，目的地也到了。

「世子爺與世子夫人到了。」外頭候著的丫鬟一見兩人，便笑著往屋裡通報。

世子夫人這稱呼一出，楚明慧就詫異地抬起頭。

前世自己在這府中只稱大少夫人，世子夫人一般是在外頭稱呼的，她曾經也不明白，後來才得知是太夫人為了避免勾起喬氏心中痛苦的回憶，才默認了下人對自己的稱呼。

如今這婢女大大方方地稱自己為世子夫人，想來是喬氏放下了對爵位旁落的不甘，又想起前不久從易州外祖家中傳來的消息，剛進門不久的小表嫂慕淑瑤懷了身孕，喬氏大概是知道女兒過得好，心中安慰，是故才看開的吧？

兩人剛進門，便見屋裡坐滿了人，上首的便是府中的太夫人。

見長輩們都在，慕錦毅不由得告罪。「是孫兒來晚了，讓祖母久等。」楚明慧亦隨著他行禮。

太夫人大笑。「不晚不晚，剛剛好，來得正好。」

一旁的喬氏亦笑道：「可不是，時辰剛剛好。」

慕國公亦捋著鬍子笑笑，轉頭對太夫人道：「母親，時辰也到了，那就開始吧。」

太夫人點點頭，早就端著茶盤候在一旁的婢女笑著將茶捧過來。

慕錦毅兩人將茶接過，朝著太夫人跪下。

「孫兒給祖母敬茶！」
「孫媳給祖母敬茶。」
太夫人喜不自勝，連連說了幾個「好」，才接過茶抿了一口，又說了幾句祝福的話，然後將早已準備好的見面禮交給楚明慧。
兩人又向慕國公敬了茶，笑呵呵的慕國公自然不會為難他們，痛快地接過茶杯，亦祝福了幾句，這才遞上見面禮。
輪到慕國公夫人夏氏時，慕錦毅下意識地望了身邊的楚明慧一眼，見她神色平淡，看不出情緒，心中不由得七上八下，而知曉之前那事的幾個人也有點不安地望了楚明慧一眼。
楚明慧微垂著頭，強壓下心中怨恨，恭敬地朝著夏氏行禮。「媳婦，向母親敬茶。」
夏氏有絲不自在地扭扭身子，僵笑著伸手接過，卻只是意思意思地用嘴唇碰了碰，才說了句。「早日替國公府開枝散葉。」言罷，彆彆扭扭地將見面禮塞進楚明慧手中。
太夫人皺著眉頭望了一眼那癟癟的荷包，不悅地瞪了夏氏一眼，但見到楚明慧若無其事地將荷包交給她身後的婢女，又隨著慕錦毅朝喬氏敬茶時，她不由得暗暗點頭，果然是侯門嫡女，這氣度比小門小戶出身的不知要好多少倍！
夏氏自然收到婆婆不悅的目光，但要她送些貴重物品給楚明慧，她自問做不到，如今意思意思地塞幾張銀票也算是全了臉面，難道對方還敢到處張揚婆婆給的見面禮太薄？
喬氏接過楚明慧敬上的茶，笑咪咪地抿了一口，然後將一套翡翠頭面遞給她。
楚明慧有點詫異地看著這明顯十分貴重的頭面，但到底沒有表現出什麼，依然若無其事地交給身後的翠竹。
慕國公府嫡系如今就只剩慕國公這一房及大房守寡的喬氏，剩下的便是些小輩，楚明慧倒不必再敬茶，只是在慕錦毅的帶領下與他們見過便是。
慕國公膝下共三子三女，世子慕錦毅、三少爺慕錦康、三小姐慕淑穎均是夏氏所出；二少爺慕錦鴻、二小姐慕淑琪和四小姐慕淑怡皆由姨娘所出。
「這是二弟。」慕錦毅介紹道。
楚明慧依禮福了福。「二叔。」
二少爺慕錦鴻急忙還禮。「大嫂。」
一旁的翠竹忙向楚明慧遞上早就準備好的荷包。
楚明慧接過後便遞給了慕錦鴻。之後就是夏氏的小兒子，三少爺慕錦康。
前世楚明慧對這個霸道的小叔倒沒什麼厭惡感，雖然對方時不時受夏氏與慕淑穎的挑釁來找她的麻煩，但到底沒做過什麼傷害她的事，是故今日見他也無多大情緒起伏。
慕淑穎站在二小姐慕淑琪與四小姐慕淑怡中間，盯著正與慕錦康見禮的楚明慧。她知道今日若自己再鬧出什麼動靜來，不說祖母不會放過自己，恐怕就是兄長也饒不了她，是故只能死死盯著楚明慧，恨不得將對方盯出個洞來。
楚明慧自然感受到這惡意的目光，微微側頭掃了慕淑穎一眼，心中冷笑。
她的動作當然瞞不過一直留意她的慕錦毅，慕錦毅順著她的視線望去，便見三妹慕淑穎正憤恨地盯著妻子，慕錦毅神色一寒，冷冷地瞪了她一眼。

慕淑穎察覺兄長的目光，不由得一驚，快速收回視線，垂首站在原地。

三人的動作幅度不大，也沒怎麼引起長輩們的注意，只有二少爺慕錦鴻察覺到這一幕，若有所思地掃了三人一眼。

輪到慕淑穎時，她再不樂意楚明慧當她的大嫂，也不敢得罪一旁的兄長，於是只能不情不願地與楚明慧見過禮，又接過對方遞上的荷包。

後面之事便順利多了，太夫人雖有心留小夫妻倆陪她用早膳，但考慮到兩人昨日累了一整天，今日還是稍微歇息一下才好，是故擺擺手讓他們回去了。

慕錦毅亦不客氣，行過禮後便帶著楚明慧回到房裡。

兩人相對無言地坐了一會兒，慕錦毅心中苦澀，前世新婚之時兩人是多麼如膠似漆，哪像如今這般似是隔著好幾丈距離，偏他怕對方發現自己的秘密，也不敢主動接近，只能這樣不遠不近地候著，只盼著對方什麼時候能轉過身來給自己一個微笑。

至於琴瑟和鳴、恩愛纏綿什麼的，他想都不敢想了，昨晚楚明慧在那等境地都能清清冷冷地說出那樣一句話來，可見她心中對自己排斥到何等地步，估計連自己的觸碰都覺得無法忍受吧！

接下來的大半日，楚明慧只覺得度日如年，恨不得時間飛逝，或者慕錦毅突然有差事，也好過如今這般不冷不熱地乾坐著。

縱使楚明慧有多排斥慕錦毅，他這晚依然得歇在她身邊，楚明慧僵著身子半晌，見對方沒什麼動作，又等了一段時間，便聽到身側傳來微微的打鼾聲，懸了一整晚的心終於放下了，她將身體往錦被裡縮了縮，沈沈睡去……

屋裡燃燒著的蠟燭偶爾響起一聲「噼啪」聲，燭光微微跳動。

慕錦毅睜開雙眼，定定地望著離他一臂遠的楚明慧，心下嘆息，這到底是有多排斥自己啊，都差點把身子移到床沿邊上了。

他輕輕地伸出手將睡得正熟的楚明慧往床裡抱回來一點，並溫柔地撫著她的臉，滿目皆是柔情，也只有這個時候，她才會安靜柔順地躺在自己懷中，他才敢如此光明正大地放任自己。

——未完，待續，請看文創風256《君許諾》2

2015年1月出版

君許諾

文創風 255～257

一雙人，到白首，不相離，問君憶記否？

雙世情緣，愛恨難明／陸戚月

前世她全心全意沈浸在夫君許諾的「一生一世一雙人」，
可最終丈夫不但背信納了妾，她還因一碗毒藥送了性命……
今生她想方設法要擺脫嫁入慕國公府的老路，
誰知，兜兜轉轉還是難逃命數，奉旨成婚做了他的妻。
她本打算與他相敬如「冰」、安分守己地做好妻子的本分，
無奈這婆婆無理、小姑刁蠻，要相安無事共處內宅實非易事，
不過，出身侯府又深獲太夫人賞識的她也絕非省油的燈。
原以為這一世因她重活一遭，導致有些事的發展有所變化，
豈料，一幅描繪前世夫妻恩愛的畫軸，
揭開了枕邊人亦是重生的秘密，
回顧這段日子他的情真意切，已讓人剪不斷、理還亂了，
再加上這筆「前世債，今生償」的帳，她該如何拎得清？

流浪貓狗介紹所

為流浪貓狗加油 和貓寶貝 狗寶貝

廝守終生(一定要終生喔！)的幸福機會

對人來說，貓寶貝狗寶貝只是生活的一部分，但妳（你）對牠們來說，卻是生活的全部，領養前請一定要考慮清楚——

▲ 等待春天的小黃媽媽

性　　別：女生
品　　種：米克斯
年　　紀：約2-3歲
個　　性：愛玩貪吃
健康狀況：已完成預防針注射，已結紮
目前住所：新竹市

本期資料來源：www.catcat.tw巷口躲貓貓(貓住宿、咖啡、下午茶)

第244期推薦寵物情人

『小黃』的故事：

小黃和小灰、小斑同樣來自酷愛收集各類品種貓的家庭，主人沒辦法細心照料到每隻貓，以致小黃剛來時也是大小毛病不斷，時常是掛著眼淚、呆滯的狀態，牠甚至懷著身孕。因為原生家庭的關係，小黃原來個性有些怕人，且由於嘴巴內側有個大傷口，對人反應更是凶猛，不管什麼東西或誰的手，靠近牠嘴邊就是一陣狂咬。

不過兒子小福出生後，小黃看起來好幸福，每天都會用小短手把小福摟在懷裡，生怕別人多看一眼；這時可以摸摸牠，為牠梳毛，小黃會一邊對你發出警告的呼嚕聲，一邊抱緊兒子，但微微享受的表情卻洩漏了牠的真實心情，既彆扭又可愛。

恢復健康的小黃再也不咬人了，只是小福逐漸長大，牠更不大和人親近，愈來愈依戀小福。然而小福已找到好人家的現在，小黃愛玩貪吃的個性倒慢慢鮮明起來；牠超愛邁著小短腿暴衝，喜歡開發新玩具，甚至遇到吸塵器也不怕，而偶爾吃多了，客人還會對著牠隱約膨脹起來的迷你體型說牠「變胖了」！

對於這當過媽媽的少女貓來說，或許牠不大親人，但只要給予足夠的耐心，且用正確的方式與牠培養感情，小黃絕對能更相信人類。有意領養者，歡迎來信cat_lu@mail2000.com.tw（盧小姐），主旨註明「我想認養小黃」，給可愛的小黃媽媽一個家。

認養資格：

1. 認養者須年滿20歲，有獨立經濟能力，並獲得家人與同住室友的同意。
2. 非學生情侶或單獨在外租屋的學生，須能提出絕不棄養的保證。
3. 須同意送養人日後之追蹤探訪。
4. 領養者需有自信對牠們不離不棄，愛護牠們一輩子。

來信請說明：

a. 個人基本資料：姓名、性別、年齡、家庭狀況、職業與經濟來源等。
b. 想認養「小黃」的理由。
c. 過去養寵物的經驗，及簡介一下您的飼養環境。
d. 若未來有當兵、結婚、懷孕、畢業、出國或搬家等計劃，將如何安置「小黃」？

君許諾 1

國家圖書館出版品預行編目資料

君許諾 / 陸戚月著. --
初版. -- 臺北市 : 狗屋, 2015.01
冊 ; 公分. --（文創風）
ISBN 978-986-328-398-0（第1冊 : 平裝）. --

857.7　　103025060

著作者　陸戚月
編輯　黃鈺菁
校對　沈毓萍　蔡佾岑
發行所　狗屋出版社有限公司
地址　台北市104中山區龍江路71巷15號1樓
電話　02-2776-5889～0
發行字號　局版台業字845號
法律顧問　蕭雄淋律師
總經銷　知遠文化事業有限公司
電話　02-2664-8800
初版　2015年1月
國際書碼　ISBN-13　978-986-328-398-0
原著書名　**《重生之明慧》**，由北京晉江原創網絡科技有限公司授權出版

定價250元
狗屋劃撥帳號：19001626
網址：love.doghouse.com.tw　E-mail：love@doghouse.com.tw